Pearl S. Buck

賽珍珠

中国赛珍珠研究丛书
Chinese Pearl S. Buck Studies Series
丛书主编 姚君伟

此心安处

赛珍珠的家园政治观研究

汪文君 著

江苏大学出版社
JIANGSU UNIVERSITY PRESS
镇 江

图书在版编目(CIP)数据

此心安处：赛珍珠的家园政治观研究／汪文君著
. -- 镇江：江苏大学出版社，2024.3
(中国赛珍珠研究丛书／姚君伟主编)
ISBN 978-7-5684-2070-9

Ⅰ.①此… Ⅱ.①汪… Ⅲ.①赛珍珠(Buck，Pearl 1892-1973)—文学研究 Ⅳ.①I712.065

中国国家版本馆 CIP 数据核字(2023)第 218010 号

此心安处——赛珍珠的家园政治观研究
Ci Xin An Chu——Sai Zhenzhu De Jiayuan Zhengzhiguan Yanjiu

丛书主编/姚君伟
著　　者/汪文君
责任编辑/米小鸽
出版发行/江苏大学出版社
地　　址/江苏省镇江市京口区学府路 301 号(邮编：212013)
电　　话/0511-84446464(传真)
网　　址/http://press.ujs.edu.cn
排　　版/镇江文苑制版印刷有限责任公司
印　　刷/扬州皓宇图文印刷有限公司
开　　本/718 mm×1 000 mm　1/16
印　　张/15.5
字　　数/245 千字
版　　次/2024 年 3 月第 1 版
印　　次/2024 年 3 月第 1 次印刷
书　　号/ISBN 978-7-5684-2070-9
定　　价/69.00 元

如有印装质量问题请与本社营销部联系(电话：0511-84440882)

总　序

中国的赛珍珠研究已然成为一门显学。当然，这一研究并非始于今天，事实上，早在20世纪30年代，国内就发表过关于赛珍珠作品的评论，三四十年代是这一研究的第一个重要阶段，不仅有报刊上发表的研究成果，而且有以译本序跋形式出现的批评文字；但到了60年代，由于历史的原因，赛珍珠成了“美国反动文人”“猫头鹰”“美帝国主义文化侵略急先锋”，她的书一时成为禁书，直到改革开放以后，国人才重新客观评价赛珍珠。1991年1月，赛珍珠的“中国故乡”镇江发起召开全国首次“赛珍珠文学创作讨论会”，“历史终于消除了误解”（董乐山语）。此后，赛珍珠研究得以健康地展开。

应该说，中国赛珍珠研究目前正处于一个良好的氛围之中，发展势头强劲。已成立的赛珍珠研究所就多达四家，出版的专著已达20余部，《镇江师专学报（社会科学版）》1996年第4期开辟“赛珍珠研究”专栏，2001年该专栏移至《江苏大学学报（社会科学版）》，并一直坚持至今，发表相关文章百余篇。更可喜的是，新版《辞海》撤销了关于赛珍珠“歪曲中国人民形象”的定评，添加了褒扬文字，认为她“同情并支持中国人民的抗日战争”；新版《中国大百科全书》之“外国文学”卷也对“赛珍珠”条目做了较大的修改，删除了第一版中对赛珍珠带有政治烙印式的表述文字；与此同时，中国学者还把赛珍珠写进了美国文学史、中国文学史和中国翻译文学史……纵观90余年的中国赛珍珠研究史，可以说，我们的研究总体上正沿着一个更客观、更深入的路径前行。

然而，众所周知，赛珍珠是一位非常特殊而复杂的美国作家。她一生写了80余部作品，包括长篇小说、传记、儿童文学、政论等，也写了许多短篇小说、广播剧和文艺评论。她在华生活的30多年间，正如彼德·康等学者所概括的那样，中国社会动荡不安，封建王朝摇摇欲坠，西方列强瓜分中国，义和团运动兴起，辛亥革命爆发，共和制建立，袁世凯称帝，张勋复辟，国共合作，蒋介石1927年背叛革命，日本入侵东三省，中华民族处于危难之中。身处这样一个国度，赛珍珠作为一个生于美国、长在中国的美国作家，不可能没有自己的思考，不可能不受到心灵上的冲击，而且她一辈子希望沟通中美文化，增进两国人民之间的相互了解，但由于其难以完全避免的文化优越感，她的身上和作品中每每不自觉地表现出种种矛盾性。正因为如此，我始终认为，赛珍珠研究是一个跨文化的系统工程。对这样一位复杂的作家，我们理当以多种方法、从多个层面来展开研究；而且，因为她的多产，我们在研究的过程中，还需着眼于整体，顾及“全人”，避免以偏概全。

就我的观察，目前国内的赛珍珠研究还存在诸多的不足。首先，我们的研究视野还不够宽。在1991年1月的“赛珍珠文学创作讨论会”上，钱佼汝先生曾提出两个“结合”和两个“分开”。所谓两个“结合”，即指小说和非小说的结合、文学创作和社会活动的结合。后来这一意见对我们的赛珍珠研究发挥了很大的指导作用。当然，我们已有的研究对象虽然日渐扩大，但对赛珍珠后期小说创作迄今鲜有涉及，而仍过于集中在赛珍珠的几部代表小说上，尽管我们面对它们时，运用的方法较此前已有所不同；我们已然涉及赛珍珠非小说作品（特别是她对中国小说的研究和宣传的作品），不过，她的非小说作品数量众多，内容繁杂，需要我们细加考量，而非像现在这样，基本上提及的非小说作品也多属于为我们研究她的小说写作提供的支撑材料，对它们本身的研究则还是少之又少。再则，赛珍珠其他文类的作品，如诗歌、舞台剧本的研究仍几乎处于空白状态，有待我们去填补；又如对赛译《水浒传》的研究，近年国内有多位学者在这一课题上用力甚勤，拓展了赛珍珠研究的领域，令人感到欣慰，但同时，还存在诸如文本研究欠深入、对译本的阅读与传播关注不够等不足。

其次，就研究理论和方法而言，目前的研究还存在不少问题。我曾经讨论过赛珍珠研究的理论和方法，并对已有的方法，如社会—历史批评方法、读者批评方法（包括阅读史等）、女权或女性主义批评方法、后殖民主义研究方法、比较文学和比较文化研究方法等做了分析。近年来，中国学者运用这些理论和方法，对赛珍珠及其创作进行了比较深入的研究，也发表了不少有分量的成果，但是，我们也应当注意到这些方法本身可能存在的问题或者局限。一些理论若脱离了研究对象本身的具体情形，或被人为地推到极致，生拉硬扯且牵强附会，很可能就会出现问题，且也无法涵盖赛珍珠和赛珍珠研究的复杂性和特殊性。

再其次，我们在研究赛珍珠的过程中，还需要更多地了解国外的研究历史和现状，并加强与国外学者的合作研究。镇江主持召开过多次赛珍珠国际研讨会，赛珍珠工作过的南京大学（时称金陵大学）也举办过国际会议，国内外赛珍珠研究学者踊跃参加，广泛交流，取得了较好的效果。然而，我们对国外特别是美国的赛珍珠研究成果还没有深入的了解，这无疑不利于我们进行自己的研究，更妨碍我们与国际同行进行交流和对话。

我自己一直在从事赛珍珠研究工作，又因为指导研究生从事这一研究，并主持《江苏大学学报（社会科学版）》的“赛珍珠研究”专栏，所以，对国内外的相关研究比较关注。看到赛珍珠研究在顺利进行，我感到高兴，但对研究中出现和存在的问题，也颇感忧虑。在这一背景下，记得是在镇江举办的赛珍珠诞辰 120 周年纪念大会期间，我和时任江苏大学出版社总编辑芮月英女士聊起赛珍珠研究中所取得的成绩及存在的问题，最后，我们不约而同地提出可以编辑一套“中国赛珍珠研究丛书”，推出集束式研究成果。她说可以由江苏大学出版社负责出版，出版社地处赛珍珠生活和工作长达 18 年的镇江，很有意义。我们就此达成共识。于是，联系作者，遴选选题。在大家的积极参与下，这一计划进展顺利。

就赛珍珠研究而言，我们还有许多事情要做、可做。“中国赛珍珠研究丛书”是一套开放式丛书，我们拟收入与赛珍珠作品研究有关的成果，包括在博士论文基础上修改而成的书稿，既注重赛珍珠的小说（包括她尚无中文版的后期小说），也包括她的非小说作品；既阐释她的文学创作，又研讨她的跨文化思想；不仅分析她作品本身的价值，而且探讨她一生的跨文化写作及其包含的文化精神和文化理想，以及为当下中国文学创作提供的启示；我们还将在条件成熟时，引进国外赛珍珠学者的研究成果，以为借鉴。

赛珍珠的作品曾经是禁书，赛珍珠研究也曾因此中断过。与之形成鲜明对照的是，中国新时期，尤其是 21 世纪以来，这一研究呈现出一派红红火火的景象。现在，令人感到振奋的是，“中国赛珍珠研究丛书”又要新鲜出炉了！我们期待更多的国内外赛珍珠研究者加盟这套丛书，同心协力，进一步推动赛珍珠研究工作，为世人更全面地了解赛珍珠其人其作，并更好地利用赛珍珠这笔跨文化资源做出我们的贡献。

姚君伟

2014 年 12 月 9 日于南京仙林

2023 年 10 月 8 日修订

目 录

导　论

作为一个古老的农耕民族，中华民族历来与乡土有着挥之不去的血缘亲情，中国人也有着更为强烈的恋土恋乡情结。人与土地血肉相连、生死相依，中国人的三个理想生活的境界，耕读传家、衣锦还乡和落叶归根都与乡土分不开，只有和土地在一起才有生命的归属感。在东西方几千年的文明中，人类的祖先都不约而同地选择“泥土”作为生命的开始。在中国，女娲用泥土造出了第一个人；在西方，上帝用泥土捏出了人类的祖先亚当。生命的开始与终结都扎根在大地上，大地往往包含了两部分的含义：土地与家园。对于有着几千年文化传统的中华民族来说，土地、故乡、家园、根、乡愁是几个紧密联系着的词语。中国农耕社会里人的归属意识特别强烈，正因为故土就是人的生命之源、根之所在和情之所依。人一旦离开故土，就成了游子，内心便升腾起一种淡淡的乡愁与忧伤。家园是文学中的一个古老命题，书写家园的作品不胜枚举，在我国有大量表现游子思乡之情和还乡之愿的诗歌。中国的《诗经》是“家园意识”表达的源头，在《诗经》中反映思乡恋土情怀的诗篇就有几十首之多，当然《诗经》里描述的家园并不都是指具体的家园，而更多地表现为对家园的依恋和牵挂之情。苏格兰诗人罗伯特·彭斯表达其故乡情结的《我的心呀在高原》，情感真挚淳朴、豪迈雄浑，充满着强烈的民族自豪感和深切的故土之思。西方《荷马史诗》之一《奥德赛》，讲述了英雄奥德修斯在大海上漂泊十年，历经千辛万苦终于回到家乡的故事。这里的家园多指代具体的地理空间，承载着故乡、民族和城邦的空间意义。

由此可见，人们世世代代都有着对失去家园的恐惧和对于归家强烈而执着的渴望。到底何以为“家”？字典中有许多解释，主要指房子、家人、社区、国家等，其基本功能是提供人类生存的空间。它是人们休闲娱乐的场所，更是一个可以遮风挡雨的地方。房子是一个物理空间结构或地理景观，家园则是一种情感空间，以及让人身心都感觉安全的社会空间，它的内涵绝不仅仅限于房屋。“家”对人们的重要性是其他任何空间都无法取代的。除了作为一个地理空间概念之外，家更多的是以一个无形的形式存在的，也就是精神意义上的家。在许多作家的笔下，精神家园是一种具有积极意义的载体，代表着温暖、舒适、包容和关爱，给人以归属感、安全感和认同感。家是最小国，国是千万家。精神的家园还可以上升到民族、国家的层面，升华为国家意识，形成“家国一体”的概念。

本书研究的是 1938 年诺贝尔文学奖获得者——女作家赛珍珠(1892—1973)，她是一位与中国有着一辈子情缘的美国人，被人们亲切地称为“中国的女儿”。她很普通，1892 年出生在西弗吉尼亚州的一个小镇上，有着担任传教士工作的父母和外祖父母一起生活的大家庭。她又很特别，因为特殊的成长经历使得她同时拥有两个世界，一个是她出生时的美国，一个是她后来生活其中的中国。赛珍珠尚在襁褓中时，便跟随父母跨越大洋来到中国。她的童年正值近代中国社会最为动荡的年代，“没有哪个时代——在读历史时我有这种感觉——比我目睹的时代更为动荡不安、更具启蒙意义的了"[1]。在社会变革的暴风雨的笼罩下，一家人总是不免四处逃难躲避，加之父亲常年在外传教，幼时仅与母亲相依做伴，孤单又不得不坚强的生活没有为她带来足够的安全感。切身经历过从西到东的迁徙生活，这段经历成为长大后的赛珍珠在世界观、人生观和价值观的形成过程中至关重要的记忆。她的童年经验和成为作家后对童年记忆的提炼，孕育了她日后写作的丰富素材。她的生活经历使她逐渐认识到她同时生活在两个甚至几个世界中。她在自传《我的中国世界》[2] 中写道："我头脑中老早就有了一个以中国为中心的世界，其它民族则如捧月众星。"[3] 成年后的她始终都能感受到自己在两个国家的异乡客身份。她曾感慨自己是一个没有家的人，但也逐渐接受并包容了多个世界中的差异，虽然当她在两个世界中穿梭时，有时不得不关上通向其中一个世界的大门。也正是在这样的叹息中，赛珍珠产生了"我是谁""我的故乡是哪里"的疑问。作为处于两个世界的"文化边缘人"，赛珍珠是两种文化和两种社会背景的产物。特殊身份让她一方面获得很多创作中国故事所需的一手资料，另一方面又可以从边缘人的角度以"双焦"的视野，去观察两个不同的世界。

王国维曾经在《人间词话》里写道："诗人对宇宙人生，须入乎其内，又须出乎其外。入乎其内，故能写之。出乎其外，故能观之。入乎其内，故有生气。出乎其外，故有高致。"[4] 了解中美两国文化的赛珍珠终其一生都在为她的两个故乡——中国和美国写作，也为促进东西方之间的文化交流而努力，其情之深、情之真，令人动容。正是因为"父国"中国和"母国"美国对其一生的滋养，才有了赛珍珠后半生对中美两个家园的思考与回望。她对家园

---

① 赛珍珠：《我的中国世界》，尚营林，等译，长沙：湖南文艺出版社，1991年，第2页。

② 赛珍珠传记的英文题名是 *My Several Worlds*，应直译为《我的几个世界》，但在译为中文版本时，做了调整，译为《我的中国世界》。特此说明，全书同。

③ 同①，第5页。

④ 王国维：《人间词话》，南京：凤凰出版传媒股份有限公司、江苏人民出版社，2016年，第184页。

的情感以不同方式被不同程度地移植到了她笔下的人物身上。她笔下的家园有具体的物质表现形式，如家庭、村落、社区，人物也大都深深扎根在土地上。家园不仅是物理意义上的土地、房屋、河流等，还包含在记忆深处用文字言说的精神家园的文化意义，而后者正是赛珍珠作品中不断追寻的主题。“由于添了那层敏感和距离而使作品添了深度和广度，添了一层与世界、其他民族和语言的共同襟怀。这是移民生活给他们视角和思考的决定性的拓展与深化。”① 赛珍珠一生都处在漂泊之中，从美国到中国，从西方到东方，又从东方回到西方，对她来说“处处无家处处家”。家园不只是一个固定的地点，也是一种融入赛珍珠身体的精神血脉，代表了她一生无法割舍的家园情怀。匈牙利思想家卢卡奇曾说过：“所有的小说都是患‘恋家症’的。”② 在文学发展的历程中，对家园的追寻已成为永恒的母题。早在古希腊时期，就有关于家园的书写。随着人类社会的发展进步和活动范围的不断扩大，家园具有了更多深层次的意义，成为人们试图寻找的精神和理想的诗意栖居之地。在全球联通、文化交融的当代社会大背景下，重读赛珍珠的家园主题作品，探索其家园观的内涵和具有的阐释张力，会有一种强烈的共鸣和感动。

莫言2017年给镇江赛珍珠国际学术研讨会发的手机短信中有这样一句话：“赛珍珠女士的乡土文学，是文学中的一个特殊视角，值得我们认真阅读与研究。”③“家园”是赛珍珠乡土文学创作中的一个重要主题，也是赛珍珠情感链条中丰富而柔软的一环。她将生命中这种最深切的情感融入以家园为题材的小说，一次又一次地在笔下返回到中国的土地上：她的亲人长眠于此，她的父老乡亲生活于此。在赛珍珠的几个世界中，形成了以中国和美国为中心，

① 严歌苓：《主流与边缘（代序）——扶桑》，上海：上海文艺出版社，2002年，第2页。

② 费小平：《家园政治：后殖民小说与文化研究》，北京：北京大学出版社，2010年，第3页。

③ 2017年中国镇江赛珍珠国际学术研讨会作家莫言祝贺短信。

其他国家众星拱月的局面。在八十一年的人生中，她前四十余年在中国，后近四十年在美国。美国是她的母国，赐予她生命；中国是她的父国，哺育她长大。“美国家园”是她的“移出国家园”，“中国家园”是她的“移入国家园”，赛珍珠的一生不停地在中国与美国之间穿梭，而这种多重家园的迁徙经历使她始终无法确定自己“家园”的归属。同时，这种“家园”缺失又驱使赛珍珠不断寻找自我身份的归属，因此“家园”又成为其文学创作中最常见的主题之一，而这也折射出她对“家园”复杂的情感渴望。她在“家园”上的困境也是所有流散群体面临的问题。这种被“移入国家园”和“移出国家园”双重边缘化的境地使得她在“家园”问题上产生了永久性的错位，而这种“错位”的人生也成就了她对“家园”问题的深刻思考。

第一节　家园政治的选题缘由及意义

本书的第一至第四章关注的是赛珍珠的家园主题作品，到第五章时则将对家园政治观的分析，从作品扩展到她的具体社会实践，以“欢迎之家”的创办为例，对赛珍珠家园观的阐释做一个扩充。本节对“家园政治”的概念及其核心思想进行梳理，为作家不同体裁作品中体现的具体家园政治观研究提供理论框架。法国哲学家加斯东·巴什拉（Gaston Bachelard）认为，家“是我们最初的宇宙……它包含了宇宙这个词的全部意义”①。建筑学家安德鲁·巴兰坦（Andrew Ballantyne）也指出，“家是我们认识世界的基础，与我们生活中最为私密的部分密切相关。家目睹了我们所受的羞辱和面临的困境，也看到了我们想展现给外人的形象。在我们最落魄的时候，家依然是我们的庇护所，因此我们在家里感到很安全”②。

① 加斯东·巴什拉：《空间的诗学》，张逸婧译，上海：上海译文出版社，2009年，第2页。

② 转引自龙迪勇：《空间叙事研究》，北京：生活·读书·新知三联书店，2014年，第266页。

然而“家”并不是一个中立的场所，它还涉及身份、种族、地位之间的基本关系。“‘家园’不是一个简单的自然客体，而是一个通过‘权力’，以一系列‘表征’性符号为媒介通道所建构的‘主体想象物’。所有的家园建构都是政治性的（political）。”① 换言之，正是在这个意义上，所有的家园建构都是“政治性的”。美国加州大学学者罗斯玛丽·乔治所著的《家园政治——后殖民迁徙与20世纪小说》（*The Politics of Home: Postcolonial Relocations and Twentieth-Century Fiction*，1996），论述了从英国文学到英语文学的转型中家园观念的变化、家园政治的内涵及家园与帝国、民族、空间等的内在关系。这个话题所具有的多元、综合及拓展的特点，使得对“家园政治观”的分析和研究包含多层内容，也可以运用多种理论和方法，比如文学地理学、空间研究、记忆书写、离散文学、身份研究、女性主义批评、符号学（圈）理论等，同时还和民族与国家、人与自然、社会结构、共同体等关键词相联系。家园与家园政治是有一定区别的。家园政治是文学作品中家园意识的升华，是一种站在文化和历史的高度书写家园，用文学文本建构群体记忆和文化家园的文学策略。这里的家园政治可以是一个属于文学研究的范畴，也可以是一种文化现象，还可以是一个跨文化的议题。

自第二次世界大战结束以来，在国际局势趋于和平的大背景下，“家园”的母题再次回归文学研究的视野，成为后殖民主义批评关注的焦点。霍米·巴巴（Homi Bhabha）提出的文化上的“第三空间”概念，突破了传统的二元对立，形成了非A非B，既是A又是B这样一个“临界状态”。在这个空间内，所有的文化符号和意义都失去了固有的统一性和稳定性，处于不间断的对话和融合之中。“边界书写”就是其中的一个重要表现形式，最早由英籍印度裔作家萨尔曼·拉什迪（Salman Rushdie）提出，表现了家国文化（home culture）和宿主文化（host culture）之间的冲突、对话与调

① 费小平：《家园政治：后殖民小说与文化研究》，北京：北京大学出版社，2010年，第1页。

和。赛珍珠出生在美国，自然是美国人，她又一直成长在中国，回美国读书时写的家庭所在地是“中国镇江”，也可以说她是中国人。特殊的成长过程，决定了她在美国人眼中是“他者”，在中国人眼中也是“他者”。她在两种文化中都被边缘化了，所以也可以说，她既不是美国人，也不是中国人，而是一个“文化边缘人”或者是一个“文化边界”的闯入者。在后殖民理论中，对离散（Diaspora）的研究往往是对第三世界国家向第一世界国家移民以及产生的身份归属问题的研究，而赛珍珠的情况属于从第一世界向第三世界移民的反向离散，是对离散的一种补充。赛珍珠所处的特殊文化边缘地带，既是地理层面的，也是心理和文化层面的。在赛珍珠的“混合文化身份”中，她所处的状态正是一个“永远的暂时性”，因为离散存在着两个中心，同时离散群体也正位于两个中心之间。离散是一个具有生产性的空间，环绕着离散所展开的许多观念，如越界、民族主义、家园、国家想象、文化认同、种族、混杂身份等，对当代文学理论和文化研究都具有丰富的启发意义。回顾赛珍珠的一生，她的理想就是打破文化与种族的边界，促进民族沟通和文化融合，化解文化冲突和种族对抗。她的目的不是强调强势/弱势、中心/边缘的二元对立，而是推动多元文化的融合共生。

在以上对赛珍珠创作中的家园主题、家园内涵、家园情感等进行梳理之后，我们再次回到“所有的家园建构都是政治性的”① 这个论断上来。家园政治中的“家”不能被简单地认为是一个地理空间，“政治”也不是指日常谈论的国家政治。从家园到家园政治是一个社会化的历程，它所展现的是与阶级、群体、种族等密切相关的权力。家园政治涉及地理、心理及物质层面，是一种建立区别的途径。② 1987年英国学者约翰·阿格纽的《地方与政治》一书，从不同角度讨论家园、身份、共同体与权力构成间的关系，对家园

① 费小平：《家园政治：后殖民小说与文化研究》，北京：北京大学出版社，2010年，第1页。

② Rosemary Marangoly George, *The Politics of Home: Postcolonial Relocations and Twentieth-Century Fiction* (New York: Cambridge University Press, 1996), p. 2.

是什么、家园在哪里、家园与权力和政治等的关系进行了梳理，强调了家园与相关的空间政治化问题。当家园政治走向“文化地理学”时，家的意义在于建构主体通过社会交往使地点产生意义且使之更富有意义。在21世纪全球化的背景下，家园政治提供了一个重新认识家庭、家园、故国的关系及家园在建构人的身份、安全感和精神力量方面作用的重要途径。家园政治有三个主要特征：虚构性、公共性和一定程度的排他性。

首先，根据罗斯玛丽·乔治的观点，在家园政治的视域中，家园更多地存在于意识层面，是想象之物。失去土地的人并不一定失去家园，失去想象家园的人才最终无家可归。乔治认为家是想象的处所，它更容易固定在心灵上，而不是实际的地理空间中。[①] 家园并不是与生俱来的固定的地方，而是永远处在建构中，是人人为之奋斗并积极争取归属于某一社群的努力，因此“想象家园同想象国家一样都属于政治行为”[②]。1991年，萨尔曼·拉什迪在《想象的家园》中说：“离开了印度便意味着我们不再能够找到业已失落的东西；我们创造的不是真实的城市或乡村，而是看不见的想象的家园，即我们脑海里的印度。”[③] 追求安静祥和是家园政治的核心理念之一，家园是人类心灵深处永恒的依恋和风景。拉什迪对“家”这个概念的审视，虽然没有彻底解决归家困境，但是展现了其为寻找和建立一个属于自己“能回的家”的思考。德国诗人诺瓦利斯（1772—1801）曾说过：哲学原就是怀着一种乡愁的冲动到处去寻找家园。在海德格尔的诗学里，“家园”被明确赋予了形而上的意味。他在阐释荷尔德林的名诗《远乡——致亲人》时，认为“‘家园’意指这样一个空间，它赋予人一个处所，人唯在其

---

① Rosemary Marangoly George, *The Politics of Home: Postcolonial Relocations and Twentieth-Century Fiction* (New York: Cambridge University Press, 1996), p. 11.

② 同①, p. 6.

③ Salman Rushdie, *Imaginary Homelands: Essays and Criticism 1981-1991* (London: Penguin Books Ltd., 1992), p. 13.

中才能有‘在家’之感，因而才能在其命运的本己要素中存在”①。在离乡、漂泊、返家成为中西方诸多文学作品的叙事内容时，“家园”自然作为重要的主题被纳入学术研究的视野。“家园”主题在作家的笔下有多重呈现方式，可以是对家乡风景的眷恋和赞美，可以是对破败家园的感伤，可以是对家族历史的回顾及对家人生活点滴的重温，还可以是对传统家园的批判、反思及对精神家园的追寻。总而言之，家园不仅仅是遮风避雨的物理空间，更是具有无比感召力的精神空间，可以将在地理距离上散落各地的人们紧密地联系在一起。但是“随着现代社会科技与交通的飞速发展，现代人的‘家园’日渐失落，那种由‘居家’带来的稳定感、确定感和温暖感日益消失，因此现代人的心理有着回归家园的渴求”②。在东方文化中，“家园”是精神与物质合二为一的，而在西方文化中更侧重于精神层面，两种文化语境对家园的理解有一个契合点，就是形而上层面的精神家园。“世界就是一个大的家园。人人共有一个世界，家乡也是异乡，异乡也是家乡——这就是后殖民理论家们所倡扬的‘世界主义’。”③

其次，在家园政治的视域中，家园建构的原则既有包容性，又带有一定的排他性。一个有生命力的家园不是封闭式的、以自我为中心的个人空间，而是一个边界开放的空间，带给人们一种归属感。以赛珍珠在费城郊区创建的“欢迎之家”（Welcome House）为例，归家的感觉是通过非家的感觉反衬出来的。无论这些亚美混血儿童来自哪个国家，他们在自己的国家和现在所生活的美国一样，都体会到了异化和疏离的感觉，在两者中的任何一方都没有家园之感。被两种文化都抛弃的无家之感，促使这些孩子不断寻找精神上的故土和家园。家园也不再是一个固定的场所，而是一个值得

① 马丁·海德格尔：《荷尔德林诗的阐释》，孙周兴译，北京：商务印书馆，2000年，第15页。

② 刘英：《文学地域主义》，《外国文学》，2010年第4期，第102页。

③ 蒲若茜：《“越界”与“回归”：20世纪末华裔美国文学的主题演变》，《中国比较文学》，2006年第2期，第91页。

不断搜寻的地方。作为一个群体的共同家园，不仅呈现在地理空间和物质层面上，也存在于心理上。“欢迎之家”所在的小镇是一个包容和开放的空间，具有接纳差异的特征。这里接纳了来自亚洲多国的亚美混血孤儿，生活在这里的孩子们有归属感和安全感。家园既是接纳的，又是排他的。以美国诗人弗罗斯特的诗歌《修墙》（*Mending Wall*）为例，经典名句“好篱笆造就好邻居”（good fences make good neighbours）透出深刻的道理：以篱为界，才能邻里和睦。又如中国歌曲中唱的那样，“朋友来了有好酒，若是那豺狼来了，迎接它的有猎枪”，在家园政治的语境中，有碍和谐、团结的他者都被排斥在外。总而言之，地点、家、身份和民族等都是选择性接纳与排他模式共同建构出来的。

再次，在全球化的语境中，研究家园政治必须具有跨文化、跨国界的视角。放眼当下，家园政治中的家园不可能是一个无限包容、绝对大同的世界，我们与他者之间的区别和联系永远存在，只是彼此之间的差别对立会更加舒缓。用世界的眼光看家园，赛珍珠所选取的文学作品以“走出去、走进来和远距离、近距离”的多重视角书写家园。以赛珍珠的自传《我的中国世界》为例，它体现了赛珍珠对“家在何处”和“何处归家”的积极思考。爱德华·萨义德（Edward Said）在《东方学》中表达了这样一个观点：“一个人只有在疏远与亲近二者之间达到同样的均衡时，才能对自己以及异质文化做出合理的判断。”① 赛珍珠在中国和美国之间努力地追寻着一种平衡，将对母国美国和父国中国的情感紧密联系在一起，以旅行写作的方式和交叠叙述的技巧，用有选择性的排他模式建构出新的政治家园，即一个既不同于第一世界也不同于第三世界的两者融合的第三空间，以凸显自己的身份。我们所生活的家园是一系列关系组成的空间，米歇尔·福柯提出“空间—知识—权力”模式，即空间是权力、知识等话语转为实际权力的关键因素。

---

① 爱德华·萨义德：《东方学》，王宇根译，北京：生活·读书·新知三联书店，1999 年，第 332 页。

家园不是一个中立的场所，而是与各种因素紧密联系在一起的共同体，在较大层面上提供着同样的慰藉。赛珍珠的家园聚焦点除了个体或者大家庭之外，还有一个最为重要的纽带，即群体（社区）。在现代社会中，群体不是虚构或者想象出来的，而是由有着诸多共同点的个人组成的实体，群体所共享的也是既有包容性又有排他性的特点。

家园政治这个话题的内涵在赛珍珠的作品中，还可以解读出以下细节层面：1. 在小说《大地三部曲》中，家园=土地=王家老屋=三代人的土地情感变迁=第三代王源对土地的修补。2. 在小说《龙子》中，家园=国土的完整=国家主权的捍卫=生死存亡的一切。3. 在小说《同胞》中，家园=旅居他乡=家族血缘关系=祖国重建的信心。4. 在儿童文学《余蓝》中，家园=儒家的“忠”思想=国家=民族=想象的共同体。5. 在儿童文学《山毛榉树》中，家园=儒家孝道=暖意融融的亲情空间。6. 在儿童文学《巨浪》中，家园=儒家的“宽恕”思想=过去的回忆=家族的希望。7. 在传记《异邦客》中，家园=家庭妇女对家庭、对亲缘关系行使权利的场域。8. 在传记《战斗的天使》中，家园=父辈的使命=文化的疆界=帝国主义的竞争。9. 在自传《我的中国世界》中，家园=哲性思考=边缘化的空间=栖身于两种文化之中又超越两种文化的归家之感。10. 在赛珍珠建立“欢迎之家”的社会工作中，家园=心理错位=身份混乱=极端的疏离与异化=故土的远离=重新建家的决心。11. 在短篇小说《结发妻》等中，家园=文化冲突=传统家园的冲击。12. 在随笔《用爱写给我的女儿们》中，家园=家教=道德教育。13. 在为残疾儿童寻找归宿的社会活动中，家园=无限分享的爱=社会责任=对社会歧视的抗议=人性的反思。

从内涵分析来看，家园政治这个概念具有巨大的延展性和生产性。除了以上这些解读出的细节之外，家园也与共同体密切联系，可以说共同体是家园建构的目标和方向。2019 年 10 月，重庆大学外国语学院承办了全国美国文学研究年会，此次会议的主题是“美国文学中的共同体想象：家园和社区”。事实上，自 20 世纪开始，“共同体”就是一个重要的话题。随着全球化进程的加快，对共同体的研究已经成为国内外文学批评界的关注点之一，也是当下值得探讨的一个学术热点。英国著名批评家雷蒙·威廉斯（Raymond Williams）认为，共同体往往体现了一个共同的身份与特征，一些互相交织的直接关系（a sense of common identity and characteristic, and the body of direct relationships）。[①] 在文学研究领域，对共同体各种形式的思考和书写由来已久。共同体是作家群体文学想象的客体，也是文学主题涉及面最多的题材之一。当今世界发展日新月异，交通变得越来越便捷，城市化进程加速，不断冲击着千百年来农业社会保留下来的宁静和家园的亲切感。家庭、社区和家园不断疏远，成为我们无法回避的问题，我们需要在文学作品中寻找精神和思乡的归属。不同时期对共同体的书写，反映着社会发展进程中不同民族、种族或群体的不同境遇和诉求。当下，生命书写、疾病书写、残疾书写甚至是免疫书写不断充实着“共同体”思想新的内涵。

赛珍珠特殊的混合文化身份，决定了她看问题的视角不仅是双棱镜，也是三棱镜。她既站在中国的角度，也站在美国的角度，但更多的还是站在中美两国的角度来看问题。美国是一个在历史、文化、政治和经济等领域颇具特色并有着世界影响力的国家，赛珍珠对命运共同体的思考和书写反映了历史进程中社群的结合方式、精神诉求及其境遇和命运。家园与共同体意识贯穿赛珍珠创作的始终，是她文学创作的关注点。赛珍珠的作品审视着个体与共同体的关系，可以说她的作品本身，连同她的社会角色，构建出一个想象的共同体。在后现代的语境下，研究赛珍珠作品中的共同体思想是有必要的，也是有意义的。赛珍珠对当时社会共同体意识缺位的描写，折射出其对共同体的思考和憧憬。要建设真正的共同体，仅有

---

① 转引自希利斯·米勒：《小说中的共同体》，北京：外语教学与研究出版社，2019年，第1页。原著是 Raymond Williams, *Keywords*, Revised ed. New York: Oxford University Press, 1985, pp. 75-76. 引文系笔者自译，原文如下：a sense of common identity and characteristics, and the body of direct relationships.

怜悯和热情还不够，还得深入社会底层，体察民众的疾苦并救助他们。她所创建的第一家跨国界、跨种族的孤儿收养院“欢迎之家”，是一个在无私的付出和大爱中，能够实现个体生命价值的社群。混血孤儿作为连接两个国家的血缘纽带，处在一个复杂多样的共同体当中，更应该是一种天然的结合体。一致的努力、共同的信念、真诚的合作、和谐的相处，是对家园与共同体最好的阐释。当然，不能把共同体建构成一种伪共同体，因此不能把挣扎在贫困线或者死亡线上的混血孤儿排除在外。这也说明了有所缺失者寻找的并非传统意义上的家，而是一个具有归属感和凝聚力的家园共同体。共同体的过去是缺失，那么建构的过程就是弥补，是一种接力的过程。

赛珍珠的共同体思想启蒙于她幼时所接受的中国传统思想。因为社会大环境缺失共同体意识，所以才更加需要对现实社会进行反思，这是人类对回归家园的诉求。理想的家园永远都在建构中，赛珍珠的作品对共同体的书写，是一种向上冲破困境的力量，其构建的共同体新格局也正是需要思考的时代新主题。赛珍珠作品的价值也已经远远超出了文学层面，她对中国人民的感情、为少数族裔族群争取权利的努力、对全人类的爱，是儒家“天下一家”愿景的新体现。以赛珍珠的作品为切入点，对家园和共同体建构这个话题进行具体而深入的思考，展现出强烈的家园和共同体关怀。这不仅是赛珍珠多元文化身份的体现，也是对文学批评多元化的新尝试。构建人类命运共同体，是中华民族不懈追求的建设美好世界的崇高理想，也是全体中国人民有关“各美其美，美人之美，美美与共，天下大同”的美好愿景。在全球各国合作日益密切的今天，政治多极化、经济全球化、民族和文化大融合是世界的主要格局。尤其是在“后疫情”时代，全世界人民休戚与共，生死相依。文学研究领域的“家园与共同体”在这样的大背景下应运而生，体现了文学研究在社会发展中的角色与担当。

第二节 国内外赛珍珠研究综述

2016年诺贝尔文学奖得主鲍勃·迪伦在获奖感言里曾说："我深感荣幸能获得如此声望卓著的奖项，被授予诺贝尔文学奖，是我从未想象过也没有预见到的事情。从小，我就熟悉、阅读并充分汲取那些被认为值得获得该项殊荣的人的文学作品，如吉卜林、萧伯纳、托马斯·曼、赛珍珠、加缪、海明威。这些文学巨匠的著作在课堂上被讲授、在世界各地的图书馆中陈列、被虔诚的读者谈论着，它们给我留下了深刻的印象。如今能加入这样的名列，我的心情无以言表。"① 我们欣慰地看到，在赛珍珠去世后的五十年里，她的作品依然在世界范围内被广泛阅读，对世人产生着积极的影响，其作品所拥有的强大艺术生命力和感召力，正有力地推动着21世纪语境下的文化和文学研究。

赛珍珠是历史上第一位以讲述中国故事而获得诺贝尔文学奖的作家，也是美国文坛上第一位获此殊荣的女作家，一生充满传奇色彩。她生在美国，长在中国，仍在襁褓之中时就被身为传教士的父母带到中国，虽然长大后也曾多次往返中美两国求学或探亲，但还是在被她称为"父国"的中国生活了近四十年的时间。赛珍珠从小在一个"双重世界长大——一个是父母的美国人长老会世界、一个小而干净的白人世界；另一个是忠实可爱的中国人世界——两者间隔着一堵墙"②。双重的生活环境、双重的语言教育、双重的文化透视，使得赛珍珠意识到异质文化之间对话与融合的必要。她有一个愿望，就是希望异质文化之间能够达到"各美其美，美人之美，美美与共，天下大同"的境界。她付出毕生努力，为促进东西方之间的沟通做出巨大贡献，在去世后被尼克松总统誉为

---

① 2016年诺贝尔文学奖得主鲍勃·迪伦获奖感言。

② 赛珍珠：《我的中国世界》，尚营林，等译，长沙：湖南文艺出版社，1991年，第9页。

"沟通东西方文明的人桥"[①]。

赛珍珠一生著作颇丰，写作体裁涉及长篇小说、短篇小说、剧本、传记、儿童文学、诗歌等。回顾国内外对赛珍珠的研究，对其作品的评论最早可以追溯到20世纪30年代初，但是九十年来，赛珍珠在美国文学和中国文学史上的接受也都经历了波折。从20世纪80年代开始，赛珍珠研究逐渐回暖，进入21世纪已呈现出百家争鸣的可喜局面。中国学者在研究赛珍珠，欧美学者也在研究赛珍珠。在众多学者多年的努力推进下，赛珍珠研究取得了巨大的进展和突破，历史也终于对她做出客观且公正的评价。

一、国内研究述评

拥有独特跨文化视角的赛珍珠，一生以促进东西方文化的交流与互动为己任，但历史并没有从一开始就给她客观公正的评价。特殊的文化混血身份，使她在中美两国的接受均经历了起伏。在过去的九十年里，从毁誉参半到彻底否定，再到客观评价、全面繁荣，学术界对赛珍珠的研究和评价始终与中美两国的关系紧密联系且几经沉浮。本书的题目是"此心安处——赛珍珠的家园政治观研究"，主要研究对象是赛珍珠在不同时期创作的不同体裁的作品，包括3部长篇小说作品、3部儿童文学作品、3部传记及3部短篇小说作品。现对国内外的赛珍珠研究现状进行梳理，以期归纳总结前人的研究成果，同时挖掘潜在的研究趋势并梳理研究思路与方法。

总体而言，国内的赛珍珠研究成熟、全面且深入。以时间为界。国内赛珍珠研究大致可以分为两个阶段：一是20世纪30年代到70年代末，特点是毁誉参半起伏大；二是20世纪80年代到进入21世纪之后，特点是重新认可迎复兴。自第一部作品《东风·西风》（1930）推出以来，赛珍珠接连创作了享誉文坛的一系列作品。在20世纪30年代，有《大地》（1931）、《儿子们》（1932）、

① 引自尼克松1973年3月26日发表的总统声明。

《分家》（1935）（后统称为三部曲）等。据朱骅所做的统计，在1931年到1949年的近二十年内，赛珍珠共发表长篇小说24部，短篇小说集4部，戏剧7部，青少年读物7部，翻译作品1部，传记作品3部，评论合集22部，另加几十篇期刊文章。[①] 这一时期赛珍珠的作品在数量和质量上都获得了丰收，如此多高口碑的作品自然引起了国内外文学界的注意。自1930年发表第一部作品以来，赛珍珠于1932年凭借《大地》获得普利策奖，1938年更是获得了诺贝尔文学奖。一位女作家在短短几年当中便登上世界文学的巅峰，可谓一颗耀眼的文学新星。

对赛珍珠的作品表示肯定的评论家有伍蠡甫、庄心在、陈衡哲、赵家璧、厚生、雨初、林语堂等人，评论的关注点在于对赛珍珠小说文本和写作特色的分析。《大地三部曲》尤其受到关注，具体体现在对作品中女性人物的关注上。在1938年诺奖的授奖词里，瑞典学院常务秘书佩尔·哈尔斯特龙指出："在这部长篇小说提出的众多问题中，一个最严肃最忧郁的问题是中国妇女的地位问题。从一开始，作者的感人力量就强烈地体现在这一点上，在这部史诗性作品的平静中经常可以感觉到。"[②] 有肯定的赞赏，也必然会有质疑的声音，国内30—40年代也有很多学者对赛珍珠的评价不高，且这些学者都是学界重量级的人物，比如鲁迅、茅盾、巴金等。作为中国伟大的思想家和文学家，鲁迅认可赛珍珠对中国的深厚情感，也承认她对中国是有所了解的，只不过没有中国人自己了解得深刻。新中国成立初期，中美两国长期政治上的对峙及意识形态领域的"冷战"使得两国在国家发展的各个方面处于冰冻期。外部大环境的诸多不利因素和国内政治环境的动荡，使得国内经济发展遭受重创，随之而来的是文化、教育及科技的发展都非常缓慢。这一阶段赛珍珠及其作品在中国的命运可谓跌至谷底。虽然赛珍珠的

---

① 朱骅：《赛珍珠与何巴特的中美跨国写作：论来华新教女传教士的"边疆意识"》，博士学位论文，复旦大学，2010年，第413-429页。

② 佩尔·哈尔斯特龙：《授奖词》，载赛珍珠：《大地》，王逢振，等译，桂林：漓江出版社，1988年，第1076页。

作品被认为是“对中国农民生活进行了史诗般的描述”，但在中国却因作品中有对“新中国及其领导的歪曲、谩骂和攻击”① 而在这一阶段基本上被列为禁书。与上一个十年既有肯定又有批评的研究特点相比，这个阶段的研究基本停滞，而仅有的几篇评论性的文章也是持彻底否定的态度。

改革开放以后，经济的复苏也带动了社会的进步及文化的多元发展。赛珍珠研究在经历了近二十年的寒冬之后，也终于迎来了初春的暖阳。在 80 年代的复苏期，中国台北远景出版事业公司于 1981 年出版的《诺贝尔文学奖全集·〈大地三部曲〉》将赛珍珠重新拉回到读者的视野中。贵州人民出版社在 1982 年出版了小说集《生命与爱》，收录了赛珍珠的三篇短篇小说，分别是《少女之恋》《生命与爱》《报复》，这也标志着赛珍珠研究在新时期的逐步复苏。赛珍珠作品的相继问世，激发了出版社对赛珍珠作品的兴趣。1988 年，漓江出版社组织翻译并出版了赛珍珠代表作《大地三部曲》。王逢振指出：“按照新历史主义的理论，《大地》三部曲亦应属于研究的对象，因为它确曾在‘改变人们思考和行为’方面发生过作用。”② 赛珍珠研究在 80 年代复苏后，紧接着迎来了 90 年代的繁荣期。1991 年江苏镇江召开了中国首次“赛珍珠文学创作讨论会”。在新的时代背景下，讨论会重新评价了赛珍珠的文学价值和创作思想，充分肯定其在向世界介绍中国文化及促进东西方文化沟通与交流方面所做的巨大贡献。此次会议开启了赛珍珠研究“政府、学界合作”的新模式，也奠定了今后二十多年赛珍珠研究繁荣发展的坚实基础。

自 20 世纪 90 年代开始，中国开始重新评价赛珍珠。1991 年国内出版了三部相关作品，分别是赛珍珠的自传《我的中国世界》、保罗·A. 多伊尔的《赛珍珠》和赛珍珠的小说作品《母亲》。1992 年上海社会科学院召开了“纪念赛珍珠诞辰一百周年学术研

---

① 见 1972 年中国驻加拿大大使馆拒绝赛珍珠赴华签证的回信。

② 王逢振：《历史地看待赛珍珠和她的〈大地〉三部曲》，载赛珍珠：《大地》，桂林：漓江出版社，1988 年，第 4 页。

讨会”。赛珍珠作品出版数量的增加，带动了研究学者们持久的研究热情，步入 90 年代，赛珍珠研究的队伍不断壮大，国内学界涌现出数量众多的以“赛珍珠及其作品”为选题的硕博论文，它们依据不同文本，从多个角度展开专题研究，为世纪之交的赛珍珠研究添砖加瓦。回顾赛珍珠研究在我国走过的九十年历程，虽有波折，但总体趋势一直在向前推进。赛珍珠研究在经历了起步阶段、沉寂阶段及复兴阶段之后，于 21 世纪迎来了百家争鸣的繁荣成熟阶段。

江苏镇江作为赛珍珠的中国故乡，自 1991 年召开首次讨论会以来，每隔 2~3 年便召开一次赛珍珠国际学术研讨会，且每次都会有来自美国、韩国、英国的学者提交论文并参会，对赛珍珠研究的国际化起到了巨大的推动作用。例如：2012 年举办“赛珍珠与民国时期的南京”国际研讨会；2015 年举办“赛珍珠与抗日战争”研讨会；2017 年 9 月举办“赛珍珠的中西文化观和慈善情怀”国际学术研讨会以及珍珠公园开园仪式，迎来了上百位美国、韩国和英国学者，会议议题范围、研究视角、作品选择都取得了新的突破。赛珍珠国际基金会总裁珍妮特·明泽女士是知名的社会活动家，在她的推动之下，与“赛珍珠”相关的活动火热开展起来：在镇江市第二中学（崇实女中）设立“赛珍珠国际班”、为赛珍珠文献中心捐赠珍贵书籍、组织志愿者赴中美两地参观交流等。这些活动有助于将赛珍珠“东西方文化沟通的人桥”这个称谓一直传承下去。2019 年 9 月镇江举办赛珍珠学术研讨会，首次邀请了意大利米兰孔子学院的学者参会，将中国赛珍珠研究的影响继续向欧洲国家扩散。可喜的是，安徽宿州于当年 6 月底成立了赛珍珠研究会，为国内赛研添砖加瓦。2022 年 6 月 26 日是赛珍珠诞辰 130 周年纪念日，以“相知互鉴向未来”为主题，在镇江召开了研讨会并成立赛珍珠研究高校联盟。在 21 世纪迈入第三个十年之后，赛珍珠研究在已取得成就和突破的基础之上，继续高歌猛进，形成了中国、美国和韩国三国，南京、镇江和宿州三地强强联手的研究力量。同时，江苏大学图书馆于 2015 年成立了全国资料最全、范围最大的“国际赛珍珠文献资源中心”，收集了赛珍珠的全部作品及国内外以“赛珍珠及其作品”为选题的所有硕士和博士论文，为广大赛珍珠研究者提供了很好的资料检索便利。

二、国外研究述评

相对于美国的其他诺贝尔文学奖得主，美国学界对赛珍珠作品及其社会活动的研究无论是在研究的深度上还是在研究的广度上，都有一定的忽视和欠缺。20 世纪三四十年代，也正是赛珍珠创作的高峰期。据 1945 年所做的统计，1922—1944 年共有 12 部东方题材的小说荣登全美最畅销作品排行榜，其中仅赛珍珠一人就有三部上榜。40 年代后期开始，赛珍珠在中美两国的文学声誉和关注度陡转直下。在中国，如姚君伟所认为的，是由于她“自身经历的不足，立场、观点方面的局限妨碍了她的作品在中国的接受”①。在美国也遭到同样的冷遇是因为从 40 年代冷战开始，中美两国意识形态对立加剧，美国文学界对赛珍珠的中国作品不仅有敌视和否定，还有冷落和忽视。首先，尽管 1934 年赛珍珠已经返美定居，但总体来说赛珍珠一直专注于中国题材作品，以讲述中国故事为主，返美后难以与美国文学的主流融合。其次，赛珍珠虽然身为美国人，却长期生活在中国，自身身份也得不到美国主流作家群体的认同。最后，从第一部作品问世以来，短短几年她便获得诺贝尔文学奖，获奖速度之快也引起美国文学界的广泛争议。

在这一阶段，首先是同行不认可赛珍珠及其作品，正如彼德·康所言：“赛珍珠从美国文化背景中消失了。”② 1938 年获得诺贝尔文学奖的赛珍珠在美国学界处于一个十分尴尬的地位。美国文学课堂上的著名作家有马克·吐温、德莱塞、海明威等，她的名字则很少被提及。美国文学关注较多的是种族、奴隶制、工业化、西部

---

① 姚君伟：《赛珍珠在中国的命运》，《姚君伟文学选论》，上海：复旦大学出版社，2007 年，第 9 页。

② 彼德·康：《赛珍珠传》，刘海平，等译，桂林：漓江出版社，1998 年，“前言”第 3 页。

拓荒、阶级等问题，而她关注的是万里之外的中国故事。作为美国文学分支的华裔文学，有著名的谭恩美、汤亭亭等占据重要地位，要么提起中国文学，就是耳熟能详的四大名著等。彼时的赛珍珠既不属于美国文学，也不属于中国文学，她在两者之间都被忽视了。美国文学界对其获得诺贝尔文学奖嗤之以鼻，除了辛克莱·刘易斯这位同为诺奖得主的作家一直以来鼓励赛珍珠之外，其他如作家威廉·福克纳、诗人罗伯特·弗罗斯特等都贬低过此奖的含金量，他们觉得自己“不屑与辛克莱·刘易斯和中国通赛女士共荣”①。其次，在这个阶段出版的几部重要的美国文学史著作中，鲜有对赛珍珠及其作品的介绍。由斯皮勒（Robert E. Spiller）等主编的一千多页的《美国文学史》（*Literary History of the United States*，1948）中，对赛珍珠的评论仅有两行半。20 世纪 50 年代出版的《美国文学宝库》（*A Treasury of American Literature*，1955）、《美国文学传统》（*The American Tradition in Literature*，1956）则对赛珍珠只字不提。回顾这一阶段，因为政治、经济等方面的原因，中美两国在对作家赛珍珠的研究方面表现出一定的相似之处：否定、冷落甚至停滞。不管是 30—40 年代的关注度较高，还是 50—70 年代的跌落谷底，赛珍珠及其作品的命运经历着起起伏伏，也注定着对赛珍珠的研究是一条不平坦却也令人充满期待的道路。

1972 年尼克松总统访华带来了中美关系的转机，1979 年中美建交将两国关系推入了正常化的轨道。政治、经济方面的发展也促进了文化事业的繁荣，对中国和美国都有着割不断情感的作家赛珍珠再一次进入了中美两国文学界的视野。1992 年赛珍珠的母校伦道夫—梅肯女子学院召开了首次赛珍珠国际学术研讨会，以此纪念这所学校 1914 届优秀毕业生、诺贝尔文学奖得主赛珍珠 100 周年诞辰，会后与会者们提交的论文被编辑成《赛珍珠的几个世界》（*The Several Worlds of Pearl S. Buck*）并出版。2016 年，西弗吉尼亚

---

① 彼德·康：《赛珍珠传》，刘海平，等译，桂林：漓江出版社，1998 年，第 237 页。

大学举办了“赛珍珠大门依然敞开国际研讨会”（Pearl S. Buck Living Gateway International Conference）。在赛珍珠的诞生地召开此次研讨会，借她的出生地是“一扇通向新思想、新梦想、新生活方式的大门”为喻，是希望此次研讨会成果可以从大门走出去，与外界建立更多的新的联系。中国学者姚君伟做了题为“中国文化走出去：赛珍珠的方法论启示”的大会发言，发言提到赛珍珠一生为促进中美文化交流所做的努力改变了美国乃至整个西方对于中国、中国人和中国文化的认识，为中国文化走出去提供了方法论上的启示。2018 年西弗吉尼亚大学再度召开国际学术研讨会，来自美国、中国、韩国、俄罗斯等国的学者与会。同年，意大利米兰孔子学院也举办了赛珍珠文化知识系列讲座和研讨会。2022 年，中美学者还在线上举办了研讨会。我们欣慰地看到，进入 21 世纪的赛珍珠研究在越来越多的国家展开，获得的国际关注度也越来越高。

三、赛珍珠研究的新视角

进入 21 世纪，赛珍珠研究的对象日趋多样化，比如电影改编、舞台剧改编、诗书画创作研究等，作品研究范围也从原来聚焦于主要小说作品，拓展到非小说、儿童文学、演讲文稿等，视野从美国文学研究、中国文学研究范畴延伸到跨文化、跨学科研究，研究方法也从女性主义、后殖民主义批评、文化批评、读者反应批评等延伸到社会学、人类学、叙事学、传记学、文化地理学、教育学乃至计量学等角度，研究思路和方向不断创新。

在跨文化视角方面，国外关于赛珍珠作品研究的博士论文数目不多，最早的一篇是余玉照（1981）的《从文化交错评析赛珍珠》（*Pearl S. Buck's Fiction：A Cross-Cultural Interpretation*），该文从跨文化角度全面阐释了赛珍珠小说作品的内涵。以赛珍珠幼时得以在中国百姓的帮助下逃脱而免遭杀害的事情为例，余玉照在论文中指出：“小时候的难忘经历让赛珍珠毕生都在致力于寻求世界和平，促进不同种族之间的平等和跨文化沟通。"① 第二篇是华人学者廖康（1997）的《赛珍珠——跨越太平洋的文化桥梁》（*Pearl S. Buck*：*A Cultural Bridge Across the Pacific*），该文运用接受理论分析了赛珍珠作品早期获得成功的原因及其被批评家冷落的原因，肯定了其为改变美国人心目中的中国人形象所做出的独特贡献。同时，该文还从多元文化的视角对赛珍珠作品进行评价，指出其作品描写中国农民群体不仅为英语国家的人民，也为其他语种国家的人们了解中国提供了文本。在多元文化融合的现代背景下，回看赛珍珠作品，她为促进异质文化的沟通做出的努力具有重要的社会价值和历史意义。姚君伟（2001）的《文化相对主义：赛珍珠的中西文化观》，用文化相对主义的理论来分析赛珍珠的文学作品及社会活动，指出赛珍珠一生反对文化霸权主义，推崇文化相对主义，致力于促进异质文化的沟通与融合。朱骅（2012）在《美国东方主义的中国话语——赛珍珠中美跨国书写研究》中阐述了赛珍珠的双重文化身份，将她视为真正意义上的东西方文化交流的使者，并对她置身其中的美国文化生成的中国话语进行了梳理。李青霜（2013）的《赛珍珠中国题材小说的电影改编》把四部中国题材小说的改编视为一个整体，放到具体历史语境中加以考察，探究改编过程中经历的小说荧屏化的过程，从而更好地丰富和深化赛珍珠的创作思想，提高写作策略，加深对作品的理解。2015 年江苏大学出版社出版了《大地珍珠——赛珍珠主题诗书画选萃》，全书以赛珍珠为中心，以诗书画相结合的形式，全面阐释"大地珍珠"的主题。姚望提出：这是自觉弘扬"诗性批评"的中国文艺批评传统，给当下中国的赛珍珠研究界吹来了一股风雅的"唱和之风"。② 2017 年 5 月，舞剧《春江花月夜：赛珍珠》在南京上演，分别以春、江、花、月、夜五个篇章，对应着赛珍珠的青春、旅行、创

① Yu Yuh-chao, "Pearl S. Buck's Fiction: A Cross-Cultural Interpretation," Institute of American Culture Academia Sinica, 1981, p. 25.

② 姚望：《一个主题　三种艺术：评〈大地珍珠——赛珍珠主题诗书画选萃〉》，《江苏大学学报（社会科学版）》，2017 年第 4 期，第 75 页。

作、思念与梦想。五位不同年龄的舞蹈演员以舞蹈动态语言的形式，再现了赛珍珠人生中重要的五个阶段。该作品首次以舞剧的形式展现诺奖得主赛珍珠，将古典中国的意境与国际化的舞台语言相结合，在百老汇的舞台上讲述中国故事。笔者 2019 年发表的论文《多媒体舞剧〈春江花月夜：赛珍珠〉的创作研究》基于舞蹈语言的三种审美意蕴和舞台布景的三层景观设计，探讨了这部多媒体舞剧的戏剧性和人物塑造的艺术性，进一步丰富了 21 世纪赛珍珠研究的对象和模式。[①] 2021 年 3 月南开大学出版社出版的徐清国家社科课题结项成果《文化边际性与经典建构——赛珍珠中国题材小说研究》是比较新的一部学术著作。该书重点关注赛珍珠的跨界写作，将经典文本《大地》《同胞》《东风·西风》解读出新意。赛珍珠既有对中美两种文化的热爱，又同时受到来自两种文化的夹击。当我们今天研究赛珍珠时，探讨中西文化的交互关系十分必要。这也给了笔者以启发。

在教育视角研究方面，董晨鹏、刘龙（1998）的《士的人格理想和儒家文化心态——试析赛珍珠的中国传统文化观》从“士”的伦理出发，将道德人格视为“士”的最高人生目标。陈敬（2005）在《赛珍珠与中国——中西文化冲突与共融》一书中，以较短的篇幅提到了赛珍珠在中国的教师经历及她对中国教育的思考。陈敬指出赛珍珠的教育观不局限于知识系统的传授，更着眼于人的整体素质特别是道德素质的培养。庞援婷（2017）的《赛珍珠的文化价值观研究》一文提到了教育是赛珍珠文化价值观形成的影响因素之一，中国的教育经历使赛珍珠深受“仁者爱人”儒家思想的影响。中西教育思想在赛珍珠身上既有冲突又有融合。赛珍珠特殊的文化双焦身份，她对多元文化的和合共生的追求，都与其教育背景有关。叶旭军（2020）的《赛珍珠介入公共场域的知识分子书写》从“公共场域”理论出发，对赛珍珠在近现代东西

---

① 汪文君：《多媒体舞剧〈春江花月夜：赛珍珠〉的创作研究》，《北京舞蹈学院学报》，2019 年第 3 期，第 88–93 页。

方公共场域所引发的一系列文化实践做了全面梳理，彰显了赛珍珠这位国际知名的作家和知识分子的责任、担当和情怀。舒玲娥（2006）的《赛珍珠小说中的多重文化观》分析了赛珍珠多部中国题材小说，其中隐含地谈到了几位留学美国归来的中国学子在现代教育问题上的分歧。赵岚（2007）的《孔子的门徒——赛珍珠和仁》结合儒家思想中的“仁”，聚焦赛珍珠的非小说文本，展示赛珍珠对人文和社会的关注，以及受“儒”和“仁”影响的一生。付欣桐（2021）的《从〈我所知道的中国〉阐释赛珍珠的中国文化观》以赛珍珠的演讲集为研究文本，结合赛珍珠的文化混血和边缘人的双重身份，分析赛珍珠的中国文化观，其中包括家庭观、伦理观和宗教观。

中青年学者成为赛研的中坚力量，从土地、家园、身份等多个视角全面展开研究，是对赛珍珠研究的传承与创新。魏兰（2013）的《赛珍珠作品土地主题研究》一书从最能体现中华民族精神之源的“土地意象”入手，对赛珍珠中国农村题材作品的“土地主题”进行了归纳和解读，研究作为“文化边缘人”的赛珍珠如何完成她的“中国书写”，以及再现中华民族千百年来对土地的深深眷恋。朱春发（2017）的《何处是家园——浦爱德、赛珍珠、弗利兹的中国童年及其身份书写》以整个章节的篇幅，结合三部文本，从赛珍珠“边缘人”的身份特征入手，探究在“第三文化世界”中长大的赛珍珠的身份困惑、矛盾及转变过程。2018 年，姚望的博士论文《赛珍珠的文化身份研究》聚焦赛珍珠的多重身份，分别从小说家的身份、翻译家的身份、学者的身份和社会活动家的身份角度来对赛珍珠进行阐述。除此之外，作品研究范围从原来的聚焦于长篇小说作品，拓展到短篇小说（张春蕾，2004）、儿童文学（黄橙，2015）、社会活动（郭英剑，2020）等。张春蕾从赛珍珠短篇小说中的东西方文化交叉背景出发，深刻分析了短篇小说中聚焦的人物塑造和情感刻画。黄橙从“监护人的焦虑”视角出发，全方位考察成长模式在赛珍珠作品中的具体表现，还原出赛珍珠为孩子们构想的成长蓝图，进一步挖掘出其文学智慧。郭英剑聚焦赛珍珠与晏阳初关于“平民教育”的对话，探讨赛珍珠讲好中国故事的具体形式和当下意义。赛珍珠研究在研究方法上也有新突破，既有女性主义研究（李秀梅、周卫京，2015）、历史学研究（段怀清，2021）、伦理学研究（朱芳毅，2021）、文化研究（魏琳，2021）等，也有翻译研究（钟再强，2019）、传记研究（孙宗广，2020）、传播学研究（樊蔻青，2008）、宗教文化研究（杨坤，2015）、空间研究（刘澍芃，2014）、人类学研究（赵东，2016）和旅行研究（曹步霄，2021）等，丰富和补充了赛珍珠研究的思路和方向。以上研究表明“赛珍珠”这个文学符号在21世纪依然有着广阔的阐释深度和广度，也拓宽了我们对赛珍珠身份的理解：她既是比较型的作家，又是研究者，还是社会活动家和慈善家。

21世纪美国赛珍珠研究的复兴与费城郊区的赛珍珠国际、赛珍珠出生地基金会、西弗吉尼亚大学的贡献密不可分，它们共同努力将赛珍珠作为一个文学家和人道主义者的遗产保留并传承了下来。2016年的研讨会是1992年之后的又一次具有里程碑意义的盛会，不仅邀请了各国研究学者参会，也将赛珍珠的写作、政治参与、人道主义工作和国际关系推动等不同的方面结合起来，涉及的角度有战争、残疾儿童收养、中国未来和妇女受教育的权利等。2019年会议论文集 *Beyond The Good Earth* 出版，其中有几篇论文颇值得关注。首先是一直从事战争历史研究的大卫·科荣（David Crowe）的发言，他的研究对象拉斐尔·莱姆金（Raphael Lemkin）以提出“种族灭绝”（genocide）的概念著称。拉斐尔·莱姆金的工作让他和赛珍珠有了交集，赛珍珠积极加入，共同促进1948年世界上第一个防止及惩治种族灭绝公约的建立。查尔斯·库弗（Charles Kupfer）关注赛珍珠二战期间在纽约发表的一个关于反殖民、废除种族歧视的讲话。赛珍珠具有敏锐的政治观察力，积极呼吁建立战后的全球新秩序。21世纪的学者们开拓了更宽广的研究视角和研究连接，以全球视野、跨文化和跨学科的视角，突破了传统赛珍珠研究的局限，将赛珍珠更为立体的形象和多元的角色展示出来。2022年10月27日在韩国召开了以“赛珍珠与多元文化”为主题的国际学术研讨会，多位国际知名赛珍珠研究学者参会。

第三节　参考文献和理论框架

回顾前人的努力，赛珍珠研究已经走过九十年的历程。站在巨人的肩膀之上，后辈在继续研究时有了坚定的依靠和坚持的信心。

前人的研究论述翔实、深入，角度新颖、多元，呈现出开放、包容的批评话语形态和阐释空间，这对笔者的研究有很大的启发。本书以“家园”为切入点，选取赛珍珠具有代表性的长篇小说、儿童文学、传记、短篇小说及社会活动展开评析，将她的整个创作视为一个关于“家园”的体系，结合理论分析与文本细读、内部研究与外部研究详细论述。

对家园政治观的界定和解读，本书参考了当代美国文化和文学批评家、加州大学罗斯玛丽·乔治的专著《家园政治》。“家园政治”的内涵指向这样一个基本命题：家园不是与生俱来的，而是建构而成的，所以具有政治性。由“家园”这个关键词可以拓展出地点、民族、国家、身份、离散、空间、语言等切入点。本书主要参考了巴拉什（Gaston Bachelard）、斯图尔特·霍尔（Stuart Hall）、霍米·巴巴（Homi Bhabha）、迈克·克朗（Mike Crang）、拉什迪（Salman Rushdie）、萨义德（Edward Said）、费小平、郭英剑、龙迪勇、蒲若茜等学者的论述。对于赛珍珠家园政治观的形成和发展，本书主要结合不同文类来考察，分别从长篇小说、儿童文学、传记、短篇小说及社会活动这五个方面来考察。在长篇小说方面，《大地三部曲》是赛珍珠最经典的作品，里面蕴含着赛珍珠对家园观萌芽和发展的思考。在笔者收集到的文献资料中，有一些论文和专著特别值得一提。

在旧作新读的论文汇总中，学者们对经典之作《大地三部曲》的研究角度不断创新：刘澍芃（2017）的《赛珍珠〈大地〉中都市的地理空间书写》[①] 关注了一直被学者忽视的主人公流落南方大都市的这段时间，结合空间叙事理论，沟通了都市和故乡两个特定的地域空间，将物质意义上的都市空间和精神意义上的乡土空间相呼应，强化了主人公王龙内心深处对于故土的深厚感情。“空间书写”是近些年来出现的研究新趋势，属于文学地理学的范畴。文学作品不仅对地理景观进行描写，也提供了认识世界、解读人物更为宽泛的领域。从作品中时间跨度非常小的一段逃难至大都市的故事出发，该文以人文地理为界，展现了富人/穷人、安徽/江苏、骄奢淫逸/极度贫穷、城市/家乡等二元概念的对比。实际的地理空间和想象的心理空间将大都市和家乡两个特定的空间连接起来，强化了赛珍珠对于故土的情结，也对整本小说主题的升华起到了重要的作用。魏兰（2015）的专著《赛珍珠作品土地主题研究》[②] 从赛珍珠作为文化边缘人视野中的“土地意象”入手，对“土地主题”进行了归纳和解读。该书一方面通过对中国人和中国文化的理解，将赛珍珠的创作凝聚在“人与土地的关系”语境内，再现中华民族对土地的眷恋；另一方面又将土地情结进行升华，对其精神家园进行建构，提升了读者对于扎根于土地的中国精神的理解。本书围绕小说作品，主要参考的还有费孝通的《乡土中国》。《乡土中国》对中国社会的乡土性做出最真切的定义，指出土地是中华民族的精神内核。此外，还有迈克·克朗的《文化地理学》。文学作品中的空间描写是认识世界的一面镜子，克朗为读者提供了不同的理解空间的方法。

在赛珍珠儿童文学作品研究方面，过去的几十年里几乎是空白，直到进入21世纪才初次涉及。刘崯（2012）的《赛珍珠儿童读物〈巨浪〉中的日本死亡哲学初探》[③] 肯定了作品在树立孩子正

---

① 刘澍芃：《赛珍珠〈大地〉中都市的地理空间书写》，《太原师范学院学报（社会科学版）》，2017年第3期，第73-76页。

② 魏兰：《赛珍珠作品土地主题研究》，镇江：江苏大学出版社，2015年。

③ 刘崯：《赛珍珠儿童读物〈巨浪〉中的日本死亡哲学初探》，《时代文学》，2012年第4期，第140-142页。

确的生死观方面起到的积极作用，以及赛珍珠将“死亡”这一文学主题恰到好处地表达出来的良苦用心。在2017年9月的镇江赛珍珠国际学术研讨会上，辛燕围绕儿童文学作品《巨浪》中“家”的制度进行了发言，指出在日本社会中“家”制度包括了父权家长制、养子制、家业继承等方面，家的延续使命非常重要，只有重回故土才能算真正地回家。“家”的主题贯穿于赛珍珠儿童文学作品之中，尤其是这些作品大部分是其返美后才创作的。黄橙（2017）的专著《“监护人”的焦虑：赛珍珠作品中的成长模式研究》[①] 从爱的母题、自然的母题和顽童的母题切入分析赛珍珠儿童文学作品中的成长模式，同时指出赛珍珠本人离散在几个世界之间的成长经历。与穿梭于不同环境之中的异乡人一样，“文化边缘人”也可以用来描述其本人的成长经历。既然回不了自己魂牵梦绕的中国故乡，就只能借助自己的美好想象和笔纸，建构出一个“第三空间”：既不与新环境完全融合，也非与旧环境完全分开，而是在一个自己的空间中，建构一个自己想象中的“家”。

“共同体”是指一种人类生存和相处的结合机制，主要由血缘、地缘、精神或利益关系构成。命运共同体表征的研究是国内外文学批评的重要话题之一，特别是在跨学科研究领域成为一个值得探索的学术方向。对赛珍珠作品的大部分研究停留在文本分析上，一定程度上限制了文学批评的视野和范畴，忽略了命运共同体的深刻内涵和象征意义，以及与其相关的政治、经济、文化、哲学、伦理、法律、宗教和科学等重要因素。赛珍珠在塑造人物时，表现出强烈的“命运”意识和“共同体”理念。文学与其他学科的融通，是赛珍珠多种身份的体现，也是多元文化对话的一种模式。张志旻（2010）在《共同体的界定、内涵及其生成——共同体研究综述》中指出，共同体主要是以血缘、感情和伦理团结为纽带自然生长起来的，其基本形式包括亲属（血缘共同体）、邻里（地缘共同体）

---

① 黄橙：《“监护人”的焦虑：赛珍珠作品中的成长模式研究》，镇江：江苏大学出版社，2017年。

和友谊（精神共同体）。李维屏（2020）的《论英国文学中的命运共同体表征与跨学科研究》一文系统阐述了命运共同体的内在逻辑和跨学科研究路径。特别是家族、村庄、教会、学校、社团、工厂、公司、政府、军队等组织形式，都是共同体的美学表征，有助于拓展文学的表现范畴，增强作品的艺术感染力。J. 希利斯·米勒（J. Hillis Miller）在《小说中的共同体》（*Communities in Fiction*）一书中提出，作为人与人之间的情感联结，倾听（如讲述民谣、家庭历史等）是想象共同体的方式之一，包含了历史、现实和情感的相互作用。赛珍珠命运共同体的书写起源于中国“天下一家”的传统儒家思想。爱人如己是一种无阶级之爱。赛珍珠的作品重新审视着个体与共同体的关系。可以说她的作品本身，连同她的社会角色，构成了一个特别的圈子，构建了一个想象的共同体。在当下，在后现代的语境下，再次研究赛珍珠作品中的想象的共同体是必要的，也是有意义的。

传记研究是当下文学研究的热点，赛珍珠传记研究主要借鉴的作品则是赛珍珠为其父母写的传记和赛珍珠的自传，这些作品有着重要的文学价值和史料价值。周俐玲（2011）的论文《父亲·传教士·异邦客——赛珍珠〈战斗的天使〉中的父亲形象》① 刻画了赛珍珠父亲赛兆祥的三种身份和三种人生：既是父亲，又是传教士，还是异邦客，经历了自我挣扎而又自我超越的一生。晚年的赛兆祥也经常发出“回到家里真好”的感慨。赛珍珠重新认识了父亲原先的冷漠形象，也借此对一个时代和传教士这一代人有了情感上和思想上的认识超越。浙江师范大学张倩（2012）的《文化冲突与身份认同——论赛珍珠三部传记的写作主题》② 探讨了传教士在异国他乡寻找“身份认同”的主题。三部传记恰似一个一脉相承的整体，又有彼此独立的描写对象。两代人作为异邦客，在中国

① 周俐玲：《父亲·传教士·异邦客：赛珍珠〈战斗的天使〉中的父亲形象》，《杭州师范大学学报（社会科学版）》，2011 年第 4 期，第 70-75 页。

② 张倩：《文化冲突与身份认同：论赛珍珠三部传记的写作主题》，硕士学位论文，浙江师范大学，2012 年。

的土地上寻找精神上的统一，其实也是对“家园”的寻找，是一种能够实现赛珍珠本人“天下一家”愿望的寻找。朱春发（2016）的博士论文《何处是家园——浦爱德、赛珍珠、弗利兹的中国童年及其身份书写》①，从“第三文化孩子”的身份出发，探讨赛珍珠童年时期就已经形成的家园观念及其对成年赛珍珠的影响。作为“边缘人”，“家园”一直是赛珍珠人生中最重要的归属地，也是其身份认同的根基，赛珍珠童年的不稳定感带来了成年后的无根感，也使模糊的家园意识伴随了她的一生。台湾师范大学学者高玛丽（Mary Alice Goodwin）2007年的博士论文《乡关何处：赛珍珠与葛楚德·史坦的私密地理书写》（*Homes Away from Home: The Intimate Geographies of Pearl S. Buck and Gertrude Stein*）②，提到赛珍珠在作品中反复推敲自己与祖国美国以及被自己称为原乡的中国两者之间存在的关系，并试图去探讨这些关系的本质。作者以“原乡”为出发点，探讨长于中国的赛珍珠是如何为创造出远离美国的原乡而做出努力的。

作为传记研究的补充，本书主要参考的还有多位学者撰写的赛珍珠传记作品，以在不同的时间段里对赛珍珠的人生进行多元的解读。按照时间顺序，这几部作品分别是1944年科妮莉亚·斯潘塞《流放的女儿：赛珍珠传》、1969年西奥多·哈里斯《赛珍珠传》、1973年厄温·布洛克《赛珍珠生平》、1980年保罗·A. 多伊尔《赛珍珠》、1983年诺拉·斯特林《赛珍珠：一个矛盾的女人》、1992年华伦·舍克《赛珍珠：大地母亲》、1997年彼德·康《赛珍珠传》与2010年希拉里·斯波林《埋骨：赛珍珠在中国》。在这几十年里陆续推出的传记作品，以特殊的文学体裁对赛珍珠的人生进行了较为系统的回顾和评价。其中彼德·康版和希拉里·斯波林版受到了社会的广泛关注。彼德·康所著的《赛珍珠传》为赛

---

① 朱春发：《何处是家园：浦爱德、赛珍珠、弗利兹的中国童年及其身份书写》，博士学位论文，浙江大学，2016年。

② Mary Goodwin, “*Homes Away from Home: The Intimate Geographies of Pearl S. Buck and Gertrude Stein*”，博士学位论文，台湾师范大学，2007年。

珍珠“拂去历史的尘埃”，因为她“整整为两代美国人塑造了中国”①，她并没有被遗忘，只是“深藏在熟悉之中”②。作者对赛珍珠的生平进行了细致的梳理，以“文化传记”为立足点，将赛珍珠的一生放在其文化背景中加以考察③，读者可以更多地了解赛珍珠的生平和创作，对赛珍珠的一生做出新的理解和审视。

《埋骨：赛珍珠在中国》是较新的赛珍珠传记，一经出版便获得多方肯定。著名女性文学专家肖瓦尔特认为，“其叙述就像史诗电影般令人激动，是传记文学发展史上一个成功的例子”④。这部传记再现了赛珍珠的人生历程，选择“埋骨”为主题词，意在对赛珍珠的身份进行再定义。我们通过这部传记，会更充分认识到赛珍珠身份的多重价值。2023 年的元旦，由南京广电集团历时三年拍摄的纪录片《大地珍珠》在国内播出。该片获得西班牙巴塞罗那环球国际电影节最佳纪录长片等十多项国际奖项，是目前为止国内最全面的一部赛珍珠传记纪录片。这部纪录片以充足的一手历史档案和面对面的人物访谈，丰富了学界对赛珍珠的认识，也拓展了研究的思路。

短篇小说作品的研究给本书的写作打开了一个跨文化的多元视角，赛珍珠具有的双焦文化和双重文化身份在带给她便利的同时也使她陷入了困惑之中。她自认为是中国人，可中国人并不完全接受她；她有美国人的血统，但美国也不完全认可她。她始终在无家可归的状态中寻找家的归属感。回顾其一生，赛珍珠努力建构自己的文化身份，促进中西文化的沟通和融合，这也正是她写作和开展社会活动的出发点和巨大动力。赛珍珠本人被尼克松总统称为“人桥”，其短篇小说作品恰如其分地体现了这一点。不仅是作家本

---

① 彼德·康：《赛珍珠传》，刘海平，等译，桂林：漓江出版社，1998 年，“前言”第 5 页。

② 同①，“前言”第 9 页。

③ 同①，第 11 页。

④ 转引自姚君伟：《为弃儿寻找归宿：评赛珍珠新传〈埋骨〉》，《外国文学动态》，2010 年第 6 期，第 20 页。

人，其笔下的人物，如归国知识分子、传统女性、大家庭的家长、新生的婴儿，他们也都在自己的角色当中做着沟通新与旧、中与西以及两代人之间关系的桥梁。在跨文化的视角之下，作家及其作品都在认真思考中西文化的异同，对具体的表现方式把握准确、叙述合理，进行了多元的文化现象剖析。陈敬在《赛珍珠与中国——中西文化冲突与共融》中提出，赛珍珠的双重文化身份使其成为真正意义上的文化沟通者。张春蕾在《文化交叉小径边的一脉馨香——赛珍珠短篇小说创作特色论》一文中点出了赛珍珠的短篇小说“如同开放在东西方文化交叉小径边上的一丛小花，虽不夺目，却自有独特的风姿”①。这也正如姚君伟的点评——“非小说作品和演讲的宗旨在精神上与她的小说创作是吻合的”②。在与“家园”主题相联系的著作和论文中，离散作家尤其是华裔作家的作品也值得一提。在华裔文学当中，“家园”常常与离散、身份认同、边缘人物等关键词联系在一起。提起家园，往往是“回不去了”的遥远故乡，也是建构起的一种想象的共同体。伍慧明的《骨》贯穿着一条“寻家、归家”的主线，探讨了美国华裔眼中复杂、多变的家园意义，将“想象的家园”建构在民族文化记忆之中。这样的家园既不单指故土中国，也不是被西方主流社会边缘化的家园，而是属于霍米·巴巴提到的“第三空间”的家园——一种融合两种文化、彼此开放包容的新家园。

和平学是二战后兴起的一个全新的跨学科、应用性的研究领域，核心的问题就是和平，为我们理解和解决暴力冲突问题提供了新的视角和途径。战争伴随着人类现当代文明发展史。人性与和平是战争文学的重要母题，同时又作为内核构成和平文化及其思想。亚里士多德曾提出，战争的目的必须是和平。在世界文学史上，通过描写战争来表现作家对战争与和平的反思已成为战争文学的传

① 张春蕾：《文化交叉小径边的一脉馨香：赛珍珠短篇小说创作特色论》，《江苏大学学报（社会科学版）》，2004 年第 6 期，第 11 页。

② 姚君伟：《论赛珍珠非小说作品中的文化精神》，《江苏大学学报（社会科学版）》，2002 年第 1 期，第 63 页。

统。战争文学承载着民族历史和文化记忆，对人性有着立体的透视与深度的描写，也包含着对和平的诉求。赛珍珠有多部作品描写战争，如中国人民的抗日战争、中国远征军的作战，以及朝鲜民族革命等。回看这些作品，和平主题始终贯穿其中。陈亮（2005）《从后殖民视角看〈龙子〉——兼评赛珍珠的战争观》指出，对抗殖民除了要建立自己的话语权外，还要进行暴力反抗，这样才能彻底摆脱殖民意识形态的影响。赛珍珠从人性角度抵制战争、反抗暴力，希望通过人性的复苏来逐步换回和平，消除战争的阴影。郭英剑（2015）《赛珍珠：与中国人民并肩战斗的美国作家》称赞赛珍珠是文明使者，认为她既为中国人民及其抗日战争呐喊助威，也站在国际舞台上反对外敌入侵中国，坚定地支持中国人民抗击外来侵略者。吴庆宏、金晶（2016）《〈诺言〉：赛珍珠对缅甸战事的文学和历史书写》回顾了中国远征军在滇缅作战这段历史，赞美中国军民的勇敢和忠诚，也谴责英美盟军的背信弃义和批判殖民主义者。冉晓莉（2015）《赛珍珠抗战演说与文章之管见》梳理了赛珍珠发表的大量关于中国抗战的演讲，塑造了中国人民坚强、团结和不畏强暴的伟大抗战精神。朱骅（2016）《〈活笋〉：冷战背景下的朝鲜民族革命史诗》将朝鲜的文化历史和民族性格全面地展示给读者，表达了赛珍珠对世界融合的美好愿景。和平是一种文化境界、一种价值理念，赛珍珠借助对生命、死亡、人性等主题的思考，书写的是战争，关切的是和平。她是一位充满忧患意识和正义感的作家，将小说的价值上升到对世界和平的关注高度，为在和平环境下进行战争与和平的书写奠定了基础。她的战争主题书写表达了作家本人，以及整个人类的和平愿望，对帮助儿童形成正确的国家观和民族观有重要的价值和意义。作品对战争与和平的思考及深刻的内涵也体现出诺贝尔文学奖的理想价值，表达出获奖作家在文学领域对人类命运共同体的积极关注。

以上所列资料给笔者在研究“家园政治观”上重要的方法论启示，但局限性也很明显。就“家园”而言，它们往往只涉及一两个文本，把家园作为单一文本中的一条单独的线，缺乏整体的观照。本书正是将赛珍珠不同体裁的作品以及人道主义的社会活动作为一个完整的研究体系。在赛珍珠的整个创作中，“家园”本身已经构成一个庞大的叙述体系，这就为笔者的进一步阐释提供了空间。这是赛珍珠一生对“家园”的不懈追求和归家的强烈愿望，也是赛珍珠留给我们后人对家园的认知和思考。

赛珍珠的家园主题作品具有丰富的内涵，随着时代的不断变迁，人们对于赛珍珠作品中的家园主题也不断有新的理解。以书稿的篇幅，对赛珍珠的家园主题做一个整体的分析和归纳，是在前人研究的基础之上，对赛珍珠研究所做的一个新尝试和重要补充，具有一定的学术新意和学术价值。家园政治的立场，一方面让我们更好地促进世界多元文化的沟通与融合，努力实现“天下一家”的期盼，另一方面为复兴和构建中华民族共有的精神家园提供理论参照。

本书由导论、正文和结语三大部分组成，即导论、主体五章和结语，研究对象是赛珍珠在不同时期创作的不同体裁作品，包括长篇小说、儿童文学、传记及短篇小说等，还结合赛珍珠创办儿童领养机构“欢迎之家”的社会活动，讨论家园建构的现实意义和社会价值，实现家园政治研究的深入和升华。

导论部分首先对文学中的家园母题进行分析和梳理，指出在东西方几千年的文明中，人们与故土家园之间的生命联系。家园是具体的地理空间，也可以是精神意义上的家，代表着归属感、安全感和认同感。第一节具体阐释了“所有的家园建构都是政治性的”这个论述的缘由和意义。家园政治是一个社会化的历程，展现出与阶级、群体、种族等密切相关的权利，同时还具有虚构性、公共性和一定程度的排他性。第二节对国内外文献进行了以时间为序的简短述评，重点结合 21 世纪赛珍珠研究的新视角展开论述。第三节在第二节的基础上梳理了本书的主要参考文献和写作框架。

第一章研究的是赛珍珠长篇小说中的家园政治观，选取的作品是《大地三部曲》之《分家》《龙子》《同胞》。该章将文本细读和理论阐释与文学地理学、景观分析等方法结合，递进式地从土地回归、国土捍卫和民族复兴三方面进行解读。第一节中王源是留美归国的青年一代，他延续了祖辈对土地的坚守，在本质上实践了对土地更高层次的回归。第二节以日军侵华战争为叙事背景，歌颂了中国人民视死如归、捍卫国土完整的民族气节和尊严。第三节聚焦留美归来的青年知识分子群体，他们在民族振兴中发挥着个人价值和社会价值。家园政治的内涵不仅是延续家族传统的责任，是中华民族不屈精神的彰显，也是国家复兴的扎根精神，成为我们将过去、当下和未来联系在一起的命运共同体。

第二章研究的是赛珍珠儿童文学作品中的家园政治观，借鉴了儿童文学创作理论和儒学思想中的忠、孝、恕三个角度。第一节讲"忠"。面对敌机飞过中国领空的生死存亡时刻，余蓝爆发出保卫民族、捍卫国土的驾机作战梦想，表达了儿童捍卫国土完整的赤子之心。第二节讲"孝"。玛丽是一个美国小姑娘，从对山毛榉树"根"与"枝"的观察，联想到两代人的关系并成功化解了家庭危机。第三节讲"恕"。贵野与次哉生活在日本的海边，经历过海啸，失去了家园和亲人。长大后他们回到海边重新建起一个家。这既是对大自然夺去家人生命的宽恕，也是在"向死而生"的力量中重新激发出坚守家园的希望。家园政治的内涵成为不同国家、不同民族的人们凝聚起的一股强大的力量，是家之所以为家的希望之光，也是连接起希望与想象的精神共同体。

第三章研究的是赛珍珠传记作品中的家园政治观，采用了传记研究和符号圈理论，并结合了离散文学、记忆书写、空间理论等方法。三部作品一脉相承，分别是《异邦客》《战斗的天使》《我的中国世界》。第一节讨论的是赛母凯丽的地域家园、文化家园和哲性家园三种家园追寻模式，并最终升华为对在异乡再次扎根的认同感。第二节讲述的是赛父安德鲁矛盾的一生，他的躯体和灵魂进行着两个空间向度的运转，但始终坚守着自己坚不可摧的精神家园。在第三节中，回顾赛珍珠自己的离散人生，从错位的家园迷茫到主动积极的家园寻找，以旅行叙事的方式在一个现实空间讲述另一个空间的故事，实现空间的叠加和复调叙事。对于赛家两代人来说，家园政治的内涵是离开半生、遥望半生、期待半生又温暖半生的情感共同体。

第四章选取了赛珍珠的多部短篇小说及非小说作品，结合文化相对主义理论、跨文化理论、共同体意识等，分析作品中展现的不同民族和种族之间的冲突与融合。以“桥梁”为关键词，第一节比较了新旧文化之间的冲突，特别是知识分子和人民大众的脱离与矛盾，体现在生活观、卫生观和宗教观等方面。第二节中连接中与西的载体是“家”，赛珍珠对家的多元理解在不断扩大和延展，将“家”的建构作为共同体思想的一个部分，同时探讨由此延伸出的对种族问题的思考。第三节中连接生命与爱的桥梁是教育。赛珍珠有教无类、因材施教的无阶级之爱将混血儿童这一特殊群体联系起来，也把家园精神推广到民族、种族、国家以及文化之间，家园政治的内涵成为逐步放弃民族偏见、种族偏见和信仰偏见，更好地走向一个各美其美、和而不同、美美与共的和谐共同体。

第五章将目光聚焦到赛珍珠的人道主义活动。她既站立于两种文化之中，又同时游离在两者之外，她创办的“欢迎之家”面对的每一个混血孤儿都有着这样的经历。该章从赛珍珠对混血孤儿和残疾孤儿这两个特殊群体的关注切入，采用社会学分析理论，结合文化符号学、戏剧性理论、交叉性等理论，对赛珍珠慈善事业的社会价值和现实意义进行剖析，实现“家园政治”主题研究的意义延伸，家园的建构也升华为一种哲学的内涵。这里的家园超越了时间和空间，连接起过去与未来，成为一种和平的象征和积极的和平实践，走向更深层次的价值与信念，进而成为承载爱、拥抱爱、给予爱的生命共同体。

第一章

赛珍珠长篇小说中的家园政治观

《大地三部曲》包含《大地》《儿子们》《分家》，都是关于中国土地的故事。1938 年的诺贝尔文学奖授予赛珍珠，原因之一是《大地三部曲》以同情的笔触和白描的手法，塑造了勤劳朴实的中国农民形象。在赛珍珠发表受奖演说之前，伯蒂尔·林布莱德曾评论道：

> 赛珍珠女士，你在你的具有高超艺术质量的文学作品中，促进了西方世界对于人类的一个伟大而重要的组成部分——中国人民的了解和重视。你通过你的作品使我们看到了人民大众中的个人。你给我们展示了家族的兴衰以及作为这些家族基础的土地。……你给了我们西方人某种中国心。[①]

赛珍珠抓住的“中国心”正是中华民族五千年文明传承的精神与核心——土地。“中国社会是乡土性的”[②]，也正是乡土性决定了中国千千万万的农民与土地世世代代的密切联系。赛珍珠生活在中国人当中，与中国人共同经历兴衰变迁，共度丰收与饥荒。中国人民给予了她最珍贵的情感与回忆，多年来她已经融入中国人民的生活当中，中国人民的生活也早已成为她生活的一部分。

第一节　土地依恋：《大地三部曲》中的家园情结

文学与地理有着千丝万缕的关系，地理环境会影响文学创作，文学的产生也离不开地理环境。围绕着文学与地理学的关系，产生了一个新的学科——文学地理学。无论是文学研究，还是地理学研究，都离不开对景观的研究，“文学地理景观将景观放在文学背景

① 此为时任斯德哥尔摩天文台台长伯蒂尔·林布莱德在赛珍珠发表受奖演说前做的评论。内容见赛珍珠：《受奖演说》，载赛珍珠：《大地》，王逢振，等译，桂林：漓江出版社，1988 年，第 1082 页。

② 费孝通：《乡土中国》，北京：生活·读书·新知三联书店，1985 年，第 1 页。

下去讨论……也就突出了作品的特点及地域性的差异，作品就有了亮点”①。中国诺奖得主莫言曾在一次访谈中说道：“一个作家必须创造出一块属于自己的乡土、文学的乡土。”② 与简·奥斯汀笔下的英国乡村、哈代笔下的威塞克斯、福克纳笔下的约克纳帕塔法镇一样，莫言的创作离不开山东的高密乡，鲁迅的作品里有鲁镇，沈从文更是一生都情牵湘西。赛珍珠作为一个有着美国身份和中国成长经历的美国作家，她众多的作品都离不开中国这片广袤的大地，常常在中国这片充满深情的土地上展开叙事，向世界各地的读者讲述她这位中国女儿的中国故乡情：

> 故事是久熟于心的，因为它直接来自我生活中种种耳闻目睹的事情，所以写起来得心应手。正是为自己直到今天仍热爱和景仰的中国农民和普通百姓而积郁的愤慨，驱使我写下了这个故事。……他们都来自我的记忆，饱含了我的感情。③
>
> 这一段的中国生活，使我强烈感受到，中国农民具有强大的力量。他们的心地善良，其精明智慧，令人吃惊，又令人愉快。他们说话超然俏皮，简明扼要。他们出于一种深沉和天生的世故，对生活采取一种直接了当的态度。我觉得，占中国人口百分之八十五的农民是人类的优秀分子，然而，他们由于目不识丁而不被人注意，这简直是人类的一大损失。他们充满了魅力，宽宏大量。④

赛珍珠的乡土小说立足于中国的乡村，中国大地上普通的人物和故事蕴含着中华民族和中国文化所赋予的勤劳、质朴、顽强的生命

① 徐玉如：《文学地理景观与文学创作》，《临沂大学学报》，2016年第2期，第71页。

② 刘琛：《把“高密东北乡”安放在世界文学的版图上：莫言先生文学访谈录》，《东岳论丛》，2012年第10期，第5页。

③ 赛珍珠：《我的中国世界》，尚营林，等译，长沙：湖南文艺出版社，1991年，第280页。

④ 同③，第285页。

力，以及对土地最深切的情感和最虔诚的敬意。赛珍珠笔下的中国乡村是属于她自己的文学世界，但她所创作的文学作品的意义却超越这片中国土地而走向世界，拥有独特的叙事视角和多元的文化聚焦。

一、安土重迁的中国人：土地是生命之根

“安土重迁”一词出自《汉书·文帝纪》“安土重迁，黎民之性。骨肉相附，人情所愿也”，这句话的意思是说“安于乡土，对迁移非常重视，不愿轻易离开故乡，这是百姓的本性。在一起互相支持，是人们真切的愿望”。古代中国农民安土重迁的心理来自传统的农耕经济对土地的依赖，来自传统大家族式的家庭文化模式，来自背井离乡所带来的漂泊与孤独的不安情绪。在几千年的农耕社会里，百姓以土地为生，传统的农作模式将农民与土地紧紧地联系在一起。人们祈求风调雨顺，能有个好收成。人与土地之间形成的核心关系延续了数千年，人们依赖土地、感恩土地，更敬畏土地。在传统的自然经济中，大家庭团结的人力和物力使得自给自足的生产过程变得紧密又分工合理。一个家族的成员往往抱团取暖，有着一荣俱荣、一损皆损的共同命运维系。此外，中国有句古语“落叶归根”。在外漂泊的游子，不管因何原因前往何方，总有着“在家千日好，出门一时难”的遗憾，年老时也希望能够回到故乡并长眠于故乡。离开故乡时间越久，对家的思念就会越浓，所以背井离乡的乡愁与安土重迁的归属形成鲜明的对比。

回顾历史上大规模的百姓迁移，多数是因为饥荒、战争或者自然灾害等而不得不离开故土，重新寻找适合生活的地方。“移”字的构成是“禾”加“多”，也就是说哪里是禾苗多的地方，哪里就有肥沃的土地，也就有生活的希望。以《大地》为例，小说的第一句话就是“这天是王龙结婚的日子”①。王龙娶了一个勤劳质朴的女人阿兰为妻，小家庭的日子开始了。在婚后的多年里，小两口

---

① 赛珍珠：《大地》，王逢振，等译，桂林：漓江出版社，1988 年，第 1 页。

在土地上辛勤地耕作，土地被打理得黝黑肥沃，每年都能有好的收成。一家人过得踏实满足，也迎来了孩子的降临，就连阿兰的奶水渗入土里，都能形成一小块柔软、黑色的沃土。在这些风调雨顺的日子里，土地不仅是整部作品发生的重要场地，对与土地相关的地理景观的描述也同样表达着大地家园的富饶。景观可以分为自然景观和文学景观。自然景观具有客观性，不受任何主观因素的影响，而文学景观因为有了人文的因素，相对于自然景观而言则具有了更广泛和更深远的意义，因而多了一份文学色彩和人文关怀。在《大地》中，出现了很多对自然景观的描写。原本普通生活中的一草一木，因为有了王龙对土地的情感而显得具有特点和亮点。“土地肥沃得发黑”“稻粒非常饱满”“湿润的褐色土地”“柔嫩的新绿”等景观都预示着王龙一家年年丰收的喜悦。同样，“焦渴的土地”“天空没有一丝云彩”“土地干得裂了缝”“阴森森的家里”这些透着不祥之兆的地理景观也在暗示一场灾难的降临。从小说第八章开始，麦苗在烈日下逐渐停止了生长，几个月未下一滴雨让田地颗粒无收，王龙一家人也陷入了饥饿之中。一直以来奶水充盈的阿兰也断了奶，襁褓中的孩子饿得直哭。旱灾、水灾、虫灾在几年里接踵而至，阿兰杀了家中的老牛，也不得不溺死了刚出生的女婴，生活在自然的绝境面前变得异常残酷。

为了能够活下去，王龙带领一家人开始了南“移”的流浪生活，他们辗转来到了繁华的都市。在街边的角落里铺上一张席子，搭了一个窝棚，一家人在偌大的都市里找到了暂时的栖身之处。离家逃难的日子注定酸楚，孩子学会了偷盗，被王龙痛打一顿；阿兰带孩子们上街乞讨，王龙觉得不能接受，又无能为力；王龙自己也不得不拉起了人力车，但他并没有在饥饿和贫困之中突破道德的底线，“虽然我们是讨饭的，但我们不是贼”①。“城市不仅是故事发生的场地，对城市地理景观的描述同样表达了对社会和生活的认识。……问题不是如实描述城市或城市生活，而是描写城市

---

① 赛珍珠：《大地》，王逢振，等译，桂林：漓江出版社，1988年，第100页。

和城市景观的意义。"① 赛珍珠将藏匿于社会角落的贫民区与城市外表的规划和建设进行对照性描写：在繁华的都市，"一派丰盛的景象""富人穿着绫罗绸缎""堂皇富丽的城市""鲜艳的广告旗子"这些地理景观与逃难人群"窝囊的席棚""粗糙的草垫地铺""过于单薄的衣服""顶着寒风四处求乞"完全是天壤之别。在极其困难的日子里，王龙没有变卖农具，更没有变卖土地，因为他坚信，灾难过后，一家人是一定会从逃难的地方返回故土的，"我们一定要回到自己的土地上去"②。眼下的生活越艰难，越激发出王龙生存下去的坚强决心，这都来自于他对土地的信心与决心。王龙的内心并没有因为暂时的寄人篱下而被打垮，他的梦想在困难中变得愈发清晰明确。他深知自己和家人只是逃难至此，他们本不属于富裕的人家，也不属于这群蜗居在富人家墙外的逃难的人，他有他自己的家。他的家在安徽的农村，在他自己多年辛勤耕耘积攒下来的土地上。他的双脚只有踏上他自己的土地才有家的感觉。在土地上世代繁衍和生存的农民群体与土地密不可分。既然有往外迁的"移出"，就必然有往回迁的"回归"。王龙的归家路是艰难的，虽然作品中出现了戏剧性的"抢大户"的一幕，并让王龙有了一小袋珠宝，为日后归家买牛买地提供了可能。除去此幕，在归家前，王龙甚至有那么一瞬间想把自己的傻女儿卖给大户人家做佣人，以换得钱财得以回家。虽然最后并没有将女儿卖掉，但王龙在安慰女儿的同时也在绝望地叹气："没有别的办法了——没有别的办法了——"③ 直到获得意外的财富，一家人才得以踏上归途。屋在那里，田地也在那里，只是满目疮痍，能被抢走的都被抢走了。但重要的不是这些，而是尽快开始耕作，"他自己的田地，经过冬天的冰冻，现在松散而生机勃勃地躺在那里，正好适合耕种"④。因为

---

① 迈克·克朗：《文化地理学》，杨淑华、宋慧敏译，南京：南京大学出版社，2003 年，第 63 页。

② 赛珍珠：《大地》，王逢振，等译，桂林：漓江出版社，1988 年，第 101 页。

③ 同②，第 120 页。

④ 同②，第 125 页。

经历过失去家园的痛苦，所以王龙特别珍惜再次回归土地的机会。在归家途中，王龙买了牛，也购置了其他物品。一家人将全部的热情都投入到土地上，生活逐渐回到了原来的兴旺状态。这个家庭是在土地上诞生的，也是从土地上生长起来的，土地是这个家庭的基础和核心。“他田里的稻秧长得碧绿如玉，豆子也破土拱出了新芽。”① 之后风调雨顺的日子让王龙除了有好收成之外，积累的土地也越来越多。他的脚始终牢牢地站在大地上，土地成了王龙的标志。

之后的几年也有荒年，只是王龙不用再带着一家老小离家逃难了，他手中的土地也越来越多，他可以不离开土地，靠着之前好年成的收入坚持到下一年。王龙很多时候不用再亲自下地干活，家里雇佣的人也越来越多。安逸的日子警示着人与土地的分离。成家立业是《大地》的明线，反之，家的衰败和分裂就是叙述的虚线。王龙纳了妾，抛弃了阿兰，也染上了很多毛病。丰富的积蓄让王龙从老宅搬出，购置了原来的黄家大院。

> 文学地理学应该被认为是文学与地理的融合，而不是一面单独的透镜或镜子折射或反映的外部世界。同样，文学作品不只是对客观地理进行深情的描写，也提供了认识世界的不同方法……每一种写作方法都在试着开辟出一种特殊的理解景观的方法。②

文中描述了两个对比鲜明的地理空间。王龙的新宅是“幽静的院子”，“门口有石狮子”，有“大红柱子长走廊”“雕工精美的大椅子”。后来王龙还添置了“丝绸的门帘”，用“奇怪的石头造了假山”，又专门为小妾荷花修了几进院子。王龙的旧宅则是“土坯房子”，并最终“化成了泥水”。老宅是见证王龙和阿兰生活发生巨大变化的地方，他们的根原本在老宅里，而现在王龙把自己连根拔

---

① 赛珍珠：《大地》，王逢振，等译，桂林：漓江出版社，1988 年，第 128 页。

② 迈克·克朗：《文化地理学》，杨淑华、宋慧敏译，南京：南京大学出版社，2003 年，第 72-73 页。

起了。新旧老宅两处地方穿插在贫和富的两类空间，形成了在空间分割基础之上的地理景观。在这样的一个地理空间里，对与每个人身份相匹配的行为也做出了一系列的道德方面的要求：

> 文学作品或多或少揭示了地理空间的结构，以及其中的关系如何规范社会行为。这样的关系不仅体现在某一地区或某一地域的层面上，也体现在家庭内外之间，禁止的与容许的行为之间，以及合法的与违法的行为之间。文学作品中的地理含意比简单的地理情感更微妙。①

在《大地》中，出现了多处得体或不得体的地理空间，以及这个空间里产生的守规矩或不守规矩的人，他们受不同的地理空间特有标准的约束。王龙的妻子阿兰住在院子的哪里？小妾荷花住在哪里？荷花不喜欢傻女，禁止傻女到她的院子里来；王龙的大儿子有违伦理，踏进荷花后院，最终被赶出家门；梨花不愿在新宅生活，就带傻女一直住在老宅；阿兰在临终时又搬回了老宅，最终在老宅去世；王龙也在生命的终点回到老宅并于死后埋在老宅旁边。这些例子都说明了人与地理空间之间紧密的联系与互相映衬。

王龙脱离土地后出现的一系列问题也终将被再次回归土地所治愈，王龙在奋斗一生后又回到了土地上并长眠于此。他用自己一生的经历画出了一个完整的圆形。这个过程有起伏、有背离，但圆心始终未变，那就是土地。土地是王龙的信仰。是这片土地见证了王家一家人的辛酸过往和辉煌现在，也正是这片土地的精神一直指引着王家人延续着大地的故事。到了王家的第二代，王龙的儿子们并没有遵照父亲的遗愿坚守土地，而是选择了背弃，他们轻易地将祖产变卖。儿子们过上的富裕生活硬生生地将父亲用一生完成的圆撕出一个大的裂口。父与子的关系在断裂，人与土地的联系也在断裂，土地的信仰还能延续吗？

---

① 迈克·克朗：《文化地理学》，杨淑华、宋慧敏译，南京：南京大学出版社，2003 年，第 62 页。

二、衣锦还乡的年轻人：王源对土地的回归

农民们安土重迁是因为“土地之于农民，远远超出了求生本能等功利性、物质性关系，它是诗，是歌，是宗教”①。中国农民表现出的安土重迁，并不只意味着固守故土，而是一种即使离家千万里，也仍然保持着与故土从情感到物质的关联的传统。与安土重迁相联系的，是中国迁移文化的另一面：既守又走。也就是说，安土重迁的新解应该是衣锦还乡。王家第二代在父亲王龙去世之后彻底离开了土地，但第三代并没有延续这种背离土地的模式，相反，中国人俗话说的“隔代亲”的关系让王源主动走进了祖父王龙的世界。《分家》的第一句话就是这样的安排，也是冥冥之中完成的王家后代与土地的和解：“王虎的儿子王源就这样走进了他祖父王龙的土屋。”② 王龙的儿子们与土地的关系渐行渐远，但在王家第三代身上却产生了修复人与土地关系的希望。“三部曲并没有带我们走到这么远；它以第三代与大地之间的一种和解结束。”③ 王源的父亲王虎投身军阀，对于自己唯一的儿子不仅疼爱有加，而且寄托了无限的希望。王虎希望儿子成为一个像他一样骁勇的战士，他也一度将儿子带在身边打仗，但王虎对儿子根本不了解，父子之间多年的隔阂使他不知道儿子王源的内心其实与自己是完全不一样的。父子之间的对话让王龙对儿子有了特别陌生的感觉：

王源：我想到城外的田里走走。

王虎：一个当兵的到那儿有什么可看的？

王源：没什么，只是那儿安静，果树都开花了，很好看。我有时爱和农夫谈谈，听他们讲讲怎么种田。④

---

① 徐清：《赛珍珠小说对乡土中国的发现》，《江苏大学学报（社会科学版）》，2005 年第 4 期，第 17 页。

② 赛珍珠：《大地》，王逢振，等译，桂林：漓江出版社，1988 年，第 715 页。

③ 佩尔·哈尔斯特龙：《授奖词》，载赛珍珠：《大地》，王逢振，等译，桂林：漓江出版社，1988 年，第 1076 页。

④ 同②，第 673 页。

这次的谈话或许只是一个开始，王虎逐渐意识到儿子与自己的不同，命运也没有认可王虎对儿子上军校的安排。

这个家庭在由盛转衰的过程中形成了一个圆形的轨迹，“其圆心是土地”①。中国传统政治文化强调以农为本，土地是农业的生命，也是中国几亿人的生存根本。王源前往美国求学，选择的并不是新的技术或者文史哲专业，而是他父亲不屑的农业技术专业。王源通过赴美的经历，不仅学习了新的农业知识，也在新的环境中开阔了视野、接触了西方新观念，让自己从旧中国的富家公子变成一个新时代的有志青年，完成了一次人生的蜕变。在赛珍珠众多体裁的作品中，不难看出她对于中国未来的思考和期盼。她一生致力于促进东西方文化的沟通与融合，她的多部作品中体现了她所期望的多样沟通方式：东西联姻、西学东渐、赴美留学、归国报效等。赛珍珠严厉地批评过当时中国的知识分子群体，认为他们不仅脱离土地，也脱离普通的人民大众。赛珍珠认为，如果说让他们中的一些人去承担起与土地和解的任务，走近农民群体，那是不太现实的。他们之中很少有人能真正理解农民的本质，所以也极少有人能重视那些伟大的、朴素的农民群体的价值。固然农民群体有着吃苦耐劳、艰苦朴素的优点，但他们固守传统、无组织、缺乏远见的缺点也意味着修补土地的重任难以坚持。在这样的情况之下，赛珍珠寄希望于由中国和美国共同培养出的新一代优秀青年。这批青年人出生在中国，成长在中国，但受教育时在美国，学习了西方先进的知识和理念之后返回中国。王家的第三代人王源就是其中的一员，他是一棵中国土地培养出来的小树苗，后被移植到新的土壤中，待到茁壮时再次移回中国。当然，这样的模式多少有些“恩扶主义”② 的色彩，也暗含着赛珍珠希望推动西方先进技术与中国

① 陈思和：《羊骚与猴骚》，上海：上海人民出版社，1994 年。

② 该词的英文原文是 Paternalism，原意可译为“家长作风”，有“父母垂青子女”的内涵。朱骅博士在论文中，根据上下文的意思，将其译为“恩扶主义”，本书借鉴使用。具体见朱骅：《赛珍珠与何巴特的中美跨国写作：论来华新教女传教士的“边疆意识”》，博士学位论文，复旦大学，2010 年，第 193 页。

发展结合起来的想法。王源在美国学习和生活的一些细节，值得思考。首先，王源学习的并不是语言、文学或者哲学等专业，而是农业技术。农业是中国的立国之本，也是中国几亿人口的生存之本。王源作为王家第三代人的代表，承担着回归土地和复兴家族的使命。虽然父辈已经脱离了土地，但他却选择和祖父王龙一样，坚定地站在土地之中。其次，正如《中国人》所说："对于一个流浪人，土地和语言是他在流浪生涯里日夜渴望，不能忘怀的！土地象征他和他的祖国的根源的关系，语言象征着他和他同胞的连带关系，没有失去它们的人永远不知它们的可贵。"① 王源虽然身处千万异乡人当中，但并没有迷失在西方的世界里，"将永久地保存自我，永不会在成千上万的白种异乡人中丧失自我"②。强烈的民族自豪感在他的心中迸发，他越发坚定地增强对土地、对国家、对民族的信心。在国外居住的时间越长，他反而越会坚定这种炽热的爱国心。

费孝通在《乡土中国》中提到：乡土社会中的"孤立和隔膜并不是以个人为单位的，而是以住在一起的集团为单位的"，"乡土社会的生活是富于地方性的。……在区域间接触少，生活隔离，各自保持着孤立的社会圈子"③。用现代通俗的解释就是：中国农民的朋友圈是相对集中的，他们生活在自己的团体之中，重心是土地，生活的圆心也是土地。但是这样的传统家庭模式在社会发展的进程中逐渐面临解体，由大家庭变成小家庭，是一种自然的趋势。王龙苦心经营的大家庭从贫穷到富有再到衰败，是王龙个人难以控制的解体前奏，他也无能为力地看着一个大的家庭经历着解体前的挣扎、矛盾和斗争。《大地三部曲》的最后一部《分家》预示着大家庭的解体，这场家庭的变革所掀起的也必将是一场全新的变革：不仅是家庭模式的变革，也隐喻着国家即将到来的新的变革。《分

① 从甦：《中国人·序》，《中国人》，台北：台湾时报出版公司，1981 年，第 5 页。

② 赛珍珠：《大地》，王逢振，等译，桂林：漓江出版社，1988 年，第 861 页。

③ 费孝通：《乡土中国》，南京：译林出版社，2020 年，第4–5 页。

家》从名字上来看，即预示着新的独立个体与旧的传统的撕裂。赛珍珠笔下的小说，大多具有她的中国特色，读者是通过她具有乡土特色的小说感受到她对中国农村的理解的。她的中国小说往往遵循着圆形的轨迹，故事的发展经历着“离去—归来—扎根”的模式。《分家》中的王源，出生在富裕人家，生活无忧，长大后目睹了家族的衰败，也经历了赴美留学的历程。王源经过四年的历练，已经成长为一名承担家族复兴使命的年轻人，也是一位学成归来的新知识分子，必将为家族的复兴、国家的发展注入更多的动力和生命力。

王家第二代人对土地的背弃，既是对祖辈奋斗过程的否定，也是对家园的漠视。废弃的家园展现了王家从繁盛走向衰落的困境，正因于此，赛珍珠呼唤着对土地的修补。第一代人已经远去，第二代人也已经离开土地，只有第三代人还有希望，修补的使命就自然落到了王家第三代人的代表——王源的身上。修补的基础首先是家园意识的复归。“春季，当他在田里俯身干活时，一种充实感常常会在他的心头腾起，这是一种他以前从未有过的感觉。”① 从海外归来的王源，这时候已从田地里获得了内心的安宁，“他爱那块土地，爱得比他原先想象得更深”②。王源一方面修补着上代人在土地上撕裂出的大口子，另一方面也在寻找着一条能够在已经荒芜的废墟上重建家园的道路。复归家园意识，不仅是人与土地和解的必要条件，也是对于土地重要性的充分认识，更是推动家园修补的重要动力。修补的另一个基础是回归土地，这也是王家后人重新体会到家园的在家感和存在感的意义所在。根据乔纳森·巴特的观点，产生归属感的一个重要前提即是“尊重大地，对所栖居的大地负责任”③。王源作为一个出生在旧时代，成长在新时代，又同时受过东西方文化熏陶的年轻人，带着报效国家的雄心回到祖

① 赛珍珠：《大地》，王逢振，等译，桂林：漓江出版社，1988 年，第 803 页。

② 同①。

③ Jonathan Bate, *The Song of the Earth* (Cambridge, Massachusetts: Harvard University Press, 2000), pp. 258-260.

国，他对土地的修补过程在本质上实现了对土地更高层次的回归。“文学作品不能被视为地理景观的简单描述，许多时候是文学作品帮助塑造了这些景观。”① 赛珍珠笔下中国农民的勤劳与智慧，与各国人民开拓疆土、建立新家园的奋斗精神紧密相连。赛珍珠将中国人民对土地的坚定信仰，延伸到了一种更深层次的境界上。这片修补后的土地给予人们希望、生命和安宁。她将人与自然、人与土地以及人与家园之间和谐共存的方式组成闭合的圆环，形成共同体的强大力量。

费孝通在《乡土中国》的“差序格局”部分谈到“中国的社会结构”时写道：“我们的社会结构本身和西洋的格局是不相同的，我们的格局不是一捆一捆扎清楚的柴，而是好像把一块石头丢在水面上所发生的一圈圈推出去的波纹。每个人都是他社会影响所推出去的圈子的中心。”② 王源回国后，正如一颗石子在河面泛起涟漪。他成了新一代年轻人的代表。他不再将自己仅仅看作王源本身，而是将自己看成人民的一员，看成一个曾经在异国的土地上代表了整个中华民族的人。祖国的召唤让王源没有留恋美国的优越环境，而是积极投身到祖国的建设中来，他有了更高层次的国家使命和担当。与此同时，王源遇到了梅琳。这个姑娘和王源一样，既有旧社会的影子，又是新社会的栋梁。他们的结合让两个既新又旧的年轻人，在土地上重新扎下根来。梅琳想建一所医院，救死扶伤，收养弃儿；王源回归土地，完成对土地的修补和对家园的复归。他们也在这片土地上，找到了自己心灵家园的归宿。

三、地理叙事：《大地三部曲》中的空间书写

恩格斯认为，“一切存在的基本形式是空间和时间”③。离开时

---

① 迈克·克朗：《文化地理学》，杨淑华、宋慧敏译，南京：南京大学出版社，2003 年，第 55 页。

② 费孝通：《乡土中国》，南京：译林出版社，2020 年，第 26-27 页。

③ 恩格斯：《反杜林论》，《马克思恩格斯选集》（第 3 卷），北京：人民出版社，1972 年，第 91 页。

间的空间和脱离空间的时间都无法存在，时间和空间是人类生存的基本形式，是一个统一不可分割的整体。正如恩斯特·卡西尔所说："时间和空间是一切实在与之相关联的构架。我们只有在空间和时间的条件下才能设想任何真实的事物。"① 对于文学作品来说，无论是外在形式还是内在阐释，时间和空间都是构成艺术创作的重要内容。自19世纪以来，越来越多的小说家开始逐渐摆脱线性的时间叙事方式，转而突出时空的交叉，使得小说创作呈现出一种空间化叙事的趋势。特别是进入20世纪后，人类近代社会的发展可谓日新月异，各个国家的经济飞速发展，文化教育观念突飞猛进，空间理论成为文学界关注的焦点。法国思想家列斐伏尔在《空间的生产》(*The Production of Space*) 一书中总结过，空间本身就是事件的构成部分。法国哲学家柏格森认为，"由过去、现在和将来表示的钟表时间是一种刻板、机械和人为的时间，只有心理时间才是真实和自然的。……时间应该是一种立体的、多层次的并与意识融为一体的过程"②。迈克·克朗的《文化地理学》以文学景观为题专门讨论了文学中的空间含义；居伊·德波的《景观社会》创造性地提出了景观的概念；戴维·哈维则提出了时空压缩的概念；曼纽尔·卡斯特尔在《网络社会的崛起》中提出了流动空间的概念。这些在哲学、地理学、社会科学领域提出的有关空间的重要论述都具有重要的意义。文学研究也融入其中，空间问题成为叙事学关注的焦点之一，在不同的语境中具有不同的含义。小说的空间是一个现实、想象和虚构融合在一起的叙事载体，空间对于情节的发展、人物形象的塑造及叙事的进程具有重要的推动作用。

《大地三部曲》是篇幅宏大的文学作品，其对中国农民史诗般的描写缘起于赛珍珠本人在中国农村生活经历的积累。赛珍珠跟随丈夫在皖北农村生活了六年的时间，深切体会到农民群体与土地世

---

① 恩斯特·卡西尔：《人论》，甘阳译，上海：上海译文出版社，1985年，第54页。

② 转引自邓颖玲：《二十世纪英美小说的空间诗学研究》，北京：商务印书馆，2018年，第12页。

代相依的关系，这也成为她解读中华民族精神的一个重要切入点。金健人在《小说的空间构成》一文中提出，人物的活动空间可以划分为三个方面："一是地域的内容，它承担着人物的活动，同时又限制着活动的范围；二是社会的内容，它将人物与人物之间的关系统统网罗于内；三是景物的内容，它是地域内容与社会内容在作品中的具体化与形象化。"① 小说中的地理空间是小说叙事中的重要场域，对故事情节的发展、主题的呈现及人物形象的塑造具有重要的影响。地理空间首先具有地理属性，王家人在土地上耕种、在房屋里生活、去拜土地庙、去南方城市逃难等，这些都是在具体的空间中发生的。《大地》的开头便是即将丰收的富足景象："一阵柔和的微风从东方徐徐吹来，湿漉漉的。这是个好兆头。……大地就要结果实了。"② 王龙在这片土地上娶妻生子，连年的好收成让王龙充满了自信。他是自己土地的主人，土地也成了王龙的标志和象征。地域空间是小说人物生存的环境和其他具体的物质载体，在叙事中具有真实感和现实感。王家一家人在土地上耕作，他们的生活全靠这些土地。这家人经历了丰收的年月，建造了房屋，也增添了人口，牢牢地扎根在土地上。同时，地域空间也限制着活动的范围。一群乌鸦在天空中盘旋，仿佛是一个不祥的征兆。干旱来临，连阿兰的奶水也干了，土地颗粒无收，饥饿、愤怒甚至死亡打击着所有人生存的决心。不得已，一家老小前往南方逃难。美国学者古德诺曾说过旧中国人"在考虑问题时很难摆脱地域观念，大多数中国人的视野往往只局限于自己所生活的那一小片空间"③。短暂的逃难生活更加让王龙一家人感到与城市格格不入，灯红酒绿之下，他们像老鼠一样躲躲藏藏，生活也只属于那一小片空间。这反过来激发了王龙对土地的强烈思念，他坚定了一定要回到自己土地上的决心，也终于在下一个春天万物复苏之际回到

---

① 金健人：《小说的空间构成》，《杭州大学学报（哲学社会科学版）》，1987年第2期，第79页。

② 赛珍珠：《大地》，王逢振，等译，桂林：漓江出版社，1988年，第1页。

③ 古德诺：《解析中国》，蔡向阳、李茂增译，北京：国际文化出版公司，1998年，第87-88页。

家乡。

与此同时，空间的改变也改变了一切人物和事件的进展。空间体现出第二个特点，即社会属性。“选取什么样的具体空间场所是作者在进行文本创作时首先需要考虑的问题，它往往凝结了作家对于生命和存在的内在体验和审美认知。”① 社会环境中的人与人之间的关系，是社会关系的一个载体。这种空间的维度包罗万象，可以是故事发生的社会背景，也可以包括与刻画人物相关的政治、经济、文化、历史、地理等各种要素的综合。这些因素都浸润在同一个空间中，无处不在且至关重要。王龙经过多年的财富积累，买了越来越多的土地。他每天所做的各种事情，像用香皂洗澡、做新衣服、戴首饰和梳头油等，让他感受到巨大的愉悦，而他的家人都知道，这是某种撇开土地的生活，所带来的也必定是巨大的改变。之后王龙纳了小妾，住进大房子，成了老爷，不再去田里耕种，夫妻之间的情感淡了，父子之间的情感变了，人与土地的关系被撕裂，王家第二代人王虎也彻底离开了土地。在土地和房屋从地理空间的层面转向与家族历史、集体记忆、社会背景等相结合后，空间的符号意义才被完整地解读出来。“空间的叙事力量，主要来源于它的社会维度。”② 王龙父亲和阿兰相继在病痛中离世，王龙把小儿子和傻女儿带到了城里，乡下的房子已经很少去住了。当王龙一家人的地理空间发生实质性的转变，从一个空间位移到另一个空间后，他的身份、性格和命运都发生了根本性的改变。“一个空间常常成为另一个空间的对立面”③，王龙的儿子们一刻也没有让这个家庭安宁，兄弟反目、割地分家、参军打仗，他们厌恶土地，彻底背弃了父辈的根基。

传统的文学批评往往把时间和空间分割开，把它们视作单独的

① 邓颖玲：《二十世纪英美小说的空间诗学研究》，北京：商务印书馆，2018年，第61页。

② 余新明：《〈呐喊〉〈彷徨〉的空间叙事》，博士学位论文，华中师范大学，2008年，第50页。

③ 米克·巴尔：《叙述学：叙事理论导论》，谭君强译，北京：北京师范大学出版社，2015年，第132页。

叙事元素来进行研究，而忽略了时间和空间的结合带来的合作力量。苏联文艺理论家巴赫金提出“时空体”的概念。简而言之，任何一种文学形式都可以被看作一种时空体。时间和空间相互依存、相互依赖，空间中蕴含着时间，时间里也涵盖着空间，时空体表示着“时间和空间的不可分割（时间是空间的第四维）。我们所理解的时空体，是形式兼内容的一个文学范畴（这里我们不涉及其他文化领域中的时空体）”①。小说的空间中充满了时间，日常生活的时间、家族传继的时间及历史记忆等，都浓缩凝聚在一起，空间变得清晰具体。王家第三代人王源留美归来再次回归土地，就呈现出了空间叙事的第三个特征，即时间性。谈到时间问题，《大地三部曲》的跨度较大，土地的故事从第一代人的开垦开始，又在第三代人的回归中结束。从中国到美国再到中国，过去、现在和未来的界限最终还是遵循了圆圈式的轨迹。但在几十年里，国家、民族、家庭、土地、房屋和生活在其中的人都换了又换，漫长的时间渗透着斗转星移的巨变和强烈的家园追寻感悟。时空体是一个动态的过程，时间在空间中被无限延长，空间通过时间来衡量所有的人和物。当王源走进祖父王龙的老屋时，老屋已经成为时间的表征，那些已经逝去的人和经历过的事情都仿佛还在。老屋变成一个时间化了的空间，在这个空间中能看出时间流逝的所有痕迹。也正是在这个时空中，第三代人完成了与土地的对话和跨越时间的空间建构。

《大地三部曲》将中国农民扎根大地的民族之本分析得很透彻。小说的情节并不复杂，赛珍珠首先采用直线式的结构将三代人与土地联系在一起，然后又采用了平行式的结构将三代人的故事分为《大地》《儿子们》《分家》三个部分来讲述。钱钟书曾推崇圆形结构是文艺作品的至美境界，赛珍珠也始终围绕着“土地”这个圆心，故事在结尾处重新回到了开头，时间和空间都具有充足的

---

① 巴赫金：《巴赫金全集》（第 3 卷），白春仁、晓河译，石家庄：河北教育出版社，1998 年，第 274 页。

演绎，人物的发展和情节的铺陈都在一轮一轮的圆形中得以展开。本节从空间叙事的视角再次分析《大地三部曲》，使小说的文本价值和审美价值得到了充分的体现，是一次研究的尝试和创新。

第二节　土地召唤：《龙子》中的全民卫国战斗

继长篇小说《大地三部曲》之后，赛珍珠于1942年发表了另一部巨作《龙子》，讲述了中国人民在东方主战场抗击日本法西斯的故事。小说一经发表，即在美国社会引起极大的关注和社会效应。美国因珍珠港事件被迫卷入战争，该小说是在美国参战一个月之后出版的。此时的美国人急于读到他们亚洲新同盟国的战场故事，《龙子》被认为是“一部真实再现中国人民抗日战争历史的扛鼎之作”①，也是一部关于伟大中国人民奋勇杀敌的民族史诗。在西方人的印象中，“龙”是一种代表着邪恶的怪兽，但在东方文化里，“龙”是中华民族几千年来的精神图腾，也是庇护苍生的吉祥神兽。面对日本侵略者对国土的践踏，中国全民抗战保卫国家的领土和主权完整。赛珍珠用“龙”的形象彰显出中华民族抵抗外敌入侵的巨大的勇气、团结的力量和坚定的信心。

在中国人民遭受日本侵略者铁蹄践踏的生死存亡之际，已返美定居的赛珍珠用自己的力量为她生活了近四十年的中国努力奔走。赛珍珠积极投身到各种为中国抗战争取援助的宣传工作中，她不仅发表大量的演讲，撰写报刊文章、书信和宣传册子，还在各种公开场合为中国积极筹措战时资金。作家的身份也让她多次拿起自己的笔，结合自己的所见、所闻和所感创作出具有时代印记的伟大文学作品。早在战争全面爆发之际，赛珍珠就借助诺贝尔奖的颁奖典礼向全世界宣告：

---

① 郭英剑、郝素玲：《一部真实再现中国人民抗日战争历史的扛鼎之作：论赛珍珠的长篇小说〈龙子〉》，《江苏大学学报（社会科学版）》，2005年第3期，第54页。

现在全体中国人民正在从事最伟大的斗争——争取自由的斗争。当我看到中国空前地团结起来反对威胁其自由的敌人时，我感到从没有像现在这样钦佩中国。就凭着这种争取自由的决心——在深刻的意义上是天性的基本美德，我知道中国是不可征服的。①

但是与此同时，赛珍珠也陷在巨大的疑问当中。1927 年“南京惨案”发生后，赛珍珠随家人一起前往日本生活了一段时间，这促使她将日本看成她的第三个故乡。面对日本侵略者对中国的入侵，赛珍珠在纠结中安慰自己：“那些发动战争的人，那些犯了弥天大罪制造暴行的人不是日本人民，而是那些欺骗了日本人民的人。”②

《龙子》自问世以来取得了巨大的成功，还被改编成电影上映，这背后的多重原因值得关注。其中之一就是赛珍珠结婚以后一直深入皖北农村，多年的中国农村生活经验使得赛珍珠熟悉中国农村和中国社会底层的老百姓，也接触到大量的一手资料。赛珍珠总是说：“他们活得最真实，最接近土地，最接近生和死，最接近欢笑和泪水。”③ 虽然创作这部作品时赛珍珠已经定居美国多年，但她对于中国人民面对日军屠城的愤怒和痛心感同身受。再加上她的创作想象力，使得故事中的人物能够很自然地融入抗战的大背景之中而不显得突兀。

一、家国同构的命运：铁蹄践踏的百姓家园

《龙子》的故事是从居住在南京城边的林郯一家说起的。林家人世代生活在平静的乡村，过着田园般与世无争的生活。小说一开始就是对这种生活的描述：

---

① 赛珍珠：《受奖演说》，载赛珍珠：《大地》，王逢振，等译，桂林：漓江出版社，1988 年，第 1082 页。

② 赛珍珠：《我的中国世界》，尚营林，等译，长沙：湖南文艺出版社，1991 年，第 251 页。

③ 怡青：《美丽与哀愁：一个真实的赛珍珠》，北京：东方出版社，2005 年，第 48 页。

> 年轻人又弯下腰去干起活来，他们的手飞快地向暖烘烘的泥水中插去，一棵棵碧绿的稻苗便直立而起，他们的脚陷进水下肥沃的泥里，黑黝黝的光脊梁晒着太阳，头上戴着宽大的斗笠。他们边干活边说笑。①

这样的日子虽然不富余，但一家人其乐融融。林郯觉得他也没别的祈求了，因为他一切都有了。到了收获的季节，这片河谷充满脱谷号子声、水牛哞哞声，稻场上还回荡着女人们的欢笑声。人们希望这种宁静祥和的生活可以一直延续到很久远的未来，但是看似远在天边的战争与杀戮，在悄无声息中突然来到眼前，百姓的生活被日军的铁蹄践踏摧毁。与之前对黑黝黝的土地和翠绿的秧苗充满希望的描写不同的是，战争来临后，“家园就是心脏所居之处”，象征着生与死的一切。人们总会有这样的问题：“我们该如何为我们的家园而战？”战争笼罩下的家园有了不同于其他作品的背景：日军所到之处，百姓们不得不逃难西迁，林郯却执意留下固守这片土地。从未接触过战争的淳朴农民有了新的烦恼。面对即将播种的小麦，林郯一边犁地，一边望着这片烧得只剩下焦土的土地，千不愿，万不愿，最不愿的，还是离开他的田地②。战火已经烧到了家门口，国难当头，百姓们却更加顽强地坚守着家园，对脚下的土地倍加珍惜，“不管谁来，我都要留下来，守住我的田地”③。林郯之所以不愿意离开故土，是因为他生于这片土地，长于这片土地，血脉和灵魂都深深扎根于此。土地在百姓的心中已被亲切地视为家，庄严地视为国，神圣地视为一种民族精神。此时的家园已经不仅仅是土地、房屋、树木、河流等具体意象，更升腾为一种精神寄托。“惟有共同的民族意识与民族感情是一个民族得以确立和长久保持其民族特性的关键，缺此要素便不成其为民族。”④ 日军进村时，

---

① 赛珍珠：《龙子》，丁国华，等译，桂林：漓江出版社，1998年，第4页。
② 同①，第96页。
③ 同①，第96页。
④ 安静波：《论梁启超的民族观》，《近代史研究》，1999年第3期，第283页。

村民们曾抱有幻想，希望做“良民”，并像往常一样日出而作、日落而息。直到敌人的凶残打破了幻想，村民们才意识到在敌人面前期盼和平是多么不切实际。亡国奴是不可能有能力保护自己的家园的，强烈的民族使命感促使村民从恐惧走向反抗。他们不仅有了反抗的意识，而且以实际行动投入到反抗侵略者的斗争中去，彼时彼刻抗日的“种子已经在他的心里发了芽，正长着叶子呢”①。

王逢振在解释“民族—国家”这个关键词时指出：

> 民族—国家既包含民族也包含国家，但更重要的是表示民族构成和国家构成之间的关系。②
>
> 民族作为一个概念的历史意义，主要不是因为它基于一个具体的、实在的国家组织或地方，而是因为它具有空前的力量支配着分布广阔的人们之间的联系。民族不像传统上由村庄或城邦限定的公民群体，它需要在数量巨大但大部分从未谋面的人们之间建立一种想象的关系。③

正因于此，赛珍珠在作品中有意淡化了农民群体在几千年农耕文化中形成的固守传统、安于现状、闭目塞听的特征，而借外敌入侵重点表达了，在这片土地上生活的中华民族子孙后代血脉中流淌着的根深蒂固的土地情结和民族情怀。尽管村民们不太能站在理论的高度去理解民族主义的定义，但是他们明白只有民族存在，人们才能活着，反之民族灭亡，百姓也会惨遭涂炭。有一首现代歌曲《国家》，它的歌词是这样写的：“一玉口中国，一瓦顶成家，都说国很大，其实一个家。一心装满国，一手撑起家，家是最小国，国是千万家。在世界的国，在天地的家，有了强的国，才有富的家。”从这首脍炙人口的歌曲中不难读出，在外敌入侵的背景下，林郯一家家庭结构和命运的变化，正体现出“家国同构”的特点：和平

---

① 赛珍珠：《龙子》，丁国华，等译，桂林：漓江出版社，1998年，第168页。

② 王逢振：《西方文论关键词：民族—国家》，《外国文学》，2010年第1期，第113页。

③ 同②。

宁静的中国土地被日本侵略者的铁蹄肆意践踏，侵略者所到之处生灵涂炭。林郯一家在战争的炮火中被撕得四分五裂，一家人死的死，伤的伤，不得已四处逃难，原本完整的大家庭受到了严重的破坏。在国家生死存亡之际，家庭的命运和国家的命运具有同构性，“皮之不存毛将焉附”“覆巢之下焉有完卵”都是说的这个道理。没有稳定的国家，就没有百姓的安宁生活，国家长期和平统一的外环境和繁荣稳定的内环境才能带来国家和千千万万家庭长久的生命力。国是大家，家是小国，国与家同呼吸、共命运，两者密不可分。

二、捍卫国土的使命：夺回祖国的每一寸土地

家园是小说永远的主题。罗斯玛丽·乔治在专著《家园政治——后殖民迁徙与20世纪小说》的开篇，首先推出卢卡奇的著名论断：“所有的小说都是患‘恋家症’的”①。在家园小说的传统中，“家园”内涵还可以指向“殖民扩张”“家庭冲突”“女性抗争的领域”“殖民征服”等层面。② 在一篇题为《中国的土地和人民》（“The Land and the People of China”）的演讲中，赛珍珠指出：“中国的文化传统决定了其核心凝聚力来自于对土地的坚守和家庭的依赖。”③ 在与侵略者对抗的日子里，土地已经成为民族精神的化身。林家发动全村人一起开挖洞穴。村民们在灶台的后面挖洞，不仅可以保护好亲人们的安全，还可以存储粮食。地上的家园已经被毁，但是人们依然可以在广袤的土地之下，重新建立起临时的家园，生活必将继续，家园必须保卫，曾经耕作的土地就是新的战场！家家户户都参与到抗击日军侵略的斗争中，誓死捍卫自己的家园。林郯一家包括林郯、林嫂、老大、老二、老三还有玉儿，也

---

① 费小平：《家园政治：后殖民小说与文化研究》，北京：北京大学出版社，2010年，第19页。

② 同①，第32页。

③ Pearl S. Buck, “The land and the People of China,” in *China as I see it* (New York: The John Day Company, 1970), pp. 1-9.

是全员投入。林郯在这场战争中被选为“发出杀敌暗号的头头”，也因此成为村里抗日的头领。林家的老二原本是一个胆怯、羞涩的乡下小伙子，在战争来临时陪着怀孕的媳妇儿去了千里之外逃难，回来后看到家园被敌军践踏、城市被占领、妇女被践踏。老二越想越气，感到“血在他的脉管里燃烧着。他躺在床上，越想越气愤，当夜便发誓：这后半辈子一定要投身到打击敌人的战争中去”①。

当战争来临时，每一个人都因不可抗拒的力量与家园生死相连，家园的内涵也不再是传统意义上的一片土地或者一处居所。战争的爆发使得传统家园被毁坏，在国家和民族危难之际，散落在各地的人们因为“民族”这样一个想象的共同体而重新凝聚到一起，捍卫家园，抗击侵略，也“正是这种关系驱使数以百计的人们甘愿为民族去屠杀或从容赴死”②。在这种情况下，人们的家园就是国家的领土，也可以说就是整个民族。如果说战争给普通人带来了深重的灾难，那么在战争中，女人则处于远比男人被动的境地，付出更为惨痛的代价。《龙子》这样描写了日军的野蛮：“他们一个接一个在她身上发泄自己的兽欲……她如同一只落入狼狗手中的小兔子，孤弱无助。……最后一个只好糟蹋她的尸体。”③ 也许，女性的柔弱身体有时确实难以承载民族主义的重大使命，但女性依然可以表达国仇家恨。家园对于女性来说，本应该是一个私密的、温馨的独立空间，可是战争却将原本处在安静和平环境中的相对幕后的她们也推到了战斗的前线，此时的家园已经成为战争中“生死存亡的一切”④。兰花的悲剧不能重演，家中的女人们依然需要做好全力战斗的准备。玉儿是小说中一个机敏、敢作敢当又感情丰富的新女性形象，是林家年轻女人中最为出色的一个。当城里的年轻人到乡下发动乡亲们烧毁房屋和田地，绝不能给敌人留下一口粮食

---

① 赛珍珠：《龙子》，丁国华，等译，桂林：漓江出版社，1998 年，第 186 页。

② 费小平：《家园政治：后殖民小说与文化研究》，北京：北京大学出版社，2010 年，第 7 页。

③ 同①，第 150 页。

④ 同②，第 25 页。

的时候，玉儿总会积极地响应。从外乡回到家乡后，她又同样勇敢地投入战斗中。她乔装打扮到了城里，把有毒的鸭子卖给日军，毒死了不少敌人。这无疑显示出她的机智和勇敢。

女人们尚且如此，男人们更是冲在一线杀敌无数。林郯“每到一处，都看见人们一条心地抵抗敌人”①，但是，哪怕是一个原本普通的正常人，只要遇到战争上了战场，就会在不知不觉中失去自我，成为战争的牺牲品。人也不再是人，而是失去了灵魂的行尸走肉。林郯在这杀敌杀红了眼的每一天中，觉察到了这个细微又令人不安的变化。整个村庄变了，乡亲们变了，家人变了，就连林郯自己都觉得身上也有这种微妙的变化了。战争让人们对杀戮变得习以为常，甚至连手都不用洗，杀人就如同捏碎一只虱子一样。林家老三是作者着力描写的一个人物，不仅仅因为他从小长相英俊、备受父母溺爱，更因为惨无人道的经历彻底改变了这个孩子。敌机在城里进行轰炸的场景在老三心中留下了深深的印记和仇恨。被敌人惨无人道地强暴，则是老三奋起反抗的导火索。曾经柔弱的小男生如今已经是一个粗壮的大汉，眼睛里没有了往日的神采，有的只是躁动不安、咄咄逼人的气势。暴行践踏了他的尊严，也撕碎了他的善良。老三杀敌本身并没有错，错的是战争和日本侵略他国的野心，是战争让一个原本朴实善良的农家小伙变成了一名勇敢的战士。在敌人残酷的统治下，人们的脾气不知不觉地改变着。林郯在平静时总是在思考：“鬼子走了以后，我们还能把过去的自我找回来吗？”“等天下太平了，我的儿子还能像往日一样文静吗？”②

战争是惨无人道的人类浩劫，唯一能够驱散战争阴霾的只有和平。林郯感叹：“在这样的世道，我们该记着：太平是好的。年轻人记不得，我们就得记得，再去教他们懂得：太平是人的最好的食粮。”③ 在小说中，不仅林郯一家在抗击侵略，城乡的百姓们也都在勇敢地打击敌人，我们看到的是普普通通的中国老百姓为了保卫

① 赛珍珠：《龙子》，丁国华，等译，桂林：漓江出版社，1998 年，第 189 页。
② 同①，第 212-213 页。
③ 同①，第 216 页。

自己的民族和家园而奋起反抗。他们不是天生的战斗者，但是这并不妨碍他们行动的伟大。战争的残酷不仅使人震撼，还促使人去思考。《龙子》不是一部一般意义上的战争小说，它可以被认为是一部中华民族的抗日史诗。战争摧毁了原本平静的家园，家园在战争的背景下具有了更深层次的含义。费孝通曾转述康奈尔大学农学家的观点：

> 中国人像是整个生态平衡里的一环。这个循环就是人和“土”的循环。人从土里出生，食物取之于土，泻（泄）物还之于土，一生结束，又回到土地。一代又一代，周而复始。靠着这个自然循环，人类在这块土地上生活了五千年。①

人们依靠土地而活，土地是人们的家园，也是人类扎根的地方。无论何时，这片土地上的人们都不曾想过要离开，哪怕家园已被战火烧成了一片焦土。上帝没能够拯救战争阴霾下的中国人民，也没有听到祈祷，教堂的修女最终自杀身亡。恰恰是中国人民自己，拿起武器，使出力气，誓死杀敌，全力保卫自己的家园。这部作品歌颂了伟大、勇敢的中国人民坚贞不屈、视死如归的民族气节和国家尊严。赛珍珠也正是借这部小说，通过对中国农民的书写，来寄托自己超越民族与国家、战争与和平、家与国的深刻思考的。

三、积极力量：赛珍珠的和平观

战争是一个沉重的话题。在人类社会的历史长河中，战争伴随着人类文明一路走来。世界上发生过的战争数以万计，战争也成为人类文明史上一个重要的组成部分。战争意味着冲突，可能是国家之间、民族之间、种族之间的冲突，也可能是人与人之间、人与自然之间的冲突。战争文学作为以研究关键词“战争”开始的文学类别，有特定的时代背景和研究范畴，如战斗、兵器、暴力、死

---

① 转引自费孝通：《社会调查自白》，《费孝通选集》，天津：天津人民出版社，1988 年，第 161 页。

亡、英雄等，也由此衍生出狭义的战争文学，即描写战事和战争中的人的文学。与此同时，我们也应该看到人们对战争一系列深层次的思考，包括创伤、身份、家园、妇女儿童、百姓生活等方面。战争文学于是也就具有了广义的范围。“战争文学以某一次或几次战争为背景，描写战争中的军人、军队和战斗，或描写受战争影响和冲击的普通人的生活，同时也关注战争对战后社会生活的影响。”① 中西方的文学史上都有各种形式的战争小说、诗歌、戏剧等。《左传》《史记》等都记录过中国历史上的重大战争，刻画出性格鲜明的人物。乐府诗中也有大量的战争诗歌篇，花木兰女扮男装、替父从军的故事更是流传至今。《三国演义》《水浒传》等长篇章回体小说，或描写君王将士的征战，或描写草莽英雄的揭竿起义，或描写艰苦环境中的战斗，或描写民族的英勇善战等。在西方的文学史上，战争同样是一个重要的研究视角，古希腊文学有《伊利亚特》《奥德赛》，英国文学有《贝奥武夫》《麦克白》《李尔王》等。进入 20 世纪后，两次世界大战更是将战争文学推向了舞台前方。诺贝尔文学奖获得者石黑一雄的《长日留痕》对战争进行了深刻的反思，是其代表作之一。美国文学中的战争文学作品同样很丰富，有早期殖民地文学中的《最后的莫西干人》，描写内战的《飘》《红色英勇勋章》，也有《永别了，武器》《第二十二条军规》等。21 世纪初的“9・11”恐怖袭击让美国社会陷入混乱，也让文学批评界开始通过作品对恐怖袭击展开思考。有的作品直面恐怖袭击的惨烈，有的作品从侧面描写亲历者心理和身体的创伤，有的作品以此为隐含的背景，表现出恐怖袭击对国家、民族及个人造成的伤痕。战争是国家和民族的创伤，在不同国家、不同时代和不同民族的历史上都留下了印记。

世界各国文学中的战争书写记录了战争带来的灾难和苦痛，促使我们通过战争文学，探讨人类文明、历史、政治和社会发现，思考人性、伦理、道德和理想等问题。今天，战争仍是人类必须面对

---

① 胡亚敏：《战争文学》，北京：外语教学与研究出版社，2021 年，第 5 页。

的沉重话题，对战争文学的研究除了关注宏大的国家和民族史诗般的叙事之外，也关注到战争对家庭和个体的影响。战争总会与死亡、创伤、家园毁灭、杀戮联系在一起，带来灾难性的回忆和沉重的民族记忆。人们开始站在各种战争作品的视角来反思家园问题：在本尼迪克特·安德森的《想象的共同体》中，民族被想象为一个共同体。尽管在每个民族内部都可能存在普遍的不平等与剥削，但对共同体的想象驱使民族成员甘愿为民族这个想象体去屠杀或从容赴死。① 在此基础之上，民族就等同于领土和家园。又如贝尔·胡克丝指出的，“有时家园是无处可寻的，不再是一个固定的地方，而是不断搜寻中的场所”②。再比如迈克·克朗认为，家被想象成“民族国家或地区的大家庭”，这些想象“都充满了对整体统一和完整的渴望”③。家园应该是充满反战行动的，在战争中家园的首要内涵正是家园的缺席，所以在罗斯玛丽·乔治看来，后期无论是建构家园还是建构国家，都不是一个中立之所，而是带有政治性的，是政治化的行为。家园政治是文化研究的一个议题，是一个主体不断建构的问题，浸润于精神分析、女性主义批评、后殖民批评、民族主义、文化地理等重重思考之中。战争中的家园对于女性有着特殊的含义吗？学者艾芙瑞·戈登指出，战争与和平时期的家园是充满反战行动的，也是女性所居之处，更是心脏所居之处，是战争中生死存亡的一切。④

战争不是终点，和平才是，战争的暴力是和平的对立面。中国传统文化蕴含着丰富的和平思想，主要体现在儒、道、墨三家学说之中。在汉语中，和平的概念由来已久。从造字结构来看，“和”

① 本尼迪克特·安德森：《想象的共同体：民族主义的起源与散布》，吴叡人译，上海：上海人民出版社，2003年，第7页。

② Rosemary Marangoly George, *The Politics of Home: Postcolonial Relocations and Twentieth-Century Fiction*(New York: Cambridge University Press, 1996), p. 1.

③ 迈克·克朗：《文化地理学》，杨淑华、宋慧敏译，南京：南京大学出版社，2003年，第206页。

④ Michael Ryan and Avery Gorden (eds.), *Body Politics: Disease, Desire, and the Family* (Boulder, Sanfrancisco and Oxford: Westview Press, 1994), pp. 40-41.

由“禾”和“口”组成。禾是庄稼，口是人，也就是说“人有饭吃”是和平最本初的含义。在中国几千年的文明史中，和平一直是一个代表美好的词语，被人们提及的次数很多，也是人类共同的理想之一。古代中国的和平思想成为塑造中华民族和平性格的重要精神元素，在先秦思想中，和谐居于和平思想的中心。孔子阐释了以“和”为核心的和平思想；孔子之后，墨子进一步阐释了兼爱、非攻的和平思想；孟子主张发挥仁爱思想，以正义战争建立道德秩序；老子的道家思想即无为，指保留事物的自然状态，不逆向而行，认为简单与单纯才是生存的本性。和平学是二战后兴起的一个全新的跨学科、应用性研究领域，它的出现为我们理解和解决暴力冲突问题提供了新的视角和途径。和平的字面意思是“没有战争”，但这也并不是最全面的表达，因为和平学理论指出，和平包括两个方面，一个是消极和平，另一个是积极和平，类似于墨家的非攻和兼爱两个方面。“若使天下兼相爱，国与国不相攻，家与家不相乱，盗贼无有，君臣父子皆能孝慈”，则天下治；若不能从根本上解决消极和平，则没有办法实现积极的和平。

赛珍珠作为一位女性作家，创作了不少与战争有关的作品，如《诺言》《爱国者》《滇缅公路的故事》《龙子》《中国天空》《余蓝》《今日和永远》等。她的作品，叙事视角多元。《余蓝》从儿童的视角侧面描述战争；《诺言》记录了中国远征军在滇缅作战的故事；《龙子》记录的是南京城经历屠杀的惨痛历史；《爱国者》则揭示了日本所谓“爱国者”的扭曲之路。除了作品之外，赛珍珠还在《亚洲》杂志和多个公共场合发表文章，如1936年的《中国反抗日本》《中国的朋友和敌人》，1938年的《为中国自由而战的武器》，1941年的《朴实的中国人民》《没有中国就没有统一》等。除了作品，赛珍珠还积极组织各类活动，为中国人民的抗日战争筹款捐物。1940年赛珍珠与记者埃德加·斯诺一起，受宋庆龄之邀成为“保卫中国同盟”的荣誉委员，在海外募集资金和医药物品，支援中国抗战。她又与其他同仁一起上书美国总统，成立了“美国中国救济事业联合会”，在全美募集了500万美元汇往中国。

赛珍珠的各种人道主义工作，为在东方主战场上奋战的中国军民提供了物质和精神上的支持，也切实体现了赛珍珠的一颗中国心。赛珍珠是一位充满忧患意识和正义感的作家，本节选取了赛珍珠创作的小说《龙子》作为主要研究对象，辅以对其他战争小说的概述，研究这些作品所承载着的民族历史和文化记忆，以及对人性和心理的透视和描写。战争与和平是辩证的关系，赛珍珠借助对生命、死亡、人性等永恒主题的思考，在战争主题下包裹了对和平的诉求。赛珍珠书写的是战争，实际上关注的是和平。进入21世纪的我们，总体环境相对和平，但局部战争的阴霾仍笼罩在整个世界的上空。我们不能无视依然处在战火中的国家和人民，特别是妇女和儿童，这更加呼唤所有人共同创造和平世界的力量和可能。和平学包括三个方面的内容，即和平研究、和平教育与和平活动。除了各类作品书写，赛珍珠到处奔走开展和平演说，比如积极推动废除排华法案，为黑人女性以及在战火中的亚洲女性等群体积极发声。赛珍珠与晏阳初关于平民教育的对话推动了对各民族、种族和群体的普及教育的思考，她还积极为美亚混血孤儿建立平等和谐的社区，为残疾群体争取权利等。站在人类共有价值的高度来审视，我们会发现和平是一种力量，也是一种信仰。

第三节　土地皈依：《同胞》中的家园复兴

赛珍珠虽在1934年返美定居，但依然牵挂中国的点滴变化。她关心中国的抗战，在美为筹款四处奔走；她挥笔写下正面反映中国人民抗战壮志的巨作《龙子》，也时刻关注战后百废待兴的中国一步步重建的进度。《同胞》创作于1949年，此时苦难的中华大地经历了近百年被侵略、被奴役的屈辱历史，终于在退去战争硝烟后迎来和平的曙光，实现国家的统一和各民族的大团结。但是刚刚从战争的炮火中走出的新中国依然弱小，国家的发展与振兴亟待大量的人才。作家赛珍珠正是看准了这一特殊时期的重要性，选取了一个独特的侧面，将目光聚焦到一群在美国成长起来的新时代华裔知识分子身上，期望他们通过努力，带着在美国学习到的先进知识投身到祖国建设中，切实为广大的同胞服务。作品的主人公们是以詹姆斯·梁为代表的一批新青年，赛珍珠将他们对祖国、对同胞的血脉深情和热血激情表露在作品中，令人斗志昂扬。这是赛珍珠在作品中寄予的希望，也是海外华人对祖国的忠诚诺言。

一、落叶归根：两代知识分子的回归理想

作品以中国和美国两个国家为故事发展的背景，讲述了梁文华博士与他的子女詹姆斯·梁和玛丽·梁两代人在祖国危难关头及重建之时的不同立场。作品中设计了相对应的纽约和北京两座大城市；也设计了两地不同的地理景观，如纽约的华盛顿大桥和北京的卢沟桥等。赛珍珠一方面意在用这些对比式的空间意象打破天然的海洋和高山屏障，发挥促进东西方世界沟通、连接的桥梁纽带作用；另一方面借助梁家后人返回故乡建立医院的实际行动，暗示着大城市与乡村的二元对立关系，进一步补充说明城市发展的局限性及乡村发展的无限性，以此鼓励广大的知识分子到最需要人才的乡村去，投入火热的国家建设事业，承担起“人桥”的特殊角色。

在这部作品中，赛珍珠塑造了不同家族新旧知识分子的众生相。先是梁家父辈的代表人物梁文华博士。梁博士年轻时在中国受到儒家思想的熏陶，后客居纽约，在纽约的一所大学里讲授中国哲学。梁博士一直认为自己的使命是在异国他乡“向美国人解释中华文明”①。梁博士和梁太太在美国生活了几十年，将几个儿女相继抚养成人，生活过得平安祥和。他一直坚信一点：“像我这样的人当然比农民更能完美地代表中华文明的精神。”② 作为从中国移民到美国的知识分子，梁博士有着典型的旧式读书人的特质。他以儒学者自居，时常为自己学者式的沉着镇定而自豪，也时常在大学课堂或重要场合发表一些演讲，也算小有成就，但有时又因为谦逊

① 赛珍珠：《同胞》，吴克明，等译，桂林：漓江出版社，1998年，第13页。
② 同①，第32页。

在美国人面前显得底气不足。中国有很多古语用来形容知识分子报国尽忠的诗句，如儒家的“修身齐家治国平天下”“以天下为己任”强调个人要锐意进取，建功立业，达到最终“平天下”的目标；又如杜甫笔下的诗句“安得广厦千万间，大庇天下寒士俱欢颜”塑造了忧国忧民的知识分子形象；再比如范仲淹写过“先天下之忧而忧，后天下之乐而乐”，也在抒发仁人志士鞠躬尽瘁死而后已的伟大抱负。这些例子都展现着儒家思想中的文人品格，激励着后人为国家、为民族积极进取、有所作为。与古人相比，梁博士好像并没有领悟到儒家思想的精华，相反他是一个矛盾体。他一直认为自己来到美国的使命是传授儒家思想，即使曾说过希望在年老时落叶归根，但当刚从医学院毕业的儿子詹姆斯与他讨论回国的决定时，梁博士坚决反对，理由是国内时局动荡。梁博士也由此感到欣慰，认为自己离开国内的乱局移居美国的决定非常明智。父与子在是否回国的问题上产生了严重的分歧。如果将此时的中国比喻成一个燃着熊熊烈火的火场的话，梁博士选择顺理成章地逃离：“中国国内一片混乱……你的生命难保安全。”① 詹姆斯·梁则选择逆行：“我不需要任何人的保护”，“我就这样回国”②。与梁博士类似的还有莉莉的父亲李先生。莉莉一家也早已适应了纽约的生活，即使李先生口口声声表达着“我爱我的祖国”，但面对当时中国糟糕的局面，李先生显然更依恋美国较好的生活和医疗条件，尽管他希望以后把自己的棺木“移到苏州乡下的祖坟安葬”③。也难怪詹姆斯感叹李先生是一个只顾自己家庭的人，因为这类人“为了自己的家庭而常常牺牲国家”④。梁博士和李先生都是脱离中国人民大众的知识分子代表，是典型的口头爱国主义者。这类保守、陈旧的知识分子担当不起中国复兴的重任，他们不是赛珍珠理想中未来中国的希望所在。

---

① 赛珍珠：《同胞》，吴克明，等译，桂林：漓江出版社，1998 年，第 12 页。
② 同①。
③ 同①，第 42 页。
④ 同①，第 45 页。

目光转到年轻人一代的身上。在《同胞》中，赛珍珠塑造了多个性格各异的年轻人的形象。李先生的女儿莉莉原是詹姆斯的女朋友，但因太软弱又太顺从，在恋爱的问题上犹豫不决，不愿跟随詹姆斯回到中国生活。詹姆斯的妹妹和弟弟先后来到中国。与哥哥詹姆斯沉稳的性格不同，弟弟彼得比较激进，又缺乏社会经验。刘成对彼得的评价一针见血："彼得是美国的"，"他被培养得很幼稚，他相信什么事情都可以做，还能很快完成。有力量就行，或是财力或是武力"①。也正是因为这样，彼得在中国因言行不当而意外被害。彼得也是一个在矛盾中徘徊的个体，他用完全美式的思维去看待混乱复杂局面下的旧中国，一厢情愿地希望能以彻底改革的方式，如一把大火般烧毁旧的中国。这样的方式自然行不通。彼得还对当时的中国现状很不满，认为"全都腐朽透顶"，"什么都没用，只有从上到下彻底清除"②，但他并没有像哥哥一样扎根乡村，寻找到解决实际问题的方式，只是在反复地抱怨着"肮脏——疾病——愚昧"③。像彼得这类莽撞的年轻人自然也不是赛珍珠心中的合适人选。

作品的创作并不能完全脱离作家本身的个人经历。赛珍珠在中国最动荡的社会环境中成长起来，虽然是一个美国人，但是从来没有将自己置于中国的国家命运之外。她有着美国人的身体，却始终怀有一颗中国心。在新中国急需大量的人力和物力投入建设之际，作为作家的赛珍珠敏锐地将目光聚焦到中国年轻的知识分子身上，其中包括留学美国的中国学生，也包括在美国出生、长大的美籍华人。这个特殊的群体虽然身在国外，但根在中国、心牵中国；虽然在西方学习借鉴先进的知识，但对故土抱有深深的眷恋之情，学成之后会选择回国报效。赛珍珠在这批年轻人身上，看到了未来可以成燎原之势的点点星火，认为他们才是新中国的未来和希望。在《同胞》中，这类年轻人有詹姆斯·梁和他的妹妹玛丽·梁。玛丽

---

① 赛珍珠：《同胞》，吴克明，等译，桂林：漓江出版社，1998年，第271页。
② 同①，第270页。
③ 同①，第270页。

放弃了在纽约工作的机会，跟随兄长一起回到家乡，并全力支持哥哥，用自己的力量逐渐改变老家的旧面貌，使其由一个落后、闭塞的小乡村变成一个干净、整洁的地方。玛丽也在老家找到爱情，与同样留美回国的刘成大夫结为夫妇。哥哥詹姆斯则与本地姑娘玉梅结合。这四位年轻人带着满腔热血，开办医院做善事、为村民治病，用自己的方式踏踏实实地在老家梁庄的土地上扎下根来，并在此过程中找到了自己的价值。他们没有眷恋国外优越的生活条件，没有空谈爱国的理想，而是将对祖国的赤子之心和对故乡的思念化为归国重建家乡的巨大动力，把自己在美国的所见所感所学运用到实际的乡村复兴中，发挥出自己的作用。

赛珍珠虽然是作家，但是她一直关心中国的教育问题。在她的中国朋友圈当中，就有不少著名的教育家，如晏阳初和陶行知两位先生。晏阳初是我国著名的乡村建设者和平民教育家，他的“乡村建设”思想强调医疗、教育、农林建设等事业的发展对中国的重要性。他将平民教育和乡村改造联合起来整体推进，指出乡村建设需要培养专门人才，知识分子必将在国家建设的过程中发挥重要的作用。赛珍珠笔下的中国知识分子各有其优缺点。以梁博士为代表的旧中国知识分子，在观念上依然保持着旧中国各种封建、等级的意识，而又希望在行动上采用西方的形式，以此达到变革中国社会的目的。同时，赛珍珠认为，这样一群不管人民疾苦的贵族式知识分子轻视普通大众，与大众之间隔了一道在她看来似乎难以逾越的鸿沟。事实证明这类学者脱离实际，不是合适人选。以彼得为代表的美籍华裔青年，自幼接受美式教育，虽为华裔但对中国的情况一无所知，对中国抱有的完美想象在现实面前被击得粉碎，希望快速以自上而下的方式彻底进行社会革命。事实证明这类年轻人急于求成，也不是合适人选。赛珍珠所期望的中国年轻知识分子既有中国情怀，又具有世界的胸怀；既能接受西方思想的熏陶，又充分认识到中国传统文化的传承价值；既不会完全地西化，也不会偏执于中国的传统而顽固不化。他们来自于平民阶层，国外学成归来后也能够很好地融入平民阶层，从基层踏踏实实做起。他们重视知识的力量，成为注入旧社会中的新鲜血液，从而推动中国社会的变革。从当下社会来看，这批留美回国的知识分子也是“中国文化走出去和西方文化引进来”的先行者。

二、落地生根：扎根乡村的赤子情怀

詹姆斯曾经劝说女友莉莉跟随他一同回国。从他说的一番话中，我们可以看出他有着服务祖国的坚定信念，回国绝非一时兴起：

> 中国很伟大，中国并不真正衰弱，只是在苦难之中。中国正等待着我们去拯救，去挖掘她潜在的伟大力量。她在一个非常古老的世界里已经生活得太久了，她需要在一个新世界中获得新生。①

带着这样的构想，詹姆斯回国初期，先在上海和北京停留了一段很短暂的时间，但他始终觉得自己依然如浮萍般没有扎下根，也找不到他的根在哪里。妹妹玛丽也提醒哥哥：“我们现在的这个样子，远离了我们的人民，几乎和我们还呆在纽约没有什么区别。”② 直到和弟弟妹妹们一起走进父母的家乡梁庄，他才体会到这里是他祖辈的土地，他要留在这里，“为了未来，而不是因为过去”③。彼得的突然去世，让詹姆斯和玛丽不得不停下脚步，重新反思如何才能更好地适应中国的实际形势。

> 彼得选择了快速的路，在暴力与暴力的对抗中失败了。他，詹姆斯，作为兄长将走一条慢慢行进的路，他希望他能活着看清自己的目标，即使不能活着达到它。④
>
> 彼得以他自己的方式比他们更快地认识了人民，又以充满激情的悲剧方式企图去帮助人民。⑤

---

① 赛珍珠：《同胞》，吴克明，等译，桂林：漓江出版社，1998 年，第 48 页。
② 同①，第 176 页。
③ 同①，第 157 页。
④ 同①，第 290 页。
⑤ 同①，第 291 页。

最终詹姆斯觉得真正适合的路在他们脚下：和人民在一起。

回顾一下梁家两代人的特点，不难看出他们都拥有一颗爱国心，只是表现的方式不同。父亲梁博士是个口头爱国主义者，弟弟彼得是个急于求成的爱国者，只有詹姆斯和玛丽兄妹二人无论是在思想上还是在行动上都体现出脚踏实地、干劲十足的特质。一直以来，回归祖国家园、寻找故乡是每个游子内心的渴望。著名诗人余光中曾写过《乡愁》诗篇，表达了诗人自身，同时也是万千海外游子的思乡深情和强烈的家园意识。华裔作家群体身在海外，心系祖国，如寄的感觉使得他们有着强烈的故国家园意识。离散的“边缘人”处在两种文化之间，很难彻底融入其中任何一种文化。他们在祖国的根已被拔起，在海外的根又无法深扎，始终饱受着“迷失者”的痛苦与惆怅，梁博士一家也同样如此。“家园意识是人们对家园的一种有意识的、热切的关注和表现，它是人类对自己立足的根基、心灵的栖息地眷恋的内心表达，其根基或向往的是家园，家园可以催生、激发、孕育家园意识，家园意识可以追寻、构建、重塑新的家园。”① 詹姆斯选择回到祖国，并在父辈奋斗过的土地上扎根，是希望能在这片旧的土壤上种出一棵幼苗，带来真实的改变。中国人自古讲究安土重迁。“安土重迁”与“迁移发展”看似是对立的人生取向，即一个留在原地，一个迁居别处，但仔细想来，这两种选择在对家、对家乡的感情上是相辅相成的。在故乡与异乡之间，一直存在着连接两地的某种联系路径，这种联系不仅是可以看见的地理景观如大路、桥梁等，还包括由亲情关系所连接起来的一张大网，能沟通人与人的关系，连接故乡与异乡的情感。人们在“迁移发展”与异乡创造的过程中，实现了自我价值与社会价值。人们不管是从迁移发展到衣锦还乡，还是从落叶归根到落地生根，所有的成就都会回馈给故乡。

文学作品中的地理是由作家建构的，因为“在地理建构的丰

---

① 黄勇昌：《英美文学中的家园意识》，《郑州航空工业管理学院学报》，2014年第6期，第20页。

富感性后面存在着宏大的文化政治理念，可以说是当代作家地理建构的一个普遍特点”①。“在研究现当代作家与地理的关系时……作家的文化视野早已超越了原乡文化，他笔下的地理建构是其文化理想的表现，‘地理的’即‘文化政治的’。”② 以《同胞》为例，在中美两国、城市与乡村之间的地理建构背后，蕴含着赛珍珠东西方文明融合的宏大理念。

“故土的思恋、家国的振兴则是这精神家园的最基本的色彩”③，詹姆斯就将他那强烈的家园意识化为归国重建家园的巨大动力。他在美国的成长过程中，并没有忘记自己是中国人；在学习西方文明和技术的同时，也没有拔起自己作为东方民族后代的根。詹姆斯选择回到梁庄开办医院，尤其是在面对集邪恶、幽默和慈祥为一体的泰大叔式的村民时，他看到了挑战与希望并存。詹姆斯式的年轻人带着干劲和勇气投身到传统家园的复兴中。与父辈的口头爱国不同，“他们正热衷于自己的事，他们充满着信心，老家的村庄一定会成为一个干净健康而又有学问的地方”④。他们在将美国新的知识带给祖国人民的同时，也给自己找到了出路，将自己的根深深扎在故乡的土地上，连接起了曾经被隔断的两个地域和亲情关系。中国人几千年的传统是血缘高于一切，无论身处何方，血缘的根基总是连着故乡这棵生命大树，个人的价值及人生的价值也总是希望得到原先的群体的认同。詹姆斯将自己的生命形态融入了火热的乡村重建之中，他的人生价值在和他一样的年轻一代积极奋发的创新精神中得到肯定和升华。有着一颗中国心的赛珍珠，一生都在努力以“人桥”的角色促进东西方文化的沟通与融合。特殊的经历和多元的文化身份，使得她无法完全融入其中一种文化。作家个人归属情感的缺失带来了其作品中众多美好的愿景，无论是东西方

---

① 李俏梅：《“文学地理”建构背后的宏大文化理念：以莫言笔下的“高密东北乡”为例》，《广州大学学报（社会科学版）》，2014 年第 7 期，第 91 页。

② 同①。

③ 许玉庆：《现代中国乡愁的开拓与建构：论〈巨流河〉对中国文学乡愁母题的创新》，《石家庄学院学报》，2014 年第 1 期，第 79 页。

④ 赛珍珠：《同胞》，吴克明，等译，桂林：漓江出版社，1998 年，第 296 页。

的联姻、混血儿的出生还是出国进修、留学归国等，都在以各自的方式拉近作家东西故乡的距离。

三、仁者爱人：赛珍珠的教育观总结

自1840年鸦片战争以来，西学东渐背景下的各种教育思潮涌动，推动了近现代中国教育领域由传统教育向新式教育的过渡。赛珍珠与中国人民共同经历了沧桑巨变，对中国、中国人民及中国社会都有自己深刻的认识，其中也包括对中国近现代教育的思考。因为同时处于两个世界，一个是中国人的生活世界，一个是父母的白人世界，双重的文化身份和双焦透视的视角，使得赛珍珠被深深烙上了两种文化符号。她的精神气质、人格魅力及文化内涵都得益于东西方文化的共同滋养，这不仅使她具有独特的问题意识与多元的文化格局、文化视野、文化气度，也让中西文化交融成一个整体，共同促进了她的世界观、人生观和价值观的形成。《赛珍珠传》（*Pearl Buck*：*A Cultural Biography*）的作者，宾夕法尼亚大学教授彼德·康2012年在“赛珍珠与民国时期的南京”国际研讨会上指出：“尽管赛珍珠的一生中拥有着各种各样的头衔，如作家、编辑、记者、社会活动家、慈善家等，但归根结底，赛珍珠的一生其实只扮演了一种角色，那便是教育家。”教育是诞生人类思想及形成不同民族文化的重要因素，也是实现人类命运共同体、构建和谐社会的关键所在。国内已有多位学者围绕赛珍珠“教育家”的身份和内涵，展开了相关的研究。例如，董晨鹏（1998）的《士的人格理想和儒家文化心态——试析赛珍珠的中国传统文化观》从“士”的伦理出发，将道德人格视为“士”的最高人生目标。陈敬（2005）在《赛珍珠与中国——中西文化冲突与共融》一书中提到了赛珍珠在中国的教师经历及她对中国教育的思考，并指出赛珍珠不局限于知识系统的传授，更着眼于人的整体素质特别是道德素质的培养。庞援婷（2017）的《赛珍珠的文化价值观研究》一文提到了教育是赛珍珠文化价值观形成的影响因素之一，中国的教育经历教会了赛珍珠“仁者爱人”的儒家思想。

中西两种文化的教育背景及成年后的跨文化教育实践，深刻影响了赛珍珠的文学创作，也塑造了她的教育观。回顾赛珍珠一生的成就，她是一位跨文化书写的作家，是一位社会活动家，是沟通东西方的“人桥”。赛珍珠积极倡导多元文化的理解和包容，追求教育的公平和正义，其被称为“人桥”的重要原因，也是其双焦透视的具体实践。她对平民教育、女性教育、儿童教育、学校教育、社会教育等方面的思考，为当下的教育实践改革提供了借鉴意义。我们可以把赛珍珠的教育观大致概括为以下几个方面。

首先，受到传统儒家思想的积极影响。儒家的教育是文化的教育。人之所以为人，要通过文字、文化、艺术、技能等方面的教育，认识到个人与自然、社会、群体的和谐关系，在个人修养、心性、文化、学习、育人和处世等方面有所修为并不断自我完善。儒家教育是道德的教育，在“成人”的过程中，除了读写算、文史哲之外，注重道德行为规范和礼仪的养成是中国传统“君子式”教育的特点。无论是“学而优则仕”的使命感，还是“达则兼济天下”的责任感，教育的不断完善和成熟，在很大程度上决定了人的人生观和价值观，从而产生了不同的文化和思想。儒家思想的启蒙奠定了赛珍珠的教育基础，她对社会不同群体的关注，体现了儒家所爱之人不只是单独的人，还有整个社会。《尚书·五子之歌》有云：“皇祖有训：民可近，不可下。民惟邦本，本固邦宁。”这句话的意思是说百姓是国家的根本，只有百姓稳固，国家才能安宁。赛珍珠对中国广大的农民群体着墨最多，对他们的刻画来自赛珍珠本人真实的生活观察，表达出她对中国最深沉的爱。农民群体最贴近土地、贴近生与死，是最真实的群体。他们在土地上耕耘了千年，个体的命运与国家的命运紧密联系在一起，他们是中华民族的根基。在从人到仁的过程中，爱人是首要且关键的一点，儒家的仁体现在人道主义方面就升华为更深层次的大爱。赛珍珠生活过的中美两国，当时都处在社会激烈变化的大环境中：美军海外驻扎，产生了被社会遗忘的混血孤儿群体；美国国内反华势力强劲，排华法案引发了各种歧视；中国正进行着抗日战争，各种问题凸显。赛珍珠忧民之所忧，与社会各界人士一起，促进排华法案的废除；她创办的“欢迎之家”更是为混血孤儿和残疾儿童提供了生活和学习的家，得到了社会的高度认可。赛珍珠还积极通过各种途径为中国的抗战筹款，表达出对和平的期盼和关切。她的小说《龙子》让美国的人民看到了东方主战场上中国人民的顽强抵抗精神。

其次，赛珍珠主张多元文化的理解和融合，认为文明的交流互鉴是推动人类文明进步与世界和平发展的重要动力。赛珍珠的文化内涵、人格魅力和精神气质都得益于东西方文化的共同滋养。从小在双语教育的环境中长大，这也成为她讲好中国故事的基础。她翻译《水浒传》中上百处的历史典故、民俗风情和方言，无不受益于长期在文化和语言的环境中浸润而形成的独特理解。赛珍珠热爱中国古典文化，也致力于保护和宣传中国的古典文化之美。赛珍珠在自传中写道：“中国的古典美谁来继承？盲目崇洋所带（来）的必然堕落怎样解决？难道说随着人们对传统的抛弃，我们也必须失掉庙宇的斗角飞檐吗？”① 她也曾预言过：“我那时就已经开始洞察到如果东西方之间不加深理解，有一天总会产生可怕的冲突的。”② 赛珍珠在 1934 年 1 月赴美前几周对学生讲过这样一段话：“很多人问我为什么不写自己的国家，而去关注另外一个国家。简单点说，这是因为我的大半生是在中国度过的。”这样的情怀也正契合了诺奖给赛珍珠的授奖理由“为西方世界打开一条路，使西方人用更深的人性和洞察力，去了解一个遥远而陌生的世界”。在成为社会名人之后，赛珍珠积极投身社会活动，通过各种途径促进东西方，尤其是中美之间的交流。她创办了东西方协会，并通过各种活动帮助中国作家在美国讲好中国故事，比如林语堂、晏阳初、老舍、曹禺等。语言是多种文化沟通的基础，赛珍珠和其他许多作家都是讲好中国故事的代表。他们致力于文化对话，向中国介绍美国，也向美国介绍中国。研究教育也是国与国之间对话的关键点，是跨文化

---

① 赛珍珠：《我的中国世界》，尚营林，等译，长沙：湖南文艺出版社，1991 年，第 189 页。

② 同①，第 224 页。

交流的方式之一。

最后，赛珍珠追求教育的公平正义。教育是人类的基本权利，教育具有普遍性。无论属于何种民族和种族，无论是富有还是贫穷，人人都拥有掌握知识的权利。赛珍珠生活在传统的基督教大家庭中，自然会受到宗教信仰的影响。儒家教育也是平民教育，孔子“有教无类”的思想是对教育公平的最大推动和认可，不仅适用于中国教育，也适用于世界上的所有国家。在青山农场，赛珍珠连续两天与中国著名教育家晏阳初展开平民教育对话，他们共同致力于将自己的教育实践从课堂扩大到社会教育方面。赛珍珠是一位女性作家，也可以认为她是女性主义作家。这不仅因为其作品塑造了各式各样的女性形象，表达了对女性群体的关注，同时也因为她为女性群体积极争取权利，呼吁男女平等。“我把主要精力放在我所负责的女子学校上”①，以旧中国为例，上千年来女子无才便是德的传统思想阻碍了女性受教育的权利，溺婴、裹脚等文化糟粕更是对女性的摧残。赛珍珠自己作为母亲，也特别关注青少年教育，尤其是残疾儿童及黑人女童的教育等问题，关注他们的身心健康、道德水平及融入社会的能力。赛珍珠从未停止过对女性问题的思考，她一直致力于为美国妇女争取平等的权利，并将种族主义、殖民主义与妇女权利紧密地结合起来。不论是她的社会活动，还是她的书写，都具有明显的女性主义意识，同时她的目光不仅关注美国白人女性、黑人女性，还关注战争背景下的亚洲女性等。道德教育是教育的高级层面，可以提升人类的思想境界，减少愚昧和暴力，消除歧视和分化，使不同的民族、种族和性别在对话中达到消除误解，实现平等与和平的目的。

从赛珍珠“教育家”的身份切入，重新审视赛珍珠的生命历程，对赛珍珠的文学创作及社会活动做一个回顾，连接起与教育思想相关的点线面，研究在赛珍珠的文学创作之外，一个跨文化书写

---

① 赛珍珠：《我的中国世界》，尚营林，等译，长沙：湖南文艺出版社，1991年，第161页。

的教育家和社会活动家的形象，能进一步凸显其展现的文化价值和历史价值。时间来到21世纪的第三个十年，赛珍珠也已经去世五十年，但当把赛珍珠的文学作品和社会活动置于当下的人类社会和发展进程中加以再度审视和观照时，我们不难发现她的作品依然保有超越时代的价值，她的社会活动依然能启发当今的社会。她提供给了人们思考东西方沟通的思路，尤其是在中美大国博弈的当下，多元文化对话与融合的方法和途径。

本章围绕“家园”这个主题，结合文学地理学、空间理论及国家与民族的概念，具体讨论了赛珍珠相对有代表性的几部小说中家园的延续、守卫和复兴。家园主题伴随着赛珍珠的创作。家园对赛珍珠十分重要，赛珍珠也对家园充满深情。在她的心中，家园承载着一切美好的回忆。乡村、田野、房屋、风景、人文民俗都是家园不可分割的部分，但归根结底土地才是家园的中心。本章中的家园以土地为中心并向四周铺散开来：先是王龙家的土地，它是一个家族延续的载体；再是林郯家的土地，它是民族主权得以捍卫的载体；还有梁家村的土地，它是年轻人实现国家复兴的载体。这些作品呈现出一定的相似性，即传统意义上的中国大家庭在中国社会的历史进程中经历的“繁盛—衰落—复兴”的过程。这一时期赛珍珠的家园观是宏大的且具有民族的群体意识，无论是在创作于20世纪30年代的《大地三部曲》中还是在创作于40年代的《龙子》和《同胞》中，家园都是一个大的概念，将国家和民族的象征意义结合在了一起。

第二章
赛珍珠儿童文学作品中的家园政治观

赛珍珠的一生创作了体裁多样的八十余部作品，除了小说、传记、演讲、诗歌之外，还包括二十多部儿童文学作品。这些儿童文学作品都是在美国创作完成的，以出版时间为序，分别是《给孩子们的故事》（1940）、《邻家的中国孩子们》（1942）、《水牛娃们》（1943）、《龙鱼》（1944）、《余蓝：中国飞娃》（1945）、《巨浪》（1948）、《明朗的一天》（1950）、《小红》（1945）、《一个改变中国的人：孙逸仙的故事》（1953）、《山毛榉》（1954）、《圣诞节的早餐》（1955）、《圣诞小画像》（1957）、《圣诞节的幽灵》（1960）、《受欢迎的孩子》（1964）、《激战》（1965）、《排行中间的小狐狸》（1966）、《马修、马克、卢克和约翰》（1967）、《中国说书人》（1971）、《给孩子们的礼物》（1973）、《斯塔林夫人的烦恼》（1973）。这些作品主题丰富，凭借着不同的创作素材、创作手法及思想内涵，传达出既简单又深刻的人生道理，表达了美好的愿景。“对生活，对我们周围一切的诗意的理解，是童年时代给我们的最伟大的馈赠。如果一个人在悠长而严肃的岁月中，没失去这个馈赠，那他就是诗人或者是作家。”① 儿童文学作为文学样式的一种，也反映着作者的创作思想。赛珍珠的儿童文学作品，可以说是用最温柔的话语给孩子们讲述最真挚的情感，表达着她最大的期待与希望。这二十多部儿童文学作品的主题覆盖面广，有“爱”的主题、“大自然”的主题、“顽童”的主题，还有“战争”主题、“历险”主题、“动物”主题等，“家园”主题也贯穿其中，表达着儿童对于家园的理解与呵护，也蕴含着赛珍珠心底对于家园的深切渴望。

回顾九十年的赛珍珠研究史，学者关注较多的是赛珍珠的小说作品，对儿童文学作品的研究则处于非常冷清的阶段，所能查到的研究成果国内目前仅限于黄橙（2016）的《“监护人”的焦虑：赛珍珠作品中的成长模式研究》第一章和第三章，李青霜（2013）

---

① 康·巴乌斯托夫斯基：《金蔷薇》，李时译，上海：上海译文出版社，1980年，第22页。

的《影像中国：赛珍珠作品的美国电影之旅》，王世文（1998）的《简评赛珍珠短篇〈圣诞早晨〉》，刘峻的《赛珍珠儿童读物〈巨浪〉中的日本死亡哲学初探》（2012）、《赛珍珠的儿童读物〈邻家的中国儿童〉》（2013），吴婕（2015）的《跨文化交际学视角下的赛珍珠儿童故事〈于兰〉》。而在美国，对于赛珍珠儿童文学作品的研究则少之又少，近些年暂无相关的论文发表。

本章将研究对象从小说转向儿童文学，以三部作品《余蓝》《山毛榉》《巨浪》为文本，结合中国传统家庭构成、美国家庭模式和日本家庭制度三方面特征，同时进一步从中国的儒家思想切入，因为"儒家的全部学说之根扎在家里面"① 以及"儒家发现家是一个终极的源泉"②，分别从"忠""孝""恕"三方面来研究作品表现出的对民族、对家庭和对家人的家园情感，以此解读赛珍珠的家园观在儿童作品中的体现和儿童文学创作中的特色。

第一节 国家与人民：《余蓝》中的卫国赤子心

在抗日战争的最后决战阶段，1945 年出版的儿童读物《余蓝》，借助一个孩子的视角，以简短的篇幅表达了捍卫国土完整的赤子之心。与长篇小说《龙子》（1942）选取的叙事视角和故事背景不同，儿童文学面对的读者群体有其年龄和审美的特殊性，所以该作品并没有将故事置于一个屠杀血腥的大背景之下，而是选择了一个极小的侧面来将儿童的个人梦想和国家命运联系在一起。主人公余蓝在中国的农村长大，从小就对天上的飞机有着浓厚的兴趣，可是他从来没有真正近距离地观察过飞机的具体构造，只是远远见过从他头顶上掠过的日本敌机。直到有一天，一架美军飞机因为燃油耗尽而被迫降落在余蓝家的田里，余蓝才有机会看到飞机的真正模样。最终，余蓝说服父母并在美国飞行员的帮助下，赴美学习制

---

① 张祥龙：《家与孝：从中西间视野看》，北京：生活·读书·新知三联书店，2017 年，第 18 页。

② 同①，第 38 页。

造和驾驶飞机。在不久的将来，中国多了一名优秀的飞行员，可以驾驶飞机保卫自己祖国的领空。

一、为国尽忠：保家卫国的使命担当

余蓝的父母一度非常反对儿子离家，而且还是离家学习在他们看来很不靠谱的飞行技术，他们还举了过去有人发明飞行器向皇上邀功结果被处罚的例子，但这些都不能阻挡余蓝学习飞行的决心。中国几代人同堂的传统模式，家长身兼数职，“既是保育子女、传授知识与技能的老师，又是管教孩子的牧师和法官”①。从家长的角度，父母是儿童成长时期最重要的两个人，对儿童产生的影响也是最直接、最深刻的。从子女的角度，“孝”是儒家思想的精华，是中华民族传统道德规范的核心，也是一个人的道德修养表现。正是由于余蓝在以“长者为尊”的传统家庭中长大，因此在面对父母的犹豫态度甚至极力反对时，余蓝并没有冒失地与父母发生争执，而是反复劝说直到征得父母同意后才前往成都。中国传统的大家庭制度为每一个成员固定了相对应的身份和要求，“家庭制度发挥了稳定的作用，从而使每个家庭都为其中的每位成员负责”②。当然我们也应当看到，中国的大家庭有其局限和落后之处，比如父为子纲、夫为妻纲的传统使得成员之间缺乏平等性。虽然余蓝最终踏上保家卫国的新征程，但从他的经历中不难看出，在保守甚至迂腐的家庭中，传统的思想禁锢着新的世界。余蓝冲出囚笼的勇气固然可嘉，而梦想之神的眷顾同样无比珍贵。

梁启超说过：“吾国社会之组织，以家族为单位，不以个人为单位；所谓家齐而后国治也。”③ 这正好映衬了中国传统文化中的

---

① 徐清：《赛珍珠家庭题材小说论》，《福州大学学报（哲学社会科学版）》，2000 年第 3 期，第 58 页。

② 1969 年 5 月 3 日赛珍珠在第二届中国文化研究会议的午餐会上发表的演讲，见姚望译：《中国传统文化中的民主元素》，《江苏大学学报（社会科学版）》，2014 年第 4 期，第 18 页。

③ 李华兴、吴嘉勋编：《梁启超选集》，上海：上海人民出版社，1984 年，第 432 页。

“修身齐家治国平天下”的伟大理想。中国社会以家庭为国家治理的最基本单位，“家国同构”的格局就是这样产生的。换言之，家是最小国，国是千万家。中国“家国同构”的特征将国家的命运与家庭的命运紧密联系在一起，也进一步补充说明了小家是大国的基础，大国是小家的扩大，国家兴则家庭兴，国家亡则家庭亡，国与家唇齿相依。周作人在《儿童问题之初解》一文中，提到了儿童与一国兴衰的关系：

> 盖儿童者，未来之国民，是所以承继先业，即所以开发新化。如其善遂，斯旧邦可新，绝国可续；不然，则虽当盛时，而赫赫文明难为之继，衰运转轮，犹若旦莫，其源竭也。将兴之国，靡不重其种息，故富进取之气，而有未来之望。东方国俗，尚古守旧，重老而轻少，乃致民志颓丧，无由上征。且教养不讲，遗传所积，日即于下。虽以自然之惠，或得繁衍，但足以纪数而已。①

这个小小少年心中萌发的蓝天梦，不仅仅是自己的个人梦想，更体现了少年在国家危难之时的责任与担当。余蓝对父母意见的尊重构成了儒家思想中最基本的“孝”，对国家领土的守卫则构成了“孝”的延伸“忠”。“孝”是“忠”的起点，“忠”则是“孝”的完成。

二、为己尽忠：坚守初心的执着精神

“忠”的一个层面即它的外在表现，也就是通常意义上的对国家尽忠。中国的典籍中对“忠”的解读有很多，“忠”意味着忠于君主、忠于国家、忠于人民。国家和平、百姓安居、国泰民安，自古以来一直是中国人的梦想，忧国忧民则是中华民族几千年承袭下来的民族品格。“中华民族作为一个自觉的民族实体，是近百年来

---

① 周作人：《儿童问题之初解》，原载《绍兴县教育会月刊》第 6 号，1914 年 3 月。参见张铁荣、陈子善编：《周作人集外文》（上集），海口：海南国际新闻出版中心，1995 年，第 165 页。

中国和西方列强对抗中出现的，但作为一个自在的民族实体则是几千年的历史过程所形成的。”① 《说文解字·心部》中有“忠，敬也，尽心曰忠”；《左传·成公九年》中有“无私，忠也”；《论语·宪问》中有“忠焉，能勿悔乎”；《六书精蕴》中有“忠，竭诚也”。面对被日军铁蹄践踏的每一寸国土，面对敌方战机掠过的每一片领空，余蓝的心中已然萌发一个大大的保家卫国的梦想。国家有难，匹夫有责，民族兴亡，荣辱与共。虽然作品中没有直观地再现日军侵华的烧杀戮掠，但是任何一个有血性的中国人都会为国家的命运担忧，为流离失所的百姓担忧。

> 夫国者人之积也，人者心之器也，而国事者一人群心理之现象也。民族精神中的共同理想，是构成民族同一性的基本要素。一个民族可以没有统一的居住地，也可以没有统一的政治实体和经济共同体，但一个民族必须有同一性的心理认同感。②

因为民族是一个想象的政治共同体，人们通过想象中的共同文化和共同利益把彼此联系在一起。“民族总是被设想为一种深刻的、平等的同志爱。最终，正是这种友爱关系在过去两个世纪中，驱使数以百万计的人们甘愿为民族——这个有限的想象——去屠杀或从容赴死。”③

“忠”的另一层面，也就是“忠”的内在表现，是指主体对自己的效忠，是主体心灵通过修养活动形成的对自己生命根源的真实认同。④ 孟子曰：“天下之本在国，国之本在家，家之本在身。”（《孟子·离娄上》）这一内一外共同构成“忠”的完整呈现。余

---

① 费孝通：《中华民族多元一体格局》，北京：中央民族学院出版社，1989年，第1页。

② 孙中山：《建国方略》，北京：生活·读书·新知三联书店，2014年，第4-5页。

③ 本尼迪克特·安德森：《想象的共同体：民族的起源与散布》，吴叡人译，上海：上海人民出版社，2003年，第7页。

④ 刘美红：《儒家伦常法则：忠恕之道新解》，《衡阳师范学院学报》，2011年第4期，第48页。

蓝孝敬父母，是“孝”；精忠报国，是“忠”；倾听内心的声音，坚持自己的梦想，也是“忠”，因为“心止于一中者，谓之‘忠’”（《春秋繁露·天道无二》）。“国家和民族的想象覆盖了整个二十世纪中华民族发展的艰难历程”①，“任何一个民族在建构民族国家想象中，不可能不向下一代传递它的民族精神而让孩子从小获得民族认同”②。因为儿童不仅仅是一个生命的个体，更是处在社会大环境中的个体，正如“少年强，则国强。少年独立，则国独立。少年自由，则国自由。少年进步，则国进步”表达的一样，少年是民族、国家的希望所在，也是最具有可塑性和充满可能性的一个构成。余蓝坚守自己的初心，深知在国家生死存亡之际，有国才有家，欲安家先安国。在中华民族救亡与重振的背景下，儿童成为一个途径、一种力量与可能性，助成民族走出困境，余蓝小小的梦想也就由此成为期盼民族统一和国泰民安大梦想的重要组成部分。余蓝的小梦想是大梦想实现的基础，大梦想又是小梦想实现的保证。儿童的家国梦也是作者赛珍珠的家国梦。在这部作品中，余蓝的“天真质朴”与赛珍珠的“赤子之心”相通；余蓝的“蓝天梦想”与赛珍珠的“家国责任”相通。“民族共同体”成为“儿童文学”中一个庄严的主题，使得儿童文学具有了民族性，也正如评论家李敬泽所说：“儿童文学从来就不仅仅是‘文学’，它体现一个国家、一个民族最深刻、最基本的价值取向和文化关切。”③《余蓝》背后是作家赛珍珠对中国故乡的深深家国情，这部作品的特点在于将大道理蕴含在小故事中，有一种“心有猛虎，细嗅蔷薇”的风格。

《余蓝》这部作品既有儿童文学的独立性，体现在其独特的文学审美和特定的读者群体当中，旨在用儿童能听懂的语言传递情感、讲述哲理，主动规避部分不适合儿童阅读的话题，如暴力、血

---

① 李利芳：《中国发生期儿童文学理论本土化进程研究》，北京：中国社会科学出版社，2007年，第70页。

② 同①，第76页。

③ 李敬泽：《儿童文学的再准备》，《人民日报》，2015年7月17日。

腥、杀戮等，同时又将责任道义和家国完整的努力蕴含其中。对于儿童文学的研究来说，单纯的审美赏玩是远远不够的，还应结合儿童文学所处的具体社会语境和文化语境。尽管儿童文学有一定的独立性，但在善良的保护层之外，我们还应该看到儿童文学不仅是儿童的专属，因为“如果儿童文学在‘写儿童’的同时，也艺术地观照成年人的世界，那么儿童文学就在儿童世界与成年人世界之间搭建了一座真正的情感的、生活的、文化的桥梁。有了这一座桥梁，儿童和成年人之间就容易心理沟通，就可以实现精神对话”①。多位评论家也指出不能孤立地看待儿童文学，德国儿童文学大师米切尔·恩德说：“从根本上说，我反对为了孩子而存在一种特别的文学的说法……问题是你如何用心、用头脑来叙述那个主题。”②正因于此，赛珍珠用最柔软的话给孩子们讲述了保家卫国的大道理，相信在不久的将来，儿童读者们长大之后，会深刻理解国泰民安的和平来之不易。

第二节　责任与亲情：《山毛榉》中的传统孝道

在本章的第一节，笔者讨论了中国传统家庭模式的特点，在这一节里则将梳理美国的家庭模式，以此来对比中美两国的家庭模式，思考赛珍珠蕴含在不同作品中的家园观。美国建国于1776年，是一个相对年轻的国家。美国的家庭模式几经演变，呈现出与时代背景相符合的家庭模式形态。总体而言，美国家庭模式可分为以下几种：大家庭（Extended Family）、核心家庭（Nuclear Family）、重组家庭（Blended Family）和多元现代家庭（Modern Family）等。家庭是社会组成的最小细胞，也是社会发展的缩影和体现。社会的变化会影响到每一个家庭的命运与变迁。

① 谭旭东：《重审儿童文学的价值追求》，《创作评谭》，2018年第5期，第13页。

② 1980年，文学大师米切尔·恩德在德国儿童文学学会奖的授奖演说《超越儿童文学》中的发言。

一、美国家庭模式的演变

首先，美国传统大家庭模式（Extended Family）是指有祖父母在一起生活的大家庭。这类家庭的特点是家族式的，一般由祖孙三代人组成。传统的大家庭模式在美国社会普遍且长期存在，优点是家庭人口较多，劳作分工明确，在劳动时“人多力量大”。美国人口较少且幅员辽阔，自殖民时代开始，农业、手工业、畜牧业一直是其主要的经济模式。在一个以农业为基础的国家当中，土地的开垦、家畜的饲养、季节的收割都需要以大家庭为主要的生产单位，亦即需要大量的劳动力投入农业生产。大家庭模式顺应了18—19世纪美国以农业为主体的经济发展方式。随着19世纪中后期美国工业化进程的稳步发展，城市化迅速起步，大批农民涌入城市生活和工作。生产方式和生活环境的改变带来了家庭观点的变化。人们逐渐偏向于小家庭的生活模式，年轻人逐渐走出大家庭的庇护，开始自立门户。

在19世纪至20世纪的美国，传统大家庭模式与即将成熟起来的核心家庭模式一直共存。核心家庭（Nuclear Family）是指由一对夫妇和他们的子女两代人共同构成的家庭，也一直被认为是美国社会中理想的家庭模式。核心家庭的出现与19世纪末20世纪初美国社会工业的发展、城市化进程的加快、新兴就业机会的涌现及西部存在的大量未开垦土地等因素相关。核心家庭在一定程度上削弱了传统大家庭的权威和紧密的亲属关系，也在很大程度上获得了更多的自主性，“家庭结构中减少了独裁性而增加了民主性”①，同时“伴随扩展家庭向核心家庭转变，个人有了更多的自由和流动性”②。核心家庭的出现，肯定了年轻人的拼搏精神，推崇个性独立和对个人价值的追求。

传统的核心家庭模式以男主人外出工作和女主人照顾家庭为特

---

① 戴维·波普诺：《社会学》，李强，等译，北京：中国人民大学出版社，1999年，第635页。

② 同①，第395页。

征，女性往往被称为“家庭天使”，但这种家庭分工也并不是一成不变的。在社会快速进步的巨大推动力下，女性争取到了更多的权益，女性在求学、就业、生育、选举等方面打开了前所未有的新局面。传统的家庭妇女得以走出家门，接受教育，开阔眼界，获得融入社会实现自我价值、重新定位自己的机会。这一时期的女性不再把家庭事务当作自己唯一的生活重心，而是朝着职业化、独立化、自主化、专业化的方向发展。因此，原本男主外女主内的传统家庭基石很快被社会的推力撬动，核心家庭的传统格局逐渐弱化，功能和角色多样化，继而迎来新的家庭模式。

重组家庭（Blended Family）和多元现代家庭（Modern Family）主要是在进入20世纪之后陆续出现的。现代化的美国社会对个人自由、价值体现、社会民主等方面的认可与追求发生着巨大的变化，传统意义上的大家庭模式和核心家庭模式逐渐从主流走向边缘。随着社会的多元化发展，家庭结构也呈现出多种类型。美国离婚率始终居高不下，出现了越来越多的单亲家庭和继父母重组家庭，随之产生的继父母与继子女之间的隔阂问题也成为社会问题的一部分。除了重组家庭之外，还出现了如同性恋家庭、无子女家庭、异族通婚家庭、收养子女家庭等多元化的现代家庭模式。这样的家庭模式是社会发展的体现，肯定了个人追求幸福的自主性和权利，但也带来了一些比较特殊的问题。

二、儒家传统孝道的传承

多元形态下的美国家庭模式从社会研究范畴进入文学研究范畴，在作家的笔下就具有了更深一层的文学审美意义。赛珍珠出生在外祖父的美式大家庭中，成长在中国式大家庭里，结婚后又在中国组建了自己的小家庭，因此对中美不同的家庭模式有着深刻的认识。儿童文学作品《山毛榉》发表于1954年，背景设置在一个美国的小家庭当中，故事围绕着中国传统儒家文化中的“孝”展开，却巧妙地将故事嫁接到美国家庭中，是对美国家庭模式下亲情的一次探讨和对美国家庭文化的补充。主人公小玛丽的祖父因为年老体弱搬来和玛丽一家同住，小玛丽在帮忙照顾卧床的祖父的过程中，与祖父建立了深厚的感情。一次散步途中，祖父将老人与子女的关系比作山毛榉的老干和新枝讲给小玛丽听，玛丽铭记于心。后来祖父的身体每况愈下，妈妈担心老人的情况会对孩子的成长不利，产生了把祖父送到养老院的想法。情急之下的小玛丽将父母带到那棵山毛榉下，以老干和新枝的关系打动父母，消除了他们的顾虑。故事最终有一个温馨团圆式的结局，虽然只有短短的六十多页，却蕴含着大大的道理。

赛珍珠自幼在中国人孝敬父母的思想熏陶下长大，认为“一个人不应与老人争辩，也不应该有任何惹老人生气的言行”①。她始终觉得“是否关心那些无力自助的社会成员是文明的标志之一”②。相比美国社会对待老人的态度，赛珍珠认为“这比不公正地对待流浪儿还要令人发指”③。家的存在对每一个人都是极其重要的，人唯有在家这个空间中才有“在家”之感。赛珍珠自己的一生是无根的，所以她努力为笔下的人物去寻根，去找到归属，去找到家。人只有在习惯的、熟悉的、安全的环境下才会有“在家”的状态，才会有真正的踏实感和归属感。“儒家认为家必须有它自身的血脉或具身化的生命。……要有父亲、母亲、儿子、女儿、兄弟、姐妹等等，特别是要有‘亲亲’的亲人关系在其间……使他们能够形成一个实际的和活生生的家庭。”④“孝”被儒家视为仁之本，缘起于家庭。“孝”不仅指孝顺父母，也是人们普遍遵守的道德规范。祖父的到来使得玛丽原本的三口之家变成了一个三代同堂的大家庭，充满了浓浓的亲情与温馨。小玛丽从日常生活中慢慢体会到祖父像山毛榉一样粗壮，是整个小家庭的根。“家、社群、族群不仅与沉重的责任、义务、忠诚相联，同样给人以安全感，给人

---

① 赛珍珠：《我的中国世界》，尚营林，等译，长沙：湖南文艺出版社，1991年，第205页。

② 同①，第379页。

③ 同①，第378页。

④ 张祥龙：《家与孝：从中西间视野看》，北京：生活·读书·新知三联书店，2017年，第49页。

以温馨的关爱与温情。”[①] 祖父老去是自然规律，照顾祖父则是晚辈义不容辞的责任，这样家庭的血脉和情感才会传承下来。妈妈不成熟的决定让玛丽意识到，即使是把祖父送去了养老院，也无法割断这种血缘亲情。赛珍珠通过这部作品，以山毛榉的意象来让儿童读者体会到“孝”的铺陈，儿童读者能从小玛丽的身上学到亲情的伟大和孝顺老人的道理。“山毛榉”因此成为一个文化符号，代表了赛珍珠对儒家孝道文化的思考。这部作品是一次对于中国家庭模式的放大尝试，是对年轻人与老年人关系的反思，也是对儿童群体“家”的观点的培育。

“当人们之间充满情感的关系，通过重复和相互熟悉而在一个特定的地方找到停泊地的时候，它们就变得更富有意义了。”[②] 在这样的前提下，家园成为所有小说想表达的主题。赛珍珠不仅在小说作品中写家庭，在儿童文学作品、传记作品、社会活动中也关注到不同的家庭类型。比如，《大地三部曲》中王龙的家族就是一个祖孙三代同堂的大家族；《群芳亭》中吴太太生活其中的也是一个吴式大家族；《巨浪》中贵野和次哉跟父母在一起生活，父母加子女的构成是典型的核心家庭的模式；赛珍珠所创办的“欢迎之家”则是一个大家庭背景之下的收养家庭模式，这里有着多种族、多国籍、多血统的孩子们。赛珍珠在笔下描摹出一个个家庭的喜怒哀乐和不同命运，有悲痛的离别，也有团聚的喜悦；有绝望的痛心，也有希望的燃起；有离家的心酸，也有建家的幸福。在自传《我的中国世界》中，她这样写道：“尽管我如今在美国度过我的后半生，我却一直在密切注视着中国发生的一切。我已离开了这个国家，但她永远是我生活的一部分。”[③] 返美以后，赛珍珠在青山农

① 蒲若茜：《“越界”与“回归”：20世纪末华裔美国文学的主题演变》，《中国比较文学》，2006年第2期，第101页。

② 阿雷恩·鲍尔德温，等：《文化研究导论》，陶东风，等译，北京：高等教育出版社，2005年，第145页。

③ 赛珍珠：《我的中国世界》，尚营林，等译，长沙：湖南文艺出版社，1991年，第376页。

场的书房挂着一幅节录《礼运大同篇》的书法作品。

> 大道之行也，天下为公。选贤与能，讲信修睦。故人不独亲其亲，不独子其子，使老有所终，壮有所用，幼有所长，鳏寡孤独废疾者皆有所养，男有分，女有归。货，恶其弃于地也，不必藏于己。力，恶其不出于身也，不必为己。是故谋闭而不兴，盗窃乱贼而不作。故外户而不闭，是谓大同。

《礼运大同篇》讲述的是孔子的理想世界，其中人人相互关爱，不但孝顺自己的父母，也关怀他人的父母，不仅关爱自己的子女，也爱护他人的子女。大同世界是几千年前孔子的美好愿景，几千年后一个美国人在书房里挂着这样一幅书法作品，不得不说是跨越时空的对话，同时也是赛珍珠对每一个小家庭和大家庭和谐安宁的美好愿望。

家庭是社会的细胞，是社会结构组织最小的组成部分。黑格尔把中国文化的主旨概括为“家庭精神”。赛珍珠在中国长大，自幼受儒家思想影响，对中国式的传统大家庭情有独钟，也正因于此，“赛珍珠一生所致力的课题之一就是对于家庭的关注与探讨”①。赛珍珠的作品体现出浓厚的家园情结，归根到底还是因为赛珍珠本人复杂的文化身份。她是美国人眼中的“中国人”，又是中国人眼中的“美国人”，无论对于哪个世界，她都感到自己是一个外来者，始终无法摆脱身处中心时的“边缘感”。马尔克斯在创作《百年孤独》时，说过他是给童年时期以某种方式触动自己的“一切经验以一种完整的文学归宿”。这种心态反映在文学中，体现在赛珍珠笔下的很多作品里，都表现出一种“漂泊者”和“无根人”的困惑与痛苦。在返美后的几十年里，赛珍珠与第二任丈夫共同努力，将他们的小家庭变成了一个收养孤儿的大家庭，用无私的爱和实际的行动，将小家的爱延伸为大家的博爱，不仅为自己的漂泊找到归

① 徐清：《赛珍珠家庭题材小说论》，《福州大学学报（哲学社会科学版）》，2000 年第 3 期，第 57 页。

宿，更为那些无根的孩子找到家的根基。

第三节　重建与希望：《巨浪》中的宽恕力量

日本地处东亚，地形狭长，是一个多山的岛国。特殊的地理位置使得日本自然灾害频发，天灾和地害让百姓的生活多受惊扰，也正是因为这样特殊的生活环境，日本人形成了特殊的生命观和家庭观。赛珍珠对于日本的认识始于幼年时期，她生活在一个以中国为中心，其他民族众星拱月的多元环境中，她家的隔壁就住着一个日本女人和她的英国丈夫。这使她对日本有了最初的了解。1927 年"南京惨案"发生之后，赛珍珠和家人一起在日本生活了八个月的时间。这宁静轻松的八个月让赛珍珠有机会对日本人民和日本社会进行深入了解，也因此将日本认作她的第三故乡。她在自传《我的中国世界》中提到：

> 大和民族在理解别人的悲苦时，感情是那么细腻，怜悯有度却又深刻无比，给人的安慰恰到好处……他们知道强烈地震随时都会摧毁他们的房屋，台风随时都会袭击他们，巨浪随时都会卷走他们坐落在海边的渔村。他们每天都在面对死亡。这一点他们很清楚，然而他们仍然镇静地生活着。①

成年后成为作家的赛珍珠对于自己的"第三故乡"自然也有所着墨，包括儿童读物《明朗的一天》（*One Bright Day*，1951）、短篇小说集《远与近：日本、中国与美国小说集》（*Far and Near*：*Stories of Japan*，*China and America*，1947），还有儿童文学作品《巨浪》（*The Big Wave*，1948）。《巨浪》是赛珍珠比较出众的儿童文学作品之一，出版当年就获得美国儿童研究协会奖（Award of the Child Study Association of America），并在 1960 年被改编成电影上映。

---

① 赛珍珠：《我的中国世界》，尚营林，等译，长沙：湖南文艺出版社，1991 年，第 251 页。

一、日本家庭制度的特征

中日两国地缘相近，因同受儒家思想的影响，在家庭制度方面表现出一些相似之处，但同时也存在较大的差异。第一点差异体现在中日两国对“血缘”关系的传承和认同上。“家庭是中国传统宗法社会的基础性构成单元，血源性和地域性是中国传统社会组织构成的基础，而血源性和地域性组织构成的最基本例子就是家庭。”① 中国家族中的大家长具有绝对的权威性和话语权，传统大家庭也强调“血缘”的传承，血缘关系构成了家族延续的唯一标准。与中国大家庭在血缘延续方面的单一性和排他性相比，日本家庭在这一方面则相对开放。“家”是日本社会中长期存在的基本社会单位，日本人的“家”以血缘家族为中心而构成，但又是超越血缘家族的客观存在。日本家族制度的特征反映了日本家庭的“‘一系生命观’，即希望家族可以永远存续的观念”②。也就是说，日本的家强调的不仅是血缘的传承，还是家族的存续和发展，尤其是家族企业的延续。最突出的表现是在家业继承人的选择上，“当无嫡长子或者由于某种原因嫡长子不适合做家的继承人时，也可以让庶子或养子以‘长子’的身份来继承”③。由配偶关系和血缘关系结成的家仅仅是家业的载体而已，家庭只是家的存在形式之一，家除了组成家的人员之外，还包括房屋、家产、维持家业的生产手段和埋葬祖先的墓地等。由此可知，日本家庭比较看重谋生技能和生产方式的传承，所以日本直到今天依然有很多家族式的百年老店在营业。

第二点差异体现在家庭关系的凝聚力上。费孝通在《乡土中国》中指出：“这个‘家’字可以说最能伸缩自如的了。……‘自家人’可以包罗任何要拉入自己的圈子，表示亲热的人物。自家

---

① 高秉江、卫才胜：《论无形家园》，《华中科技大学学报（社会科学版）》，2011 年第 6 期，第 26 页。

② 王梦雪：《从岛崎藤村的〈家〉看日本传统家族制度：以家督继承制为中心》，《山东理工大学学报（社会科学版）》，2009 年第 3 期，第 47 页。

③ 申秀逸：《传统的家制度对日本人思维意识的影响：以中日“家”的比较分析为中心》，《作家》，2009 年第 22 期，第 161 页。

人的范围是因时因地可伸缩的，大到数不清，真是天下可成一家。”① 中国的家庭有着巨大的凝聚力，从核心家庭出发，以家族血缘关系为纽带，往往形成有着强大同心力的关系网络。日本的家庭在凝聚力方面则相对较弱，这体现在日本的“家”是以家业为中心的共同体。换句话说，日本社会中的同族组织是建立在本家和分家基础上的一个经营体。与中国家族血缘关系的紧密联系相比，日本的同族不是一个依据血缘原则组成的群体，而“是基于居住、经济要素而形成之群体”②。在《巨浪》中，因为遭遇了巨浪的袭击，次哉的家人全部遇难。老绅士在听说了次哉一家的遭遇后，数次登门拜访，希望能够收次哉为养子，为他提供以后的生活所需和教育机会，将他培养成对社会有贡献的人。与此同时，贵野的父亲也想收留次哉，因为他的家中只有一个儿子。故事里的收养关系，正反映了日本家族的传承是以家业的继承为核心的，所以收养养子在传统日本社会具有普遍性、规律性。“养子制”是指无子的、有子无能的、有女无子的家庭，可收养没有血缘关系的孩子为“养子”或“婿养子”，“它既与日本人的生活密切相关，又与日本民族的历史和文化传统息息相通”③。收养养子制度成为日本家庭法的基石，通过收养养子，原本不具备血缘或亲缘关系的人照样成为家庭成员，或者成为家业继承人。日本民族收养养子的习俗还与日本的继承制度有关，日本的“家督继承就是包括家产、家业在内的家庭内继承……家督继承制度首先出于对家庭经济共同体功能的维护和发展。其次是企望作为社会基础群体的‘家’能够长久不衰、万世延绵”④。但是从本质上讲，家督继承制是家庭内部不平等的根源，它视家庭的利益高于一切，无视家庭成员个人的自由意

---

① 费孝通：《乡土中国》，南京：译林出版社，2020 年，第26 页。

② 麻国庆：《日本的家与社会》，《世界民族》，1999 年第 2 期，第 64 页。

③ 聂友军：《收养养子习俗与传统日本伦理观》，《日本研究》，2017 年第 1 期，第 67 页。

④ 田晓虹：《近代日本家庭制度的变迁》，《社会科学》，2008 年第 2 期，第 92 页。

愿乃至亲情需求，也成为家庭矛盾的众多导火索之一。

二、向死而生后的家园希望

《巨浪》这部作品讲述了次哉和贵野两家人的故事。次哉一家一直住在海边的渔村，以打鱼为生。他们依靠大海生活，也对大海充满敬畏之心。贵野一家住在山坡上，以农耕为生，对大海周围的活火山心存畏惧。火山爆发引发了强烈的海啸，次哉父亲将生的希望留给了儿子，自己选择留守家园。在次哉前往山上避难时，一浪高过一浪的剧烈海啸将山下的家夷为平地，海浪席卷之处满目疮痍，房屋、树木、农田全部化为乌有。更令人悲痛的是，次哉的父母也被海啸带入了大海深处，次哉从此成为孤儿。瞬间的悲剧使得年幼的次哉无法承受，昏死过去，之后次哉谢绝了老绅士的收养请求，而选择和贵野一家一起生活，成为他们一家的养子。经历数年漫长的恢复过程，次哉才得以慢慢冲淡心中的伤痛。多年后，次哉娶了贵野的妹妹，买了一艘渔船重新返回海边，并在父母生活过的地方再建家园，延续生活的期待和希望。虽然这是一部儿童文学作品，但从字里行间不难看出赛珍珠对于多灾多难的日本人民的同情与对待生命信念的敬畏之心。

儿童文学作品同其他类型作品一样，因其特殊的读者群体而具有独特的审美价值。赛珍珠并没有让儿童沉浸在面对死亡的长期恐惧当中，而是用温暖平静的语言去解释死亡，从而对儿童起到潜移默化的教育效果。这部作品的写作特色在于，赛珍珠采用了父子之间一问一答的方式去解释生死的意义和生命的希望所在。当贵野逐渐理解为什么次哉一家会把大海当作敌人时，敬畏和恐惧的心理便被推到了他面前。贵野的父亲解释道：

> 大海在那里，火山也在那里。确确实实任何一天大海都可能引发海啸，火山随时可能喷发。但是我们必须面对这个现实而不害怕。总有一天我会死去，是因大海或火山而死，还是终老而死，又有什么区别呢？活在当下而不惧

怕死亡，这才是我们日本人的生活态度。①

幼年时次哉就知道“大海是我们的敌人”②。尽管大海赐予人们丰富的食物，但也会随时随地发怒。所以不管是以捕鱼为生的次哉一家，还是以耕种为生的贵野一家，世世代代都对大海充满着敬畏之心，也学会了与危险共存。在经历了巨浪带来的灾难后，虽然自己一家幸免于难，但是目睹了次哉家破人亡的遭遇，贵野对死亡有了切身的体会。在一次直面生死的父子对话中，父亲安慰儿子：

> “……我们早已习惯生死，生命的意义不在于离开的早与晚，而在于勇敢生活、热爱生活。拥抱大自然美丽的树林、雄伟的山川、宽阔的海洋，享受工作——因为工作为生活提供日常必需。这样看来，我们是多么幸运！生与死一直以来都是密不可分的。”
>
> 贵野又问父亲：“什么是死亡？”
>
> 父亲答道：“死亡是一条大通道。”
>
> “通道去往哪里？”贵野追问道。
>
> 父亲以贵野的出生来启发生命的开始。“你就想待在未出生前的那个温暖黑色的屋子里不出来，但当出生的那一刻到来时，生命之门就打开了。”③

贵野的父亲是一个普通的农民，在谈及死亡时，通过与儿子的一问一答，在最朴素的语言中解释了日本民族的生死观。灾难后的每一天都值得倍加珍惜，人们既要感恩生活，也要更勇敢地去生活，因为“生命永远比死亡更顽强”④。儿童的成长过程也是逐步融入社会的过程。儿童是社会的未来，终究要进入社会。儿童作为一个特殊的群体，与成人在世界观、人生观和价值观方面都存在着区别。儿童对于死亡的思考和认知虽与成人有所不同，但依然无法回避这

① Pearl S. Buck, *The Big Wave* (The Trumpet Club, 1987), p. 12.
② 同①, p. 4.
③ 同①, p. 32.
④ 同①, p. 52.

个沉重的话题。“在谈论儿童文学的时候，不少人习惯于本质主义的思考，尤其习惯于强调儿童文学文体的独立性，而很少涉及儿童文学的文化思考。”① 赛珍珠这部作品与众不同的价值在于用最朴素的语言思考最深刻的生死教育。《巨浪》中出现的“死亡”主题，是儿童成长过程中一堂特殊的生命教育课程，是在幼小的孩子心中埋下的一粒生命的种子。随着时间的浇灌，生命之树生根、发芽、成长、枯萎直至死亡，儿童也借此体会到生命的意义所在。这部作品的思考和教育意义还在于：死亡的背后孕育着新生的希望和延续。在读《海的女儿》时，孩子们会为美人鱼的死亡感到伤心，但是作品的教育意义不仅仅是让孩子们学会面对死亡这个事实，而是更进一层，希望孩子们思考生命的意义。《巨浪》这部作品正是传达了这个理念，将儿童的“生命意识”与成人的“生死教育”相联系。儿童文学作品除了具有一定的独立性之外，还可以具有拓展性。随着小读者群体的成长，他们会对同一个主题产生逐渐深刻的理解。一部好的儿童文学作品应该适合人用一生去品读，处在不同的年龄和心境会有不一样的精神感悟。儿童文学的文化思考还体现在儿童文学蕴含的意义和启示往往超越儿童阅读欣赏的范畴本身。《巨浪》对生与死的思考和对家园使命的思考在作品主题上超越了孩子的生死体验，彰显了赛珍珠对儿童的成长关切和正确人生价值追求引导的良苦用心。

“文化在一个群体内部代代相传，从而使该群体的每一个人都被该文化‘化’的机制过程，被理解为‘文化濡化’。”② 赛珍珠自幼受儒家思想熏陶，读者在她的作品中总能感受到儒家文化对她的影响。《论语》作为中国儒学经典，其对生与死的态度具有重要的研究价值，也必然会对后人产生深远的影响。《论语》对生与死的直面讨论并不多，其中最为著名的是《论语·先进》中的“季路问事鬼神”，记录了孔子对于生死较为直接的表述。

---

① 谭旭东：《儿童文学：从文化的建构物到文化的承载物》，《湖南城市学院学报》，2007 年第 4 期，第 61 页。

② 韦森：《文化与制序》，上海：上海人民出版社，2003 年，第 79 页。

子曰：未能事人，焉能事鬼？

曰：敢问死。

曰：未知生，焉知死？

儒家一直“重生轻死”，也就是说孔子的回答是通过生来观照死，并没有单独地谈论死亡，而是希望人们好好珍惜活着的时间。还不知道活着的道理，怎么能知道死呢？可以与儒家“重生轻死”的思想相向解读的是“未知死，焉知生”，它的意思是说“只有面对死亡，才能明白活着的意义，要用对死的思考来激发对生的珍惜”。与儒家生死观有异曲同工之妙的是海德格尔在《存在与时间》中提出的“向死而生”（Being-towards-Death），即站在哲学思维的理性高度用“死”的消亡激发对“生”的希望。走到生命的尽头回看，海德格尔用这种“倒计时”的死亡哲学概念，唤起人们对于生命的敬畏和珍惜。以终点为开始，向死而生，能促使人们珍惜当下。海德格尔专门用“此在”（Being）来表示事物存在的一个过程。人生下来就必然要面对死亡的结果，事物存在的意义不在于在或者不在，而在于过程。存在也不是一个瞬间的独立状态，而是一个包含着对过去的回望和对未来的期望的过程。向死而生并不是说以死为目的，而是主张在死亡和绝望面前，选择更好地去生，就像中国的古话所说的那样：置之死地而后生。

海啸过后大海恢复了往日的平静，丝毫不见那副掀起狂风巨浪时的狰狞面孔，次哉时常站在海边向远处眺望。伤痛过去之后的多年，次哉在贵野一家的呵护中逐渐康复，也长成了一个年轻力壮的小伙子。渔民们陆续回到海边的旧址重建房屋，次哉也在贵野父亲的帮助下买了一艘新船并娶了贵野的妹妹为妻，成家立业。次哉和妻子一起在这片父母原先生活的海边建造新房屋，开始新生活。巨浪带来的伤痛改变了次哉的一生，也让他学会在逆境中成长，把思念放在心里，负重前行。次哉原先的家一直没有朝向大海的窗户，新家却开了这样一扇窗。虽然未来不可期，依然有风浪，但是次哉无畏困难，留守在父母生活过的地方。海边旧址上的新家或许才是他真正的心归处。

一处房子之所以被赋予深厚的感情，不在于它的外形，而在于居住者在此留下的所有的美好记忆。次哉本可以离开这片伤心地，重新选址开始自己的生活，但他割舍不掉过世的亲人在这片海岸上留下的生活气息。海边的新家不仅仅是可以遮风挡雨的物理空间，更是情感的空间，是有生命的、承载着过去记忆的载体。

仁爱思想是儒家伦理文化的核心内容之一。儒家推崇仁爱，倡导仁者爱人。仁爱是一种由亲情衍生而来的普适情感，仁爱思想不仅主张爱人，还主张爱物。从仁民到爱物，这一思想是把仁的道德关怀范围从人类扩大到了生命万物。仁爱思想贯穿在孔子整个学说的各个方面，而忠恕之道又是孔子学说中一以贯之的东西，在一定意义上可以说，孔子的忠恕之道是仁学的具体化，即后儒所谓的“恕则仁之施”。[①] 先秦时期的中国先哲们就强调“恕而行之，德之则也”（《左传·隐公十一年》），意思是说恕是一切德行的基本准则。这里的“恕”指的是推己及人，己所不欲，勿施于人。又如“大人者，有容物，无去物；有爱物，无徇物，天之道然”，意思是说大人、君子不止于对待人，对待一切没有生命的存在物，也都能够保持一种宽厚、敬爱、尊重的态度，并乐于从万物的身上体会人道的基本精神。再如《易传·象·坤》所言“地势坤，君子以厚德载物”，这里的“厚德”就是指以一种宽厚的态度对人、对物、对事。大地之德，厚而广大，承载万物，包容万物。梁启超也讲过“中心为忠，如心为恕”，认为“宽之为德”是儒家的恕道之一，恕的出发点在于己心。

次哉一家原本平静的生活因为一场灾难而被彻底摧毁。之后多年里，次哉身体恢复的过程也是心理伤痛治愈的过程。他在重建新生活的同时也在有选择地忘却，直到有勇气担负起家庭复兴的重任。一个家庭经历了繁盛—衰弱—复兴的生活轨迹，这样的一份家庭责任在记忆中被唤起，进而转化为一种精神动力。次哉

---

① 唐凯麟：《论儒家的忠恕之道：兼对普遍伦理的历史反思》，《求索》，2000年第1期，第71–72页。

在逆境中重新撑起的不仅仅是一个家，更是一种信念，而这一切的圆心都是“家”，不管是失去的家还是新建的家。在《巨浪》这部作品中，大海是主要的情感连接地，承接着过去的父辈记忆，也连接着后辈的新生活。大海作为一个文学地理学意义上的地域符号，不仅代表地理景观，而且是一种文化的象征。原本平常的大海被符号化和神圣化，并且成为可以勾起家园情怀和家庭回忆的地方。大海能告诉海边的居民和读者有关日本民族的故事，以及他们的信念和精神。

家园，英语是home，意即“有我的根的地方”“我所属的地方”。家的存在对每一个人而言都是非常重要的，代表着将现实和已逝的生命记忆结合在一起的希望。次哉重新回到海边建立家园，内心必定经过了一番激烈的斗争。地震引发的海啸卷走了人们在海边一切的生活痕迹，留下一片空白的现实，次哉因此成为孤儿。大多数人的选择或许是无法忘却这份仇恨并远走他乡，远离伤心地。次哉的决定让读者们觉得这是一个在爱的环境中成长起来的孩子。他虽然因为海啸失去了家人，但在养父母的家中得以健康地成长。次哉最终从内心深处选择了宽恕大海，放下悲伤，期待希望。日本特殊的地质环境和地理位置使得这个国家一直多灾多难，百姓饱受自然灾害的摧残和惊扰。《巨浪》这部作品不仅描写了云仙岳火山爆发的壮阔场景和海啸吞噬生命的恐怖，而且彰显了在自然灾害面前，人们携手同心、不离不弃、重建家园的坚定信念和力量。中国是日本的邻国，地域广袤，也经常遭受各种自然灾害。站在当下，2008年的汶川地震已经过去十几年，一座座新楼已经从汶川等地的废墟中重新站立起来，人们也逐渐从地震的伤痛中走出，开始了新的美好生活。中国人民在绝境中也依然抱有生命的希望。联想我们自身的经历，再一次品读《巨浪》很可能会有强烈的感动和共鸣。

三、润物无声：赛珍珠的儿童观

儿童观可以说是儿童文学的原点①，简言之，是指成年人如何看待与对待儿童。儿童观是人类社会发展多种因素共同作用的结果，带有鲜明的时代色彩和社会印记。在儒学思想盛行的中国古代社会，社会价值高于个人价值，特别是在三纲五常的伦理框架下，臣从君，妻从夫，子从父。儿童作为附属品，没有独立的个人价值，只能听大人的道理，学大人做事，仿佛“小大人”才是儿童的身份定位。在古代中国，以“长者本位”为儿童观的核心内容，这与中国几千年的传统文化有关。进入近现代社会，特别是五四运动之后，传统文化中的糟粕思想和落后理念遭到社会的质疑、反对和否定，加之西学输入的推动，西方思想的传入在一定程度上激起了学习现代科学技术的潮流，促进仁人志士寻求民族复兴之路，个人价值也因此得到重视，儿童的价值也有了被发现和认可的可能。首推的便是进步人士梁启超，他的《少年中国说》将民族复兴的希望寄托在少年身上，也让儿童的重要性和关键性得到关注，对儿童的教育也就显得至关重要了。18 世纪的法国教育家卢梭被认为是“发现儿童”之父。他将儿童视作独立完全的人，认为其人格和权利应当得到承认和尊重。卢梭的教育小说《爱弥儿》是儿童教育思想的集中体现，详细讲述了儿童各阶段生理和心理发展的自然进程，放在当下依然具有重要的价值。另一位教育家蒙特梭利认为儿童对成人的世界具有引领作用，且这种作用是积极向上的。这种观点将儿童作为一个整体来看待，同时也突出了儿童丰富、充满活力的精神品质，改变了儿童观和教育观，对社会产生了积极深远的影响。

本章讨论的是赛珍珠创作的儿童文学作品。这些作品数量不算多，但都有着自己独特的审美价值和精神内涵，可以简单总结为以

---

① 侯颖：《论儿童文学的教育性》，北京：中国社会科学出版社，2012 年，第 1 页。

下几个方面：

首先，是语言特色，即用朴素的语言传递最深沉的情感。赛珍珠是享誉世界的作家，她的语言丰富而又充满智慧，既受到中国文化的熏陶，又受到美国文化的影响。她宏大叙事类的作品充满“史诗般”的描写，但在为孩子们写作的作品中，赛珍珠的语言则朴素自然。她不刻意迎合儿童的说话方式，而是亲近地对儿童读者群体讲话，更加贴近儿童的心理和接受程度。卢梭认为儿童的本性是纯洁和善良的，不应该用成人的标准去要求孩子，应该把儿童当作独立的个人来对待，按照儿童的自然天性去教育。相应的，法语歌曲《蝴蝶》采用了爷孙二人一问一答的方式，对话简洁但深邃，风趣又和谐。在走向大自然探险的路上，爷孙二人笑声连连。在20世纪40年代出版的《山毛榉》一书中，赛珍珠就已经采用了这种有趣的对话模式。小玛丽和爷爷在海边散步的过程中，一问一答，对话深入浅出但却隐含人生的哲理。在轻松活泼的《排行中间的小狐狸》一书中，赛珍珠以小狐狸的视角展开叙述，展现小狐狸在一家人窗外的所见所想，用拟人化的手法使小狐狸的可爱形象活灵活现、跃然纸上；在《激战》中，赛珍珠将动物逗趣的紧张和激烈呈现出来，完全抓住了小读者们的心，仿佛他们就在那只老虎的旁边。

其次，是人文情怀。赛珍珠为儿童展示了一个充满希望的世界，用她的爱、她的理想和信念将对儿童的关怀与期望寄托在字里行间。真正的儿童文学不是简单地描写儿童的日常生活、游戏活动或者学校的见闻，儿童文学属于成长书写的文学，如果不能从各个方面、角度促进儿童成长，儿童文学就失去了它本来的意义。“文学的高贵处，不仅在于让读者全身心地获得愉快的美的享受，更重要的在于以先进的思想启示人生的道路，促使人作出道德范畴内的高尚行为，推动社会前进。”① 这充分肯定了儿童文学的道德教育功能。许多儿童文学研究者都强调了儿童文学与教育的关系。朱自

① 陈伯吹：《卫护儿童文学的纯洁性》，《解放日报》，1987年6月4日。

强认为，“儿童文学的教育性是具有文学自主性的大写的教育”①。当然，儿童的成长不仅需要文学作品，还需要多方面和多种形式的教育共同参与。赛珍珠在家庭宗教氛围里长大，同时又在中国人善良平和的环境中浸润，她的儿童文学作品因此往往表现出自然平静又向往美好的结局。既作为残疾儿童的母亲，又作为拥有众多领养孩子大家庭的家长，赛珍珠在她仁爱和坚定的价值观中，表现出一颗伟大的母爱之心。

最后，是致敬童年。赛珍珠拥有一个与众不同的童年，同时在两个世界长大，拥有着许多人的爱。她既是幸福的又是迷茫的，一直徘徊在人生归属的十字路口。正是这样独特的童年经历，对日后成为作家的赛珍珠的创作来说，显得特别珍贵。她在中国度过了童年和青年时期，曾在自传《我的中国世界》中反反复复提到童年的美好往事。她记挂中国家乡的山水，想念镇江的美食，惦念一起生活过的中国亲人。在中国的童年生活塑造了赛珍珠的中国情怀和典雅气质，她创作的儿童作品既是向她的童年时代致敬，向养育她长大的中国乡亲致敬，也是向她自己的中国岁月致敬。她的心中，有着永远也抹不去的中国思念。“在所谓的最早童年记忆中，我们所保留的并不是真正的记忆痕迹而却是后来对它的修改。这种修改后来可能受到了各种心理力量的影响。”② 赛珍珠的童年有快乐的时光、各地的美食，以及小伙伴们给予她的爱。“童年是美好的，虽然它早已不在，但现在想起来仍感欣慰。”③ 童年的记忆对于日后成为作家的赛珍珠来说是一笔宝贵的财富。在赛珍珠的笔下总有各种儿童形象跃然纸上。儿童除了具有天真、活泼、单纯的天性特质之外，还有自己思考、探索的方式和独特的精神世界。奥斯坎扬（Frederick Oscanyan）认为，儿童是天生的哲学家。中国哲学中

---

① 朱自强：《儿童文学的本质》，上海：少年儿童出版社，1997 年，第 67 页。

② 弗洛伊德：《日常生活的精神病理学》，载车文博主编：《弗洛伊德主义原著选辑》上卷，沈阳：辽宁人民出版社，1988 年，第 150 页。

③ 赛珍珠：《我的中国世界》，尚营林，等译，长沙：湖南文艺出版社，1991 年，第 15 页。

“人之初，性本善”的思想，也正好印证了儿童天生就有一颗向善的心。儿童文学的精神内涵就在于此。儿童文学是教育儿童、引导儿童，帮助儿童健康快乐成长的文学，通过各种文体中不同的主题呈现，引导儿童树立正确的积极向上的世界观、人生观和价值观。

在中外儿童文学的书写传统中，童年的家园映照着人生的所思、所想和所依，代表着人们所能想象到的各种美好，是儿童情感和精神的根基。这样的作品不仅有来自内心的单纯与天真，而且富有生命的深情，激励着儿童文学向阳生长。童年是儿童文学创作的起点，家园则是儿童文学创作的归宿，儿童与家园相互守望、相互联结。家园可以是地理的、空间的，比如小时候的老屋、玩耍的田野、房前的小河，这些是家乡、是家庭、是故土；家园还可以是想象的、心理的，比如家园意识、家园情结，这些是归属感、认同感和期待感，特别是在长大或离开故乡之后，对家园的思念会油然而生。用文学书写家园，是赛珍珠表达乡愁的一种方式。她在儿童文学中构筑的家园，包含着浓厚的人文情怀和对生命厚度的感悟，彰显出家园的重要性。面对家园，有的人选择坚守，有的人选择背离，有的人选择放逐，有的人选择建造，有的人一生都没能够真正地回到家园，而是在寻找和想象中眺望着难以抵达的家园。文学中有一个经典的母题，即“我是谁，我从哪里来，我将要到哪里去”。赛珍珠儿童文学中的家园书写通过孩子的视角，去理解他们自己与国家、民族、家乡、家庭及他人等核心观念的隐喻意义，引导儿童用自己的方式理解家园承载的重要性。家园书写犹如一颗种子撒在儿童生活和成长的土壤中，在童年时生根，待少年时成熟，影响着儿童的世界观、人生观和价值观，也进一步塑造了儿童的家园观。

本章选择的三部作品，饱含深情地讲述了与民族、与家庭、与家人三个层次的家园联系。在几十年后的今天，当我们再次阅读这些作品时，作家关于如何书写现实家园，如何憧憬想象的家园的思考，都激励着我们对儿童文学中的家园观做深度的哲学思考，让我们更好地观照家园的生命张力和儿童家园观生机勃勃的新生力。本章各节还重点对比分析了中国传统家庭制度、美国家庭模式及日本家庭制度。中国、美国和日本这三个国家都与赛珍珠有着割不断的联系，中国是她的“父国”，美国是她的“母国”，日本则是她的“第三故乡”。赛珍珠自幼在中国长大，无论是“仁、义、礼、智”的社会规范，还是“忠孝”为本的亲情准则，都对赛珍珠产生了深远的影响。基督教是美国的主要宗教，其思想与中国家庭观念并不一致。赛珍珠用“孝”去解读美国故事，是将家园作为一个依托，在此基础之上共同构建一个信仰与文化、亲情与责任同在的支撑点。日本是一个东亚国家，受到中国儒家思想的影响，经过上百年的演变与沉淀，以家园为依托，建构出一个养育与被养育、患难与共的支撑点。由此可见，赛珍珠的家园观是具体、细腻且真实的，呈现出清晰的情感脉络。

第三章
赛珍珠传记作品中的家园政治观

本章将目光从儿童文学切换至传记作品，分别从赛珍珠为母亲、父亲和自己写的传记中，分析赛家两代人对于中国和美国两个家园的复杂情感，包括赛母对美式家园的坚守、赛父对精神家园的寻找、赛珍珠对离散经历的思考，从而解读在传记这个特殊体裁中赛珍珠家园政治观的多元体现。

1938年瑞典文学院常务秘书佩尔·哈尔斯特龙在诺贝尔文学奖的授奖词里这样评价赛珍珠的文学成就：

> 赛珍珠曾经讲过，她如何发现了她向西方介绍中国的本质与存在这一使命。……她曾经生活在中国人当中，与他们共度兴衰变迁，共度丰收年景和饥荒年头，共度革命的流血动乱，共睹乌托邦的谵妄。……一般来说，她的观点保持着深沉与亲切的人性。①
>
> ……在人物刻画和写作技巧方面，以写她父母的两部传记《背井离乡》(1936)和《奋斗的天使》(1936)成就最佳。这两本书应当说是名副其实的经典作品，它们将流传后世，因为它们充满了生活。……在这里，读者却遇到两个完美的人物，他们过着忘我无私的生活，摆脱了忧思与动摇。……这两个故事中都有一种英雄主义的精神。②

有投票权的著名小说家塞尔玛·拉杰夫洛也坦言，她投的这一票正是因为赛珍珠在传记作品上的突出表现。

自传作为文学中一个非常特殊的体裁，并不是指将作者的个人经历一一对应到文学作品中，两者之间存在一种直接的对应关系，而是指"对作者真实的自我进行有选择地再现，更确切地说，对要表现的自我进行某种意义上的改造和重建"③。乔治·圣兹伯里

① 赛珍珠：《大地三部曲》，王逢振，等译，桂林：漓江出版社，1998年，第1073页。

② 同①，第1077-1078页。

③ 高小刚：《乡愁以外：北美华人写作中的故国想像》，北京：人民文学出版社，2006年，第75页。

指出："一个真正的传记作家，他应该把所有这些材料在头脑里过滤，让我们看到一幅完整的画，一件作品。这是纯粹的一堆细节和素材所无法比拟的。"① 赵白生也指出："传记既不是纯粹的历史，也不完全是文学性虚构，它应该是一种综合……是一种由此及彼、彼此互构的关系。"② 由此可见，传记是记录真实人物生平故事的一种文体，它的特殊性和艺术性决定了作品往往具有很强的真实性及强大的感染力和凝聚力。

本章共分为三小节，将分别对赛母的传记《异邦客》、赛父的传记《战斗的天使》和赛珍珠的自传《我的中国世界》进行分析。在这三部传记作品中，不论是赛母在异乡对于故土的思念、赛父在中国对于精神家园的追寻，还是赛珍珠作为"第三世界孩子"对于中美两个家园的复杂情感，"家园"作为一个母题始终贯穿其中，伴随着"处处无家处处家"的赛家两代人的家园思念、家园寻觅与家园建构的过程。本章将重点论述赛母异国家园重建的情感，也将讨论赛父一生精神家园的建构以及赛珍珠自身处于"文化和身份上的第三世界"中无家可归的迷茫与失落。

第一节　蒲公英的归宿：《异邦客》中三层家园的建构

赛珍珠的母亲凯丽祖籍荷兰，其家族为追求更好的发展，从荷兰远迁到美国，生活在群山环绕的西弗吉尼亚州。凯丽有着虔诚的宗教信仰，后来碰上了同样愿意为上帝奉献一生的安德鲁。两人于1880年成婚后前往中国，她在中国生活几十年，直到1921年去世。为了寄托对离世母亲的思念，"心中充满了一种想让母亲永生的愿望，于是我开始写她。我是为孩子们而写她的，是为了孩子们

① George Saintsbury, "Some Great Biographies," *Macmillan's Magazine* (June 1892):107.

② 赵白生：《传记文学理论》，北京：北京大学出版社，2003年，第44页。

能有一幅外婆的肖像"①。《异邦客》其实是赛珍珠人生中写的第一本书，但直到1936年才出版。作品完成之后存放于赛珍珠南京的家中，此时的军阀混战让赛家人不得不逃离南京暂时避难，万幸的是书稿藏于相对隐蔽的角落，得以逃过战乱的洗劫。《异邦客》既聚焦了充满信念、背井离乡的传教士群体形象，也塑造了凯丽这样一个有着坚定的理想信念却又饱受生活苦难的女性个体。"赛珍珠的女性形象给人留下最强烈的印象……母亲在赛珍珠的中国女性形象中是最完美的。"② 赛珍珠笔下的母亲凯丽正是这样一个勇敢热情的女性，她有着诚恳的天性，在各种力量当中善于协调，虽然经受过严峻的考验，但依然保持着对生活的热爱，也依然保留着她的快乐和幽默。她被赛珍珠称为"就像发源于生命心脏的一股清泉"③。

一、地域家园：凯丽的美式花园

何以为"家"？广义上看，"家"表示住宅、房屋。引申来看，家还可以表示国家、社区、故乡、家人等。中国有着几千年的农耕历史，人们在土地上繁衍生息，自古就有"衣锦还乡""落叶归根"的土地情结。土地成为中国人最终的归宿。中国人普遍认为，只有入土为安，才算真正走完一生。人类世世代代的延续离不开土地的滋养，土地意识早已是人类的共识，对于土地的眷恋也成为"家园情怀"重要的组成部分。对于离散群体来说，"故国回望的情结将转化为归家的渴望"④。身在异乡为异客，正因为能深刻体会到离别祖国母体时那撕裂的痛楚，所以离散群体的"家园"就是他们的"祖国"。处于地域离散状态的人，离开自己的故土生活

① 赛珍珠：《我的中国世界》，尚营林，等译，长沙：湖南文艺出版社，1991年，第173页。

② 佩尔·哈尔斯特龙：《授奖词》，载赛珍珠：《大地》，桂林：漓江出版社，1988年，第1077页。

③ 同②，第1078-1079页。

④ 李亚萍：《故国回望：20世纪中后期美国华文文学主题研究》，北京：中国社会科学出版社，2006年，第56页。

在陌生的国度，又离开自己熟悉的文化环境，当新的环境难以适应而旧的环境又无法回去时，他们就成了无根的漂泊之人。一个从来没有离开过家园的人不会有寻家的迫切，所以“非家”的状态是离散群体心中永远的痛。

初到中国的凯丽，犹如一个拓荒者，在陌生的国度艰难地生存着。恶劣的自然环境、艰苦的生活条件、强烈的思乡之情，再加上不断地搬家颠簸，让凯丽在精神上处于崩溃的边缘。从西到东，从城市到乡村，一家人一直到处奔波，漂泊无根的生活状态让凯丽常常感到“处处有家，处处无家园”①。凯丽属于被祖国放逐、被家庭放逐的传教士妻子这一特殊群体，她们为丈夫的事业做出了巨大的牺牲，在异国的土地上忍受着作为边缘人的孤寂和漂泊感。对于远离家乡的她们来说，故乡是她们曾经身份和地位的象征，更是她们血脉中流淌不息的希望，可是如今故乡只能是魂牵梦绕的远方。波兰流亡诗人米沃什在散文中写道：“流放意味着一个人总在回望自己诞生的祖国……因为现在他们永远失去了它。”②“离开故土”与“漂泊异乡”构成了最直接、最伤感的地域乡愁。一个人在遭遇放逐的境遇时，在行动上和心理上都会表现出强烈的对祖国的认同感和寻根倾向，试图在重建过去的过程中找回安全感和归属感。凯丽日夜思念着故乡，教堂的钟声、古老的赞美诗都能将她的思绪送往万里之遥的地方。强烈的思乡情绪让凯丽与自己故土的文化总是保持着物质上或者精神上的联系，她在异国的土地上竭尽全力进行着重建过去的尝试。最终在镇江安顿好之后，凯丽展现出在异国生存和发展的能力，内心激发出重建生活的激情。她不仅学会在必须建家的地方建家，而且建的都是美式的家。凯丽的思乡之情无处不在，既在粉刷过的洁白的墙里，在修葺平整的草坪里，在故乡带来的玫瑰里，又在她的第一个真正的花园里。凯丽建造的美式花

---

① 费小平：《家园政治：后殖民小说与文化研究》，北京：北京大学出版社，2010年，第12页。

② 李亚萍：《故国回望：20世纪中后期美国华文文学主题研究》，北京：中国社会科学出版社，2006年，第53页。

园，布满红的、粉的和黄色的单瓣小玫瑰。这是搬到哪里就栽到哪里，充满了思乡之情的小植物。凯丽的“乡愁”从原先的一个抽象概念被分解成了“花园”“鲜花”“钟声”“风景”等具体意象，这些意象在地理空间中层层叠加，形成了坚强的壁垒，将墙外的中国世界和墙内的美国世界截然分开。一切都安顿好之后，“家又建成了”①，从此在墙和大门之内是一片安静、清洁的地方，是属于凯丽自己的一块小天地。约翰·罗斯金指出：“无论女性身在何处，均可成为家园——一个充溢着特殊品质的空间、一个洋溢着静谧与爱的港湾。”② 女性往往比男性更容易建立起与土地和大自然的情感连接，也可以更从容地适应周边的环境并开始新的生活。凯丽的美式花园正是她每天可以回的“家”，是对故乡文化的恢复，是对自己身份的认可和对心灵的宽慰，也是她在日常生活中用实际行动表达出的对母体文化的眷恋和回归。所以，“偶尔她会爱恋地望着窗外的花园，总是爱恋地，不管是鲜花盛开的季节，还是满园萧飒的冬天……有时在用膳的时候她会说：‘安静的休息日总是使我思念老家。’”③。

“家园可以分为有形家园和无形家园……有形家园和无形家园并不是相互分离的两种家园，而只是同一个家园被思维所分析开的两个层面。”④ 有形家园是可以触摸到的红墙绿瓦的庭院，或者是屋后蜿蜒流淌的小河等实体意象。有形家园有很多不同的文学表现形式，比如布宁笔下的庄园、马克·吐温笔下的密西西比河、安妮·麦珂尔斯笔下的风景、叶芝笔下的爱尔兰大房子等。“花园”在西方文学中也是常见的有形家园的象征，代表着一个人内心深处最美好的期待和寄托。有形家园可以被重新建造。虽然重建后的家

---

① 赛珍珠：《异邦客》，《东风·西风》，林三，等译，桂林：漓江出版社，1998 年，第 87 页。

② 费小平：《家园政治：后殖民小说与文化研究》，北京：北京大学出版社，2010 年，第 15 页。

③ 同①，第 17 页。

④ 高秉江：《论有形家园》，《华中科技大学学报（社会科学版）》，2010 年第 3 期，第 39 页。

园无法取代最初家园的回忆和情感，但是依然可以在很大程度上支撑起记忆中的精神家园。凯丽的美式花园就是这样一个被重建的有形家园。“在我们最落魄的时候，家依然是我们的庇护所，因此我们在家里感到很安全。”① 凯丽在不断漂泊的生命旅程中艰难地以自己的方式活着，一边是归不去的故土，一边是飘零的异乡。对两个世界来说，凯丽都是一个边缘人，但她将儿女们一点一点地与她自己的国家连接起来。她哼唱古老的赞美诗，制作美式的食物，所有的布置都尽量还原美国的摆设，并摆放着凯丽母亲的照片、家乡的风景画等。或许正是这间房子使赛珍珠“懂得了那安置在遥远异国他乡的家的许多细微处的意义”②。“幸福的理想始终有形地表现在住宅上，无论是茅屋还是城堡。”③ 凯丽在不断搬家的过程中，加深着对家园的渴望。每失去一处房子，她内心都会产生刻骨铭心的痛，所以家更是“边缘人”凯丽在放逐中对生命归宿和幸福理想的寻找。房子在生活中占有重要的地位。房子是有生命的，不仅仅是一个物理的空间存在，更是一个情感的载体。对房子的回忆伴随着凯丽挥之不去的怀旧情绪，“离散所造成的与祖国之间的时间和空间的距离使得离散个体持有关于实体或者想象的故乡理想”④。正是因为故乡的房子承载了童年远去的记忆、家人日常生活的珍贵点滴，凯丽才费尽心力地在中国还原一个美国的家。

文学空间里的地域描写意味深长，家园不仅仅是物理的空间存在，更是精神上的皈依之处。一个相互关爱、充满温暖的家能够让人缓解身心的疲惫和孤寂，给人一个停歇的温暖港湾；相反，如果生活在一个冷漠、疏离的家庭中，只能感到孤独和绝望。在幼年赛珍珠的印象当中，父亲赛兆祥是一个犹如幽灵般的存在。他一生中

---

① 龙迪勇：《空间叙事研究》，北京：生活·读书·新知三联书店，2014 年，第 266 页。

② 赛珍珠：《异邦客》，林三，等译，桂林：漓江出版社，1998 年，第 22 页。

③ 西蒙娜·德·波伏娃：《第二性》，陶铁柱译，北京：中国书籍出版社，1998 年，第 512 页。

④ Robin Cohen, *Global Diasporas: An Introduction* (New York: Routledge, 2008), p. 17.

的大部分时间都在中国的乡间布道而很少回家，和子女们仅仅像熟人一样，对妻子凯丽更是缺少关爱。他无暇顾及家庭琐事，也没有时间关爱孩子和妻子，这导致他的“父亲”角色和“丈夫”角色在家中很模糊。赛父无限的精神追求与赛母有限的安家需求形成了对立和冲突。地理上的家园荒芜破败，凯丽精神上的家园也衰败了，结果一家人都过着“似家非家”的生活。家园并不是一个固定的符号，而是充满着酸甜苦辣的复杂情感。赛母作为传教士的妻子做出了巨大牺牲，换来的却是不再完整的人生。身份的错位、文化的移位，使传教士妻子这一群体饱受失去身份、迷失自我之苦，被放逐的命运更是她们心头挥之不去的遗憾与痛楚。她们希望在异国重新找回自我、重拾身份、重建家园，但在异国的“家”始终是个虚无的梦想。

“空间不仅在外部再生产着社会关系，还深深地嵌入到家庭的伦理关系中来，对家庭内部施展力量。”① 凯丽的一生从离开西弗吉尼亚的家乡开始就是一个悲剧，就像赛珍珠在自传中写的一样：“亚洲成了我的真实世界，而我的故土，却成了天堂般美丽的梦乡。”② 从此，她成了被祖国放逐的人；面对丈夫对家庭的态度，她又成为被家庭放逐的人。凯丽只能在有限的封闭空间——她的厨房和花园中进行着内心的抗议和对家乡的无限思念。“家园是给人以归宿和安全的空间，但同时也是一种囚禁。”③ 在中国的“家”给凯丽提供了临时的住所，也重重地给她套上了精神的枷锁。她心中充满了在异国生活的伤痛。凯丽在有限的空间内进行着孤独的抗议和斗争，这同时也是一场没有结束的战斗。凯丽与千千万万的传教士妻子一样，犹如笼中的金丝雀，既无法飞出鸟笼，冲出囚禁回归故土，也无法安于现状同中国人民打成一片或尽可能多地融入中

---

① 刘永杰：《空间的隐喻：空间理论视阈下〈悲悼〉中的家庭》，《世界文学评论》，2011 年第 1 期，第 137 页。

② 赛珍珠：《我的中国世界》，尚营林，等译，长沙：湖南文艺出版社，1991 年，第 3 页。

③ 陆扬：《空间理论和文学空间》，《外国文学研究》，2004 年第 4 期，第 36 页。

国文化，而只能在一种矛盾和焦虑中生活。家的空间既是由物质组成的，也是由家庭成员之间的情感构成的。对凯丽来说，她希望家不仅仅是栖身的依靠，更是思乡情感的寄托，但是现实击碎了她的家，也解构了她的家。她的房子充斥着对美国家乡无尽的思念与回忆，也压抑着中国生活创伤的现状。生活在有爱的环境中才会有家的感觉，否则，对于凯丽来说，她建的“家”并不能称之为“家”，只是体现着夫妻情感淡漠、寂寞孤冷的客观存在的“房子”而已。

二、文化家园：母语是一个人的民族根基

作家聂华苓自 1964 年从台湾赴美后，好几年都写不出一个字。因不知道自己的根究竟在哪里，她患上了“失语症”。直至重新领悟到母语“汉语”是她的根，她才缓解了漂泊异国他乡所感到的孤独和创伤，化解了“失语症”。母语是离散群体与祖国之间的血脉相连，也是分散在不同地理空间的人们共同的想象家园。正如海德格尔所说，“语言是存在的家”，也就是说“人不能没有语言而存在，人只有通过语词的选择才能证明自己的身份”①。凯丽跟随丈夫来到异国传教，之后的几十年都生活在陌生的国度。她努力在一个不属于自己的世界中寻找安慰和寄托，让自己与故土保持着千丝万缕的关系。离散的过程切断了语言的连接，也模糊了母语所承载的文化符号，生生隔离了与故土的联系，但在赛珍珠的记忆里，母亲凯丽总是想方设法地，甚至不惜代价地教孩子们学习英语，为他们提供美国背景，给他们讲美国的历史人物、介绍圣经故事，引导他们产生对美国的爱。她让孩子们学习母语的目的，就是让他们不要忘记他们虽在中国生活，但身份却是美国公民，不能忘记自己国家的语言。对于像凯丽一样的异邦客来说，母语是他们身份的标签。边缘化的生存空间使得他们表现出很强的身份焦虑，母语的阅

---

① 李亚萍：《故国回望：20 世纪中后期美国华文文学主题研究》，北京：中国社会科学出版社，2006 年，第 39 页。

读和使用成了疗愈与母体撕裂的伤痛的手段之一。他们可以沉浸在一个自己熟悉和安全的语境中怀念过去，为自己构建的母语环境可以使他们暂时忘记所处的异乡环境和现实生活的折磨，内心得到安慰。以文字或语言的形式回归自己的故土，用母语表达内心的诉求，一方面可以缓解思念故土的焦虑，可以说是逃离现实异乡生活的有效方式，另一方面也是重新找到自己在异国身份定位的途径，不断强化着异乡人寻根的渴望。漂泊异国，母语承载着民族精神和故乡记忆，传达出丰富的回忆意象，其中既有故土、母亲的形象，又有童年生活的影子，而这所有的一切都是与祖国血脉的有力连接。

对于传教士群体，尤其是传教士妻子这个特殊的离散群体来说，漂泊异邦不仅仅是在地理位置上进行了切割——从移出国到移入国，更主要的是一种文化上的舍弃。作为异邦客的他们既不可能完全融入移入国的文化，也不可能完全回归自己的母国文化，因而处在一个很尴尬的“文化中间地带”。“他们工作起来总有一种空虚感——没有文化根基，没有家园根基，没有此时此地的归属感。”① 在新的国家生活，不可避免地需要在一定程度上掌握该国的日常生活语言，而暂时性地规避自己的母语。这看似平常的生活举动却意味着在离散过程中拔根而起的痛楚和移入新土时的不适应，这是一种打断骨头却连着筋般的疼痛。美国康奈尔大学教授本尼迪克特·安德森在其著作《想象的共同体》中认为：

> 民族的属性就被融入肤色、性别、出身、出生的时代等——所有那些我们无法选择——不得不这样的事物中。而且在这些“自然的连带关系”中我们感受到了也许可以称之为“有机的共同体之美”（the beauty of gemeinschaft）的东西。②

① 艾勒克·博埃默：《殖民与后殖民文学》，盛宁，等译，沈阳：辽宁教育出版社，1998 年，第 246 页。

② 本尼迪克特·安德森：《想象的共同体：民族主义的起源与散布》，吴叡人译，上海：上海人民出版社，2003 年，第 170 页。

所以民族更多的是一种感情连接，人们“不断单个或替代别人以这种或者那种方式与祖国保持联系，他们的民族共同意识和团结被这样一种关系的存在极大地强化了”[①]。星期天的晚上，凯丽总是弹着自己的风琴唱古老的赞美诗；有的时候孩子们围坐在凯丽周围，听她讲述往事，讲国家的战争，讲她对于故乡西弗吉尼亚的回忆。“讲故事是一种特殊的记忆，是把往事诉诸声音，用它去影响一个人、一群人、一代人。在讲故事的过程中，人们找到了安全感和归属感。”[②] 讲故事还意味着“一种互动方式，一种个体在相互关联的时间与空间中寻求文化身份的历程”[③]。“真正的家园不是靠石砌砖垒，而是用精神和文字筑造的”[④]，是语言和文字使得一个民族的记忆能够延续下去。凯丽通过这种方式保留着对故乡的回忆，也在讲故事的过程中，将个人记忆和族群记忆传递给下一代，让她的孩子与自己的祖国紧紧联系在一起。关于家乡的点点滴滴成为家人记忆的载体，这种共享记忆成为一种符号，在回顾家庭历史的同时也更加具有阐释的力量。无论是凯丽本人还是她的家人，都在脑海中重新建构起关于美国和西弗吉尼亚家乡的画面，每一个画面又组成独特的光环，覆盖了过去和现在，转化为一种情感的表达。

凯丽的一生，是从美国到中国，又从中国返美探亲数次，直到最后以故土再也回不去的遗憾而结束的一生。她的人生经历连接了美国和中国两个地理空间，但后半生却只能留在中国。在异国生活时的“失语症”容易使人陷入焦虑之中，用母语生活、还原母国场景或许可以帮助异邦客从语言中获得故土的感觉。用母语连接祖国的血脉，是对遥远祖国的认同，更是对自我身份的认同，因为这

---

① 陈爱敏：《认同与疏离：美国华裔流散文学批评的东方主义视野》，北京：人民文学出版社，2007 年，第 4 页。

② 李莉：《威拉・凯瑟的记忆书写研究》，成都：四川大学出版社，2009 年，第 252-253 页。

③ 同②，第 249 页。

④ 高秉江：《论无形家园》，《华中科技大学学报（社会科学版）》，2010 年第 6 期，第 22 页。

样的“家园”是可以随时带在身上的，是处于不同的时间空间和地理空间的人们的共同家园。

三、哲性家园：异乡再次扎根

“离散”是个具有丰富扩充性和生产性的概念，与之相联系的许多关键词，如乡愁、家园、国家、民族、文化认同等，都具有重要的支撑意义。一个人只有离开自己的家乡，才会产生乡愁，才会渴望回归故土家园。乡愁是异邦客在故土与异乡之间的徘徊与寻找。乡愁不是平面的，而是立体的；不是一维的，而是多维的。乡愁的多维，既包含眷恋故土式的地域乡愁，也包括文化依靠式的文化乡愁，还包括“本源意义上的乡愁”①，即哲性乡愁。哲性乡愁作为“终极的乡愁，已非感性的体验，而是上达到了对存在本质与形上归宿的求索”②。哲性家园正是哲性乡愁的至高追求。地域家园、文化家园和哲性家园三种家园追寻模式，既彼此独立又紧密联系。三者分别从土地、语言和理性三个独立层面建构家园；地域家园和文化家园又最终升华为哲性家园，哲性家园也正代表着从土地层面和文化层面升腾而起的异邦客的信仰和信念。

在《异邦客》中，共有三次关于凯丽回美国的描写。一次是在来中国的十年后，凯丽的“眼睛里突然充满了泪水。家——家——只有它能救她”③。这一次回国，使她从过去十年孤独的生活中走了出来，重新又根植于自己的亲人之中。她发现她的家人全部都在那里，欢迎她回家。第二次回国，已经是离开家乡二十年之后，可这次“她的兄弟和姐妹已学会没有她而生活，尽管他们很爱她”④。这次离开美国时，她感到孤独。“这次不仅是肉体的分

---

① 龚刚：《从感性的思乡到哲性的乡愁：论台湾离散诗人的三重乡愁》，《淮北师范大学学报（哲学社会科学版）》，2017 年第 1 期。

② 同①。

③ 赛珍珠：《异邦客》，《东风 · 西风》，林三，等译，桂林：漓江出版社，1998 年，第 97 页。

④ 同③，第 137 页。

离，还开始了精神的分离，她离去时已无家可归。"[1] 最后一次返回美国是在第二次返美的七年之后。村子的名字也改了，她已经在那儿待不下去了。"在她自己的国家已不再有她的家"，她悲哀地意识到"在这个国家里，已没有人真正需要她"[2]。至此，她彻底被故乡边缘化了。她在心中向美国一切的美告别，从此美国也只存在于她的心中和记忆里了。在小说的最后，凯丽从美国探亲返回后再也没有回到过自己的故土，因为那里根本没有她的位置了，美国成了一个没有必要再回去的地方。萨义德作为文化移民对此深有体会："一个人离自己的文化家园越远，越容易对其做出判断……一个人只有在疏远与亲近二者之间达到同样的均衡时，才能对自己以及异质文化做出合理的判断。"[3] 凯丽一家在传教的几十年中多次在休假期间返回故土，却经历了"迫切想回归—逐渐被遗忘—最终被抛弃"的被动与故土分离的过程。对于离散群体来说，这或许是比较常见的伤痛，因为从离开故国的那一刻起，故乡就在不断发生变化，离散群体也在经历着新的环境，而想要完完整整地如拼图般再回到那个出发的原点，显然不太实际。很多离散在外的人在多年之后会满怀希望地回到故乡寻根，但往往寻到的是极度的失落，凯丽就是一个例子。

如何看待故乡与异乡的关系？是人在异乡，心归故土，还是人回故土，心牵异乡？人在异乡，如同花果飘零，若能在异乡找到自己的生命所依，则"无论其飘零至何处，亦皆能自植灵根，亦必皆能随境所适"[4]。在每一次返美探亲经历逐渐被抛弃的过程中，凯丽也体会着对异乡中国认同感的与日俱增。第一次返美，凯丽意识到"虽然就出生和爱而言，她的根在这个国家，美国，但是她

---

① 赛珍珠：《异邦客》，《东风·西风》，林三，等译，桂林：漓江出版社，1998 年，第 138 页。

② 同①，第 155 页。

③ 萨义德：《东方学》，王宇根译，北京：生活·读书·新知三联书店，1999 年，第 331-332 页。

④ 胡治洪：《唐君毅》，西安：陕西师范大学出版总社，2017 年，第 98 页。

也与中国结合在一起……因为她自己的血肉和灵魂的某部分就躺在那儿”①。马尔克斯在《百年孤独》中说过，没有亲人埋葬的地方不叫家乡。第二次返美，她意识到“那些遥远国家的人……正是这些人在召唤她”②。第三次返美，她却把脸转向异国他乡，而且是坚定地转过去，“因为那儿有需要她的人，他们为她的离去感到痛苦并急切地求她回去”③，内心深处的乡愁在新的国度焕发出创造新生命的能量。从此，凯丽将中国的生活融为她未来生活的一部分，而将美国保持在对她永存的地方。美国作为一个记忆中的精神家园，依然以其特有的方式存在着。既然尝过被连根拔起的痛苦，也必然珍惜再次扎根的意义，凯丽对中国的态度恰恰经历了与美国对她的抛弃相反的一个过程：“渴望返美—情感初融—异乡扎根”。作为传教士的妻子，凯丽带着无限的虔诚和自信来到陌生的国度，但实际上在生活中饱受痛苦和折磨。凯丽的精神家园崩塌，她被上帝放逐，被祖国放逐，也被家庭放逐。在经历了多年的异乡生活之后，凯丽才得以在家园重构的过程中完成自我愈合，从故土与异乡的关系中获得超越。蒲公英四处飘散，并不是无根的，而是将根带在生命里。故乡与异乡相辅相成，故乡不一定是落叶归根的地方，在异乡开枝散叶也未尝不可。这实际上与“自植灵根”有异曲同工之妙，都是指在异乡的飘零放逐中找到自己心灵的故乡，并且有能力在异乡重新找到归属感。作家拉什迪在其评论集《想象的家园》中这样写道：“像我这样的流散作家，回顾过去时我们会处于深深的困惑之中，我们创造的不是真实的城市或乡村，而是看不见的想象的家园。”④ 对于离散群体来说，他们处在一个中间位置，既不完全融入新的环境，又与旧的环境保持着关联。家园不一定是

① 赛珍珠：《异邦客》，《东风·西风》，林三，等译，桂林：漓江出版社，1998年，第99页。

② 同①，第138页。

③ 同①，第155页。

④ Salman Rushdie, *Imaginary Homelands: Essays and Criticism 1981-1991* (London: Penguin Books Ltd., 1992), p. 10.

原来所属的国家或者民族所在的地方，可以是实体的有形家园，可以是想象的家园；不一定是落叶归根的地方，也可以是再次落地生根的地方。

“乡愁”是种很复杂的情感，当一个人离开故土来到异国时，地域乡愁是最能直接体会到的思乡情愫；文字和语言（特别是方言）的乡愁却又会击中异邦客心中最柔软的角落，进而升华为文化乡愁。一个人再次回到祖国，地域乡愁和文化乡愁或许会减轻许多，甚至不复存在；相比而言，哲性乡愁却是一种更高层次的理性乡愁。哲性乡愁的化解并没有一个标准或一劳永逸的解决方案。“当开始真正融入到另一种文化的氛围时，对故土的思念会转化为一种冷静的思考，甚至站在两种文化之间，理性地对待故国家园。”① 对家园的渴望源自家庭，但又超越家庭，小爱进而升华为博爱。凯丽的家愈来愈变成各种处境困难的人的聚集地，其中有逃荒乞讨的中国人，有患肺病的苏格兰女人，有可怜发疯的英国女人，更多的则是可怜的孩子们。越来越多的人来到凯丽的家寻求援助。凯丽将自己对故乡西弗吉尼亚“小家”的思念，一步步升华为美国“大家”的精神，努力地将基督教所宣扬的“爱”传递给每一个人。“她现在知道家和国在人自己的心中，而且可以按照自己的愿望在世界的任何地方创建出来。”② 我们有理由相信，直到生命的终了，凯丽仍思念着她所熟悉的美国，这些永远是她回忆中的财富，她将这种思念化为博爱的精神洒在中国这片土地上。

唐代诗人白居易诗有言“无论海角与天涯，大抵心安即是家”，也就是说，心灵的归宿才是最终的家园。凯丽在中国这片土地上重新建立了自己的家园，将镇江的住宅再一次变成了她的家，虽然在围墙之外是另一个世界。她学会了认可这片生活的空间，同时在围墙内深深扎下了根，建立了一片美国家庭式的绿洲。她再也

---

① 李亚萍：《故国回望：20 世纪中后期美国华文文学主题研究》，北京：中国社会科学出版社，2006 年，第 54 页。

② 赛珍珠：《异邦客》，《东风 · 西风》，林三，等译，桂林：漓江出版社，1998 年，第 150 页。

没有搬过家，扎根于此，也长眠于此，并且“她通过健全而纯朴的办法医治了来找她的人，而且以她的办法，按她本来的样子给异邦客带来家和国”①。凯丽的一生犹如漫天飞舞的蒲公英，离开原乡，放逐异域，只不过她不再是“无根的”，而是带着她的根，找到飞向陌生异乡的新路，将家融化在了她的生命之中。哲性家园的建构与地域家园和文化家园的建构不同，是一种在黑暗迷雾中的摸索，也是一个人如修行般去找寻属于自己心灵的最终归宿。凯丽从荒芜的绝望废墟中重新燃起生活的希望，一方面来自她为大家带去爱的传播使命，另一方面则是她自己生命的希望之火所在，是她内心深处的呐喊。

第二节　林肯式的人物：《战斗的天使》中精神家园的追寻

赛珍珠的父亲安德鲁，即赛兆祥（1852—1931），出生在美国乡村一个有着众多兄弟姐妹的大家庭中。赛珍珠这部写父亲的传记《战斗的天使》出版于 1936 年，塑造了一个永不停歇、一直战斗到生命最后一刻的传教士形象，这本传记正是“一个历尽沧桑而仍不改初衷的灵魂的写照”②。安德鲁是一个对工作鞠躬尽瘁、信仰至上的精神巨人。他“翻山越岭、漂洋过海迈向一个陌生国度”，“把宝贵的年华抛洒在陌生的国度最终埋身于远离故土的墓穴中，化作异乡的尘埃……一生他做尽了好人”③。与此同时，他又是一个对妻儿冷漠疏离、不食人间烟火的生活矮人，“天生就是个孤独者”④，“对他来说，生活和人情无足轻重。他从未生活在尘世上”⑤。他的一生优点和缺点都非常鲜明，被女儿赛珍珠评价为

---

① 赛珍珠：《异邦客》，《东风·西风》，林三，等译，桂林：漓江出版社，1998 年，第 150 页。

② 赛珍珠：《战斗的天使》，《东风·西风》，林三，等译，桂林：漓江出版社，1998 年，第 188 页。

③ 同②，第 191 页。

④ 同②，第 279 页。

⑤ 同②，第 325 页。

“他不生活在时间之中，他置身于永恒”[1]。这部作品大部分根据赛珍珠的回忆写成，赛珍珠把个人的记忆、日常生活的记忆和家庭的记忆融合在一起，在她的记忆空间里完成了对父亲一生的回顾、评价和对他的思念。她为父亲写的这部传记，不是简单地再现过去与一家人尤其是与父亲在一起生活的点滴，而是在对过去的追忆中重新认识她既熟悉又陌生的父亲。从某种意义上说，她的传记理性又温馨，具有一种永恒的人文价值。

父母在孩子的成长过程中扮演着重要的角色，而孩子也是父母在生命上、文化上、心理上、情感上的延续。赛珍珠自幼随父母来到大洋彼岸的中国生活，与写母亲的传记表达出的深厚母女之情不同，赛珍珠对父亲的感情则经历了一个逐渐变化的过程。对于父亲，赛珍珠感到既纠结矛盾又充满爱与崇敬：“我自己在不同的时间，以不同的方式爱着父母。童年时，我所有的爱都给了母亲，我不怎么爱父亲……直到长大了，我才开始喜欢他。”[2] 1931 年赛珍珠父亲辞世，享年 80 岁，“他带着他的万事皆为善的信念永远地离开了我的房子”[3]。站在父亲生命的终点回首一家人生活的点滴，赛珍珠感慨：

> 我发现他很有魅力。他充满柔情，还很会逗人发笑。他知道我感情上的变化，我们彼此相处得十分融洽。我们相互理解得这么晚，不是我的错，也不是他的错。他早先不知道怎样接受我的世界，我也不知道该如何进入他的世界，我们只好靠时间来沟通了。我很高兴，他能活到我们可以相互理解的年龄。[4]

这样一个林肯式的人物，在中国闯荡了半个多世纪，足迹几乎踏遍

---

① 赛珍珠：《战斗的天使》，《东风·西风》，林三，等译，桂林：漓江出版社，1998 年，第 208 页。

② 赛珍珠：《我的中国世界》，尚营林，等译，长沙：湖南文艺出版社，1991 年，第 107 页。

③ 同②，第 288–289 页。

④ 同②，第 108 页。

中国的城市和乡村，一生孤独、律己、坚定，晚年开始寻求关心和慰藉，住在女儿家，与女儿在一起生活了十多年。这珍贵的十余年，是女儿照顾老父、恪尽孝道的十余年，老父也在这个过程中完成了与家人和亲情的和解。

一、虔诚的独行者：中国传教的艰难

赛珍珠出生在传教士之家，出生后不久便跟随父母来到中国，她对传教士群体的了解也成为她日后创作的素材之一。她在作品中塑造过多个传教士形象，有《群芳亭》中的白人修女夏小姐，以及后来成为吴太太精神导师的修士安德鲁；在《龙子》中，在为妇女儿童提供避难之处的地方有一位白人修女；在《大地》中，还有一些在街上分发传单的传教士；等等。据记载，最早可以追溯到中国的唐朝时期，基督教就开始在中国大地上传播，近现代以来尤其是20世纪初，每年有数千名传教志愿者从各国被派往中国传教，直到1949年中华人民共和国成立后，这些传教活动才全部停止，传教士们返回各国。光在中国“总共一百多个教派！在中国，这种情况不仅是精神生活的帝国主义——同时也是实际生活的帝国主义……传教士也在瓜分中国”①。葛兰·华克在《赛珍珠与美国的海外传教》中一针见血地指出了这些传教士来华传教的背景和目的：

> 福音传道者们初到中国时几乎对那里的历史文化一无所知，待了多年之后也只是能讲结结巴巴的汉语。
>
> 福音传教士们的行为使她震惊——他们喜欢争吵、心胸狭窄、虚伪、傲慢、懒惰、注重物质、自私，又十分幼稚。宗教信仰就像是阳光下的放大镜，能把他们性格中细微的缺点加强、放大，直至成为其主要的性格缺陷。
>
> 传教士们只是机械地将他们在学校所学到的规则宣讲

---

① 赛珍珠：《战斗的天使》，《东风·西风》，林三，等译，桂林：漓江出版社，1998年，第233页。

了出来，并未认真考虑中国听众是如何接受和理解这些话的。①

赛珍珠也在题为“海外传教有必要吗?”的演讲中，从她个人作为传教士的女儿和妻子以及在中国生活了四十多年的美国人的立场出发，阐述了她对于海外传教的看法，提出了令人深思的问题：自诩“文明传播者”的传教士，能负责启迪一个在他们看来“落后”的民族吗?

在西方社会的话语体系中，东方人的形象处于受歧视和被阉割的状态，绝大部分东方人都被描写为原始、怪异，甚至残忍和野蛮的他者形象。“西方殖民主义者，从传教士、士兵、作家到普通的游客，一直将东方视为能实现他们的梦想、贪欲并展示他们的男子气概与权力的地方。”② 萨义德指出，东方主义是一种强势的话语权，认为“东方需要西方的关注、重构甚至拯救”③。如果带有这种传播西方文明可以拯救一个所谓“落后民族”的想法，显得很无知且无理。赛珍珠在演讲中也进一步提出了自己的看法，即使在今天的时代来看，她的看法依然具有重要的意义。她主张：“不要把自己的愿望误认为是上帝的意志，也不要伤害中国人的文化尊严。”④ 赛珍珠反对西方人把自己隐藏在内部的种族优越感之中，因为“我们任何人都不比别人好”⑤。也正因于此，赛珍珠曾表示她最大的愿望就是尽其所能把中国人如实地写进她的书里。“她有一种强烈的对话意识”，“让世人了解她所了解的中国人的真实生活和中国文化”⑥。赛珍珠后来辞去了传教士的职务，指出传教活

① 葛兰·华克：《赛珍珠与美国的海外传教》，郭英剑、冯元元译，《江苏大学学报（社会科学版）》，2007年第3期，第62页。

② 陈爱敏：《认同与疏离：美国华裔流散文学批评的东方主义视野》，北京：人民文学出版社，2007年，第55页。

③ 爱德华·W. 萨义德：《东方学》，北京：生活·读书·新知三联书店，1999年，第262-263页。

④ 1932年，赛珍珠接受长老会教徒们的邀请，在纽约的一家饭店面对听众做了题为“海外传教有必要吗?”的演讲，阐释自己对海外传教问题的看法。

⑤ 出自赛珍珠做的题为“海外传教有必要吗?”的演讲。

⑥ 姚君伟：《赛珍珠，这样向世界讲“中国故事”》，《新华日报》，2014年1月15日。

动无异于摧毁异域文化，同时提倡一种文化宽容和种族平等的对话精神。

赛珍珠目睹父亲一生在中国乡间传教的辛苦，感慨父亲的不易和艰难："他们弄不懂他讲的罪孽……他们瞪着他，似听非听，最后，原就靠着自己包裹坐在甲板上的他们，一个个以各种奇特的姿势睡着了。"① 赛珍珠在给兄长的信中也提出"传教工作之所以不成功，是因为我们的工作方法从一开始就错了，面对那些饥寒交迫、无家可归的人们，我们往往不是先伸出援助之手解决他们的温饱，而是想尽办法向他们宣讲福音"②。20世纪初大批传教士涌入中国进行传教，在西方人的心目中，他们是救赎他国人民的使者。

《大地》中阿兰把耶稣受难图纳进鞋底，因为他们认为只有犯了罪的人才会被钉上十字架，中美两国在文化上的差异体现无遗。彼时的中国农民面临着国家战乱频仍的局势，人们信仰神灵的前提主要是希望神灵能保佑生活太平、庄稼丰收。百姓朴素的期望与安德鲁宣传的上帝之间存在着巨大的文化隔阂，所以安德鲁在布道会上很少得到掌声和认同，大家聚到一起更多是出于好奇和看热闹的心理。姚君伟在《赛珍珠跨文化写作的对话性》一文中指出：

> 在中国，儒释道三教并存。……她（指赛珍珠）认为儒教也许是人脑能够设计出来的最为完备的个人行为方式，它并非建立在上帝的神圣意旨上，而是思考处于家与国、君与臣、富人与穷人共存的环境下，一个人应当有怎样的行为举止，她认识到，儒教是一种世俗宗教。然而，大多数西方传教士不了解中国宗教的这一性质，也不知道中国有一套稳固的、为中国人所遵循的道德体系。出于无

---

① 赛珍珠：《战斗的天使》，《东风·西风》，林三，等译，桂林：漓江出版社，1998年，第268页。

② 赛珍珠于1918年4月8日写给哥哥的信。

知，他们来到中国，把基督教强加在中国人头上，并扬言基督教的神是唯一的神，而基督教高于中国的宗教。①

中国人民几千年来受儒家思想的影响，相信“人之初，性本善”的道理，而并不认同西方基督教的“原罪”一说。中国文化的特点使得基督教在这片土地上的宣传几乎难以推进。

赛珍珠的父亲是万千传教士中的一员，与大多数传教士不同的地方是，在中国的几十年里，他将他的仁爱与关怀洒在中国的土地上，他是个“非凡的人——那么纯真、那么善良，我从未见过哪个人身上比他带有更多的这样的品质”②。在赛珍珠的眼中，她的父亲是一个个性有缺陷的巨人。虽然父亲并没有赢得多少信徒，但他不属于赛珍珠所批判的传教士群体中的一员。赛珍珠批判的那群人“与生俱来的偏见使得他们甚至不去尝试站在亚洲的角度去思考问题”③。异国传教的经历恰恰证明了赛珍珠父亲的人生价值。在赛珍珠心里，他是一位战斗的天使。在他的追思会上，赛珍珠追思他为“乐于助人的人，急人所急、有求必应的人”。赛珍珠的父亲切实将行动与志向挂钩，自踏上中国的土地开始，就一直虔诚地在城市和乡间孤独地工作。在他平静的外表之下深藏着一团火，他坚定、无畏的湛蓝眼睛里透着他肩上承载的使命和职责，他将他的一生都奉献在了异国的土地上。他在中国生活了五十年，生活于此，工作于此，也长眠于此。

二、现实家园的荒芜：多重角色的模糊

在儒家思想的文化体系中，人们世世代代生活在一个大家族中，家庭是中国社会最基本的构成单位。自幼受到儒家文化的熏陶，特殊的成长环境和文化背景使得赛珍珠特别羡慕中国几代同堂

---

① 姚君伟：《论赛珍珠跨文化写作的对话性》，《外语研究》，2011年第4期，第96-97页。

② 1931年11月13日赛珍珠写给艾玛·爱德蒙兹·怀特的信。

③ 葛兰·华克：《赛珍珠与美国的海外传教》，郭英剑、冯元元译，《江苏大学学报（社会科学版）》，2007年第3期，第62页。

的大家族模式。赛珍珠幼年生活的白人世界里大都是传教士家庭，而她的父亲大半生都奔波在中国的乡村。乡间奔波久不归家的生活模式，使得父亲像一个陌生人般偶尔在家中出现。这项持续几十年的艰巨任务不仅给母亲带来了精神世界的放逐，也让幼小的赛珍珠对于一家人的团圆有了别样的期待。心理学家普遍认为：童年生活的记忆和经验，往往会给作家一生中的创作带来珍贵的情感和写作素材。正因为这样的对家庭团圆的渴望，在赛珍珠创作的众多作品中，读者总能体会到从字里行间流露出的暖意与期待。从另一方面讲，保姆王妈的细心照料让幼年的赛珍珠在她的中国世界中感受到亲情和快乐，弥补了父亲对家庭漠不关心以及对母亲和自己感情疏远带来的遗憾。在赛珍珠的成长过程中，父亲角色的缺失使得她自幼对于父亲的认识既片面又悲观，直到父亲晚年时父女关系才得以和解，赛珍珠才有机会去重新认识这位“林肯式的人物”。此时父亲的形象不再是模糊和片面的，而是立体的，有血有肉的。父亲的一生扮演着多重角色，回顾他的一生，他也在与他自己扮演的所有角色和解。

赛珍珠的父亲是一名安静的学者，一生都延续着读书的习惯。在大学期间，他的爱好就是节衣缩食去买书和读书。他从书本中获得知识和依托，大学毕业时获得了门门都为优的佳绩。来到中国后，他有了个外号“书呆子”，这也从侧面说明了他热爱阅读。他是个语言天才，自学汉语、希伯来语和希腊语，几经寒暑把《圣经》译成中文。如果说每到一处母亲凯丽都尽力恢复一个美式花园作为自己的独立空间的话，那么，每座房子的书房就是属于父亲安德鲁的与世隔绝的空间。他在这里维护着自己的灵魂，关闭着自己的心扉。赛父一生偏爱书房，废寝忘食地读书，几乎到了走火入魔的地步。在赛珍珠的印象里，父亲要么长时间不归家，要么把自己关在书房，只在吃饭时出现一下。他和孩子们仅仅像熟悉的人一样，对妻子更是缺乏关爱。这样的做法不仅伤害了妻子，得不到妻子的理解，也导致儿女不愿与他亲近。因为他把关爱儿女与体贴妻子的时间都用于工作，所以在家中角色模糊。一家人过着“似家非家”的生活。同时他又是一个极其自律的人。在他的一生中，他的生活始终依从极其简单的模式：火车只坐三等座，吃最简单的食物，穿最普通的衣服。他对自己的要求比对任何人都严，从不懈怠或放纵。

他是一位冷漠的丈夫，没有人能贴近他，因为他不知道怎样让别人贴近他。在他的一生中，妻子和儿女们都觉得他下意识的性别歧视根深蒂固。在他看来，女儿和妻子都是为了照顾他而存在的，丝毫意识不到自己的自私。他天生就是个孤独者。年轻时，他谁都不需要；即使结婚后，他也没有伴侣的概念。这也就不难理解为什么在母亲要求他必须先成婚然后与妻子一同前往中国时，他“差点没有晕过去。娶一个妻子！他从未考虑过讨老婆的事”①，所以，他在结婚之后只给自己买了一张火车票而忘记给妻子再买一张，也就不足为怪了。在几十年的婚姻生活里，点点滴滴琐碎的事情都在不断地伤着凯丽的心。比如到达中国后，凯丽的智齿需要拔除。拔牙前后不过两个小时，他却不耐烦地急着要去工作。再比如凯丽在很短的时间内相继失去几个孩子，在几乎精神疯癫之时，他却因工作被耽误而显得很不耐烦。诸如此类的事情让夫妻之间渐行渐远，因为“对他来说，生活和人情无足轻重，他从未生活在尘世上”②，而对妻子而言，他是一个太冷漠无情的丈夫。凯丽于1921年去世，一生渴求爱和温暖的她被埋在城市中央的公墓里，而一生尽职的赛父孤独地葬于山顶，依旧未沾上生活的边。夫妇俩在世时团聚就很少，感情淡漠，离世之后也没有合葬，与生时一样相距甚远。

他也是一位陌生的父亲。他和凯丽生下了七个孩子，有四个先后夭折在中国。在女儿赛珍珠的记忆里，父亲仅仅是在家过夜的来去匆匆的客人。在父亲外出奔波的那些年里，孩子们在家难得见到他。“对于他的孩子来说，他简直是个陌生人。他很少回家，即使偶尔归来，那也算不上是回家，只能说是在家借宿一个晚上，第二

---

① 赛珍珠：《战斗的天使》，《东风·西风》，林三，等译，桂林：漓江出版社，1998年，第211页。

② 同①，第325页。

天又走了。孩子们不是在他膝下长大成人的，他们每天见到的人当中就是没有他。他们等于没有父亲，因为他把自己的生命都献给了别人。”①

家里的孩子们都对他比较生疏，因而也根本谈不上有什么想念之情。安德鲁将心中所有的父爱本能地都倾注给他所管辖的教徒，而忽略了自己的儿女。儿女们也没有享受过父亲的温暖。所以，孩子们在他去世之后试图回忆他的生平，会一时间什么都回忆不出来。而在跟孩子们有限的相处时间里，哪怕是来自孩子的一次拥吻，也会让他不知所措。赛珍珠正是把这样一个令人既生气又怜爱的父亲形象，简单又鲜活地呈现在了读者面前。晚年的安德鲁已经没有了年轻时的孤傲与冷漠，他在时间的流逝中悄然发生着变化。尤其是在妻子凯丽去世之后，或许儿女们没有人知道他是否为她伤心，但是能够很明显地感觉到他身上的某种力量垮了。在和女儿生活的十多年里，一大家子人都会迁就他，他也在孩子们的眼里变成了一个和善的幽灵，吃喝比以前更俭省了，说话也更温和了。其实，安德鲁也并非不食人间烟火的圣人，只是他个人极简的物质需求观念不太为旁人所理解，极其自律和孤独的灵魂也让家人不能接受。他将对家人的情感深埋其中，很少表露甚至不知该如何表露，所以他赢得家人的理解晚了几十年。当他已是老人时，他的孩子才看到“在这个灵魂里，是有慈爱的，也有小孩子所常有的那种对爱和理解的渴望，而且一直保持了几十年”②。

他还是一位独行的使者。他的一生建立在坚定的信念之上，是信念给他以生命和力量。他的家不是日常生活中的家，他的家在他的教堂里，在城市和乡间的信众里。虽然他在内心里也有一股热恋故土的激情，渴望安全、稳定和庇护，他也会在经过长途跋涉归家后，急切地端起饭碗，沏好一壶茶，凑近哔剥作响的炉火，高兴得

---

① 赛珍珠：《战斗的天使》，《东风·西风》，林三，等译，桂林：漓江出版社，1998年，第286页。

② 同①，第281页。

像个孩子一样："家里真好——可不，终归还是家里好！"① 每次简短的休整之后，他又会离家奔波在乡间小道，开始他一次又一次新的工作旅程。他对家的眷恋跟妻子凯丽有很大的不同。自结婚之后踏上中国的土地，安德鲁就全身心地投入传教的工作中。那时的他感觉自己是为了事业，不得不背井离乡。十年之后回国探亲时，他发现房子和家都仿佛是一个很大的空壳，而他已经在异国的土地上重新生根。他在这片新土上生儿育女，并且有四个孩子长眠于此。每次结束探亲，再次回到中国时都毫无异地作客的感觉，相反他越来越爱中国人，也越来越像中国人。他的根在中国越扎越深，他心中的信仰使他容光焕发。年老时他逐渐意识到，美国已经是一个崭新的国家，不像他们在国外生活时称之为"家"的地方，而他已经不想离开他生活了一辈子的中国，因为他的朋友和他最热爱的工作都在中国。赛母凯丽的一生，是被信仰放逐、被祖国放逐、被丈夫放逐的悲苦一生；赛父安德鲁的一生，是被自己的人性和整个世界的人性套上枷锁而放逐的一生。他是一位独行的使者，在现实生活中给人一种错位的、游离的感觉，因为他的躯体和灵魂进行着两个空间向度的运转。他的躯体空间不断地压紧浓缩，而他的灵魂空间却在无限绵延。

三、精神共同体的追寻：灵魂深处的皈依

赛珍珠在传记中将父亲的角色放在父女之间、夫妻之间以及信众之间分别加以审视，情感的矛盾交织、宗教信仰的坚定以及对精神家园的执着，让父亲的形象立体多面。"大凡跟他自己有关的事，得用'爱'这词的，在他，还是破天荒第一遭。'上帝爱着世人'，这种用法在他嘴里倒时有所闻。听他说'我爱——'可就稀罕了。……我也想像不出，他除了爱上帝，还爱其他什么来着。"②

---

① 赛珍珠：《战斗的天使》，《东风·西风》，林三，等译，桂林：漓江出版社，1998 年，第 203 页。

② 同①，第 205 页。

赛珍珠的回忆将父亲与他周围的人及信仰的关系呈现了出来，除了献身信仰之外，父亲对家人的爱极其吝啬。这是他在信仰与亲情之间的抉择，同时他自己也背负着自私和冷漠的枷锁。赛珍珠的父亲本身是一个矛盾体，一方面为信众传递着无限的博爱，另一方面则不愿分享一点爱给家人。这不禁让人质疑，博爱的意义到底是什么？赛父在现实世界之外建构出一个有着信仰、信众和书籍的完全属于自己的小世界。他对书籍的热爱从某种意义上讲，也是一种信仰上的皈依和对精神家园的坚守。在这个自我沉浸的空间里，赛父是最简单又最真实的。赛珍珠拥有“两个父亲”：一个父亲无限地接近自己的信仰，有彻底的归属感和安全感；另一个父亲无限地疏远着自己的妻子和孩子，给家人带来刻骨铭心的失望。

与赛父不同的是，赛母凯丽的一生是被放逐的一生，她的无家可归既是地理上的，也是精神上的。虽然也和家人一起辗转于城市和乡村，居无定所，但赛父的家在精神上是可归的，他有一个属于自己的独立和封闭的空间。在这个空间里，他可以拥护他毕生都毫不怀疑地信奉着的事业。他做着自己最想做的事情，内心的满足和动力充实着他每天的生活，所以他一点都不觉得累。现代匈牙利哲学家阿格妮丝·赫勒把精神家园视作我们在文化上和心理上由之开始，并经常向之回归的地方。也就是说，赛父的回家实际上意味着“回归到我们所了解、我们所习惯的，我们在那里感到安全，我们的情感关系在那里最为强烈的坚实位置”①。赛父在中国大地上奔波几十年后，也取得了一定的成果。物质生活对安德鲁来说无关紧要，不论是住宅还是食物。他的“家”不在物质里，而在他的工作之中。在客居中国的这么多年里，他已经把中国当成他的心灵归宿，同时也放弃了去其他任何地方的念头，因为他的信念坚不可摧，没有任何事情可以撼动他为工作献身的信念。回顾赛父的一生，年轻时即远离故土，虽经半生漂泊，但他的一生中并不曾有太

① 转引自王晓云：《中华民族精神家园构建的文化哲学之维》，《理论月刊》，2012年第8期，第55页。

多的背井离乡之感，他的精神家园始终敞开着大门，有一种宾至如归的感觉。“在东方文化中‘家园’是精神与物质合二为一的，而在西方文化中更侧重于精神层面，两种文化语境下，对‘家园’的理解有一个契合点就是形而上层面的精神家园。”① 总之，无论是生活家园还是精神家园，都是一个人的生命栖息地，是他的根基之所在。赛珍珠形容父亲是她“所见过的最幸福的人……他走着自己的路，安详而自信，因深信自己走在正道而心安理得”②。每一次探亲后回到中国，一踏上中国的土地，他就不再有在美国曾有过的那种异域作客的感觉了，因为他又回到了家，这个有着他的位置和他的工作，可以让他执行人生使命的家。

人类命运共同体是一个由多种形态组成的共同体，包括国家、民族、社区和家庭等形式。德国社会学家斐迪南·滕尼斯认为，共同体的本质在于“关系本身及其产生的联结被理解为真正的有机的生活”③。他将共同体分为三类：血缘共同体、地缘共同体和精神共同体，并以亲属、邻居和友谊作为三类共同体内成员的典型关系。滕尼斯将血缘共同体作为命运共同体的初始，而家庭就是其中最小的单位。家庭成员在血脉相连的基础上相互联系和共生，使家庭成为最基础也是最重要的共同体。由《战斗的天使》这部传记可以看出，父亲在家庭和家人情感中的长期缺失会导致家庭层面的血缘共同体不具有足够的凝聚力，而转由母亲挑起家庭的重担。丈夫与妻子之间、父亲和孩子们之间缺少沟通，也缺失了爱，使得几十年的共同生活不足以建构起长久稳定的共同体。直到晚年，当安德鲁与子女重新生活在一起的时候，隔阂的家庭关系才得以缓解。子女为父亲提供了物质生活和情感精神上的多重关怀，相互理解、陪伴和安慰，是对家庭共同体的修补。赛珍珠在众多作品中描写过

---

① 张素娟：《殊途同归的失落：〈憩园〉与〈洛丽塔〉的回归家园模式解读》，《西昌学院学报（社会科学版）》，2010 年第 1 期，第 66 页。

② 赛珍珠：《战斗的天使》，《东风·西风》，林三，等译，桂林：漓江出版社，1998 年，第 220 页。

③ Ferdinand Tönnies, *Community and Civil Society*, *trans.* Jose Harris, ed. Jose Harris and Margaret Hollis (Cambridge: Cambridge University Press, 2001), pp. 27–29.

许多不同类型的家庭，如《大地》和《群芳亭》中的三代人大家庭、《巨浪》和《圣诞的早晨》中的核心家庭、《母亲》和《正午时分》中的残疾儿家庭，还包括“欢迎之家”中的孤儿大家庭等。家庭关系和共生的价值在她的各类作品中得到了充分的体现，也进一步丰富了赛珍珠的家庭观。成员血缘关系是家庭的根基，情感是家庭的血肉，家庭成员由此建构起最紧密、最亲密的命运共同体。

赛珍珠的《异邦客》和《战斗的天使》两部传记作品，被认为算得上是“描写传教士的上乘之作，文笔细腻，内容发人深省”①。在形成自己成熟的宗教观之前，赛珍珠对宗教的看法直接来源于父母。母亲凯丽是一个善良和有着博爱精神的传统女性。作为传教士的妻子，婚后的凯丽承担着家庭的重任，一心支持着丈夫的事业。自我牺牲的巨大付出与丈夫忽视家庭的强烈对比，在凯丽的心灵上留下痛苦。在中国生活的几十年里，战乱、饥荒、疾病，尤其是几个幼子的早夭，不断冲击着凯丽的信仰，使她对基督教产生了怀疑。她在弥留之际，甚至对播放着的赞美诗音乐表现出巨大的愤怒。与年轻时的热情相比，临终前的她陷入了宗教与情感的矛盾之中。赛珍珠眼中的父亲则是自信且坚定的，一生都在他自己选择的道路上义无反顾地前行着。赛珍珠受到父母的双重影响，“她抛弃了父亲的宗教信仰和狭隘偏执，但继承了他的正直和好学精神以及传教式的热忱。……她热爱自己的母亲，并受她的影响，坚信同情的力量和家庭的极端重要性，对抽象的教条则厌恶不已”②。赛珍珠一生恪守博爱、奉献、平等的理念，体现了伟大的人道主义精神和人文主义思想，形成了多元的宗教思想。

此外，中国对赛珍珠多元宗教思想的产生也有深厚的影响。如果说基督教思想是赛珍珠骨子里面流淌的，那么中国的儒教、佛教和道教等则与基督教一起，互为表里。“东方文化，或直言中国传统文化在其文化思想中是表层，是外化，而西方文化则是其实质，

---

① 彼德·康：《赛珍珠传》，刘海平，等译，桂林：漓江出版社，1998年，第213页。

② 同①，第5页。

是内在。”[1] 自幼受到儒家思想的传统教育，赛珍珠的身上体现出儒家文化的印记。“他（孔夫子）的子孙创立了一整套与宗教、与道德作用相同的伦理纲常。恐怕还要经过相当长的时间，中国人才会重新认识孔夫子这个最伟大的人物对中华民族的贡献有多大。”[2] 这最直接地体现在中国传统的大家庭模式上，长幼尊卑和伦理秩序成为一种行动的准则。可以说，儒家思想在一定程度上起到了宗教式的教化作用。日本宗教学家岸本英夫认为宗教的存在“让人们生活的最终目的得以明确，并帮助人们解决生命的终极问题”[3]。宗教对信众的心灵和精神世界具有很大的作用。除了儒家思想之外，佛教和道教对赛珍珠宗教观的形成也有一定的影响。赛珍珠把圣母玛利亚看作观音菩萨的妹妹，认为两者有相通之处，都是善良、端庄和仁爱的化身。直到晚年，她还能回忆得起自己的启蒙先生对她的教诲，“让你的行为是儒家的，让你的情感和思想是道家的”[4]。她以自己的方式将多种宗教的思想精华融入自己的生活中，最终形成多元的宗教思想。

赛珍珠在自传中感慨道：“真幸运，我同时受到基督教和儒教两种思想的影响。但这样的教育不可能使我仅仅成为一个纯基督徒或纯儒教徒。实际上我的信仰是多重的，无论是基督教、佛教还是儒家对我都有影响。”[5] 双重文化透视的个性使赛珍珠可以站在人类的共性上去看待宗教问题。“宗教是一个具有排他性的文化体系”[6]，但赛珍珠的宗教观首先是包容的。她兼收并蓄，并对基督教、佛教、道教等不同的宗教思想，采取了扬弃的客观态度。其

---

① 郭英剑：《赛珍珠评论集》，桂林：漓江出版社，1999 年，第 202 页。

② 赛珍珠：《我的中国世界》，尚营林，等译，长沙：湖南文艺出版社，1991 年，第 196 页。

③ 岸本英夫：《宗教学》，东京：日本大明堂，1961 年，第 17 页。

④ Pearl S. Buck, *China: Past and Present* (New York: The John Day Company, 1970), p. 60.

⑤ 西奥多·哈里斯：《赛珍珠传记》，伦敦：埃尔麦斯德出版公司，1972 年，第 253-254 页。

⑥ 庞援婷：《在理想与现实中徘徊：赛珍珠的文化价值观研究》，博士学位论文，东北师范大学，2017 年，第 44 页。

次，她的宗教观是理性的。赛珍珠在不同的作品当中刻画了许多传教士的形象，体现了她对传教士群体和在华传教活动的反思。传教士与中国的民众，尤其是底层百姓之间存在巨大的鸿沟。传教士在很多时候忽视了对中国传统文化的了解，盲目自大地将他们的标准作为衡量中国文化的标准，对中国文化充满傲慢与偏见。赛珍珠对传教所表现出来的种种弊端进行了批评，也辞去了教会的教职。最后，赛珍珠的宗教观是超越的。赛珍珠说过："对任何宗教的信仰都比不过我对人类的信仰。"① 这种信念一直指导着赛珍珠的人道主义活动，如收养混血孤儿、呼吁和推动排华法案的废除、参与各种慈善事业等。她是人类信仰的传道者，步伐坚定地传播人道主义和对多元文化的理解。

第三节　客从何处来：《我的中国世界》中的旅行书写

1953 年赛珍珠开始写这部《我的中国世界》传记时已经 61 岁，自 1934 年离开中国，她已经在美国生活了整整二十年。美国是她的出生地，也是她的"母国"，但她并不完全属于这个"美国家园"。相比她生活了将近四十年的"中国家园"，赛珍珠对于她的"母国"和"父国"都是疏离的。自四个月大被带到中国，她的一生便不停地在中国和美国之间穿梭，迁徙的经历使她始终无法确定自己的家园归属。传记作为特殊的文学体裁，呈现出作家本人对很多问题的直观看法和思考。纵观现有的研究，姚君伟（1997）② 认为这部传记具有比较文学及比较文化层面的意义；张志强（1997）③ 提及这部传记的写作特色是赛珍珠以一个个地点组

① Theodore F. Harris, "This I Believe," *Herald Tribune*, 1952-02-18(255).

② 姚君伟：《赛珍珠〈我的中国世界〉的多重价值》，《国外文学》，1997 年第 2 期，第 68 页。

③ 张志强：《赛珍珠自传的写作特色》，《河南师范大学学报（哲学社会科学版）》，1997 年第 6 期，第 86 页。

成她的不同世界，具有新意；赵岚（2006）[①] 讨论了赛氏的儒学观和儒文化下的中国与西方社会治理上的区别；朱春发（2014）[②] 分析了赛珍珠复杂的家园经历和情感以及身份认同。结合前人研究者们的多元视角和理论，他们给予笔者在研究内容和方法上重要的引导，但局限性也很明显，仅有张志强《赛珍珠自传的写作特色》一篇论文提及了以地点串联并穿插回忆的叙事特色，目前还缺乏系统地从旅行的角度切入的研究。在新时代的语境下，地理空间研究、旅行书写及叙事特色给了笔者旧文新读的思路和方法启示。从景观的隐喻出发，本节将通过横向旅行和纵深旅行，连接起赛珍珠对中美家园、童年回忆和沿途风景的多维解读。

一、横向旅行：如画凝视中的家园镜像

韩少功有一篇散文题为《我心归去》，他在其中写道：

> 故乡意味着我们的付出——它与出生地不是一回事。只有艰辛劳动过奉献过的人，才真正拥有故乡，才真正懂得古人“游子悲故乡”的情怀——无论这个故乡烙印在一处还是多处，在祖国还是在异邦。[③]

这篇散文正好可以用来阐述赛珍珠复杂的身份和纠结的家园情感。赛珍珠母亲家族的祖辈们在很久之前从欧洲来到美洲寻求更好的生活，在这个具有离散特征的家庭中成长起来的赛母凯丽，骨子里浸润着离散的动力。基于对信仰的虔诚，她决心前往异国传教，又恰好遇到了同样计划前往中国传教，正寻找同伴和妻子的赛父。从此二人一同踏上异国之路。“离散”是一个中性词语，既指被动地离开自己的家园，比如战争流散，像犹太人被迫离开家园，又比如黑

① 赵岚：《天下之治：从赛珍珠自传〈我的中国世界〉看中西方社会治理观》，《江苏大学学报（社会科学版）》，2006 年第 3 期，第 64 页。

② 朱春发：《论赛珍珠〈我的几个世界〉中的家园叙事及其身份认同》，《江苏大学学报（社会科学版）》，2014 年第 5 期，第 40 页。

③ 笔者注：《我心归去》选自韩少功散文集《访法散记》。

奴离开非洲大陆，被贩卖到美洲种植园等；也指主动地离散，比如全球化背景下的文化离散、创作离散、生活离散及旅行离散等。首先，离散主体在地理空间上离开了自己的国家或者地区，前往另一个国家或者地区，这就自然而然形成了一个移出国（故土）、离散过程和移入国（异乡）之间的三位一体的关系。其次，也因为远离了故土，离散主体自然而然形成了对母国文化的回忆与想象。在这个三位一体的关系中，离散群体始终认为自己的故土才是理想中的家园，在条件允许时，他们或许还会回到祖辈的土地上，因此他们身在异乡却与本国同胞有着紧密的、统一的民族共同体的意识。这样一来，我们也就不难理解他们与异乡之间存在的巨大的难以忽视的隔阂，以及对于母国文化所表现出的强烈的认同意识。与父母成年之后离散有所不同的是，对赛珍珠所属的这个在幼年时就离开故土的群体来说，他们往往更容易融入新的环境，也更容易接受新的文化、语言和习俗等。在两种文化的撕扯和斗争中，故土与异乡之间形成了一张具有张力的网，使得离散主体同时具有了两种文化背景和双重的身份，在这样一个既是 A 又是 B，既非 A 又非 B 的第三空间中，成了“文化边缘人”。

自出生四个月被带到中国，赛珍珠在中国生活了近四十年的光景。因为在一个双重的世界中长大，赛珍珠除了她自己之外，一切都是双重的：她有中西两个名字，两种身份；她同时学习两种语言，面对两种文化；她有两种吃饭风格；她去两种学校；她有两种信仰。正是因为同时在两个世界里生活，赛珍珠内心一直充满身份的焦虑，“身处中国却非其一员，身为美国人却依然不是它的一员”①，感到自己在美国和中国都没有归宿，既不能完全回归美国文化，也不能被中国文化所接受，始终是两个世界中的边缘人。“文化边缘人”最突出的特点就是他们既存在于两种文化之间，又同时受到两种文化的排斥；具有文化上“双焦透视”的便利，同

① 赛珍珠：《我的中国世界》，尚营林，等译，长沙：湖南文艺出版社，1991年，第 51 页。

时也面临着文化身份归属不清的尴尬。离散造成地理位置上的事实位移，与此同时带来了文化上的错位感，也进一步引发了精神上的错位感。地域、文化、精神离散的感觉交织在一起，便产生了强烈的“无家”感。所以，赛珍珠常常思考被连根拔起对自己来说到底意味着什么，她这样问自己：“难道人们必须要有根吗？如果不是这样，为什么还要再次扎根呢？”①

美国是一个车轮上的国家，流动性是民族的特征之一，旅行也就成为人们的日常生活方式。赛珍珠因为对自我身份的认知和构建始终处于在路上的状态，所以会通过旅行进入他者的自然世界和文化景观。她既有向内的反思，又有向外的寻找，使得旅行途中的时间和空间都充满了张力。书写这部传记的过程给了赛珍珠一个完整的回忆脉络，同时也给予她“在家”的感觉。她在一行行的文字间做着回忆过去和积极寻找故乡的努力。这体现在这部自传是她在美国四处旅行的过程中完成的。无论是在宾州她自己的青山农场，还是在纽约大都市，抑或一路向西，停留在美国西部某个国家公园里，每到一处，赛珍珠面对着风光无限的美国土地，思绪无限延伸到遥远的中国。培根（Francis Bacon）曾说过：“旅行对于青年，是教育的一部分；对于老年人来说，是阅历的一部分。”② 旅行不仅是一种地理意义和身体意义的位移，还具有重要的文化表征。因此，“简单的旅途必须成为一种象征之旅，成为观照自我的精神之旅”③。旅行与写作总是内在地联系在一起。《我的中国世界》有明暗两条叙事线索，明线是赛珍珠从东部出发到西部旅行的过程，暗线是对远在万里之外中国的回忆，核心意象始终围绕的是“家园”。詹尼斯·斯道特指出：“英雄通常是走出去而不是返回来。在美国文学中，回家意味着失败、绝望和

---

① 赛珍珠：《我的中国世界》，尚营林，等译，长沙：湖南文艺出版社，1991年，第242页。

② Bacon Francis, *The Essays of Francis Bacon*, ed. Mary Augusta Scott (New York: Charles Scribner's Sons, 1908), p. 79.

③ Janis P. Stout, *The Journey Narrative in American Literature: Patterns and Departures* (Westport, CT: Greenwood Press, 1983), pp. 13-14.

对自由的放弃。"① 但是，赛珍珠对旅行的处理有着自己的文化考虑。

进入20世纪以来，游记书写出现了一种明显的倾向，即"风景的衰落"。"外部风景原本是游记中最别具特色的部分，其地位却在明显下降，而个人经历与传主自身的内在感受的地位，则在不断上升。"②《我的中国世界》采用以传记游的创新写法，将横向旅行中扁平化的地理位移和碎片化的生活场景，转换为家园情感认同的过程。从东部的青山农场出发时，家园寻找是一种负担。通过闭环的旅行，赛珍珠对家园的理解不断深化，家园的内涵也在不断拓展。看似是结束旅行又回到了青山农场，实际上赛珍珠在认识上完成了一次重构。青山农场成为新的起点，家园的意义升华为一种精神的爱。赛珍珠采用了开放式的复调叙事结构，每到一处眼前是美国的景，心中思念的是中国的家，作者、读者一起参与了家园意义的建构。保罗·福塞尔说过："一本好的游记，读者不仅能读到外在的旅行，也可以读到内在的内心情感之旅。"③ 这次从东到西的旅行是一次自我发现之旅，是一次物理运动，更是一种精神的行为。赛珍珠淡化了途中的自然风景描写，突出了对家园的回忆。"20世纪的旅行文学越来越成为一种主观的形式，越来越接近回忆录而不是旅行指南。不再是旅行的地方，而是旅行者的观点。"④ 这部传记用旅行日记的叙事方式，在一个现实空间讲述另一个虚拟空间的故事，实现空间的叠加，将过去几十年的点滴记忆，由点串成了线，由线铺陈出面，再由面形成两个交错的空间，构建起多维的立体叙事结构，用特殊的视角呈现出开放式的场景。比如第二部

---

① Janis P. Stout, *The Journey Narrative in American Literature: Patterns and Departures* (Westport, CT: Greenwood Press, 1983), pp. 65-66.

② 张文茹、崔亚霄：《以传记游：以莫理循旅华游记〈一个澳大利亚人在中国〉为例》，《现代传记研究》，2019年第1期，第114页。

③ Fussell Paul, *Abroad: British Literary Travelling Between the Wars* (Oxford: Oxford University Press, 1980), p. 203.

④ Ho Janice, "The Spatial Imagination and Literary Form of Conrad's Colonial Fictions," *Journal of Modern Literature*, 2007, 30(4): 1-19.

的开头写道：

> 今天，我们一直旅行在宾夕法尼亚州的山区。午后，太阳渐渐西下，我们一路西行，进入俄亥俄州，夜幕降临时分，才抵达这座静谧的小镇，威廉·麦金利的故乡。……我的第二个世界，始于中国拳乱年月之后。我的这段生活，完全由于某种奇怪的巧合，涉及麦金利总统。①

再比如，第三部的开头写道：

> 清晨，窗外一幅美景：林间空地的边缘，一片柏树和枫树，柏枫林后，屹立着青山翠峰。②
>
> 尽管此时我正对着佛蒙特的绿色森林出神，却一样可以清晰地忆起我婚后迁居的那个华北小城。③

这样的穿插数不胜数，赛珍珠几乎在每到一处旅行之后坐下来写作时，总是从对旅行美景的赞叹快速地切换到对中国的回忆，每一处的美国细节都能在她的笔下与中国的细节联系起来，形成对话。赛珍珠的叙述既不是纯粹的单一美国景色描写，也不是悲伤眷恋式地思念中国家园，而是打破了传统的时空限制，在叙事情节的推进中穿插了对过去的回忆。这种穿插并不是整体情节的倒叙，而是随着赛珍珠每到一处的旅行，用触景生情的方式，把在中国生活时的一个一个碎片化的片段拼起来。在这样一种开放的“对话”模式之下，赛珍珠自己也充当了桥梁的作用，积极主动地在两者之间寻找，将两个家园同时邀请到同一个书写空间中，形成了家园之间过去与现在的对话。故事里套着故事，叙事层次里依旧包含着层次，将她对家园的情感寄托绵延放大。旅行是文化隐喻的直接来源，是“一个多种叙事声音、文学风格、话语层次的题材类别的汇合地，

---

① 赛珍珠：《我的中国世界》，尚营林，等译，长沙：湖南文艺出版社，1991年，第38页。

② 同①，第142页。

③ 同①，第143页。

把不同的叙事模式结合在一起”①。文学作品中的自然环境，有的是一种写实，有的则有可能是一种象征，是作者进行艺术表达的情感符号，也是对主题的一种烘托。旅行的自然景观具有相对的稳定性、持久性和独立性，它以独特的方式记录、延续、创造着社会关系。赛珍珠在对自然景观进行描写时，刻意淡化了风景和她个人的旅行感受，转而突出背后的文学景观——家园。作为传记重要构成部分的景观衬托着人物，赛珍珠用缓慢平和的叙事节奏把景观汇成有机整体，为人物和情节的发展提供足够的空间和氛围铺垫，通过景观元素进行隐喻性的叙述。

二、纵深旅行：如画凝视中的景观隐喻

旅美作家张错曾经写过的一首诗，可以用来表达赛珍珠在写传记时对家园寻找的交错情感：

在子夜与黎明之间
在梦醒与重寝之时
有一种心情/不知如何处置
有一种惆怅/不知如何安抚
尤其有一种身世，不知如何去追忆和倒叙
子夜在异国
是无所适从的乡愁时间
人到中年的生命之夜
却是一种欲语还休的沉默②

赛珍珠时年61岁，人生走过一个甲子的岁月，从少年步入青年，再步入中晚年，回首过往所见到的人、所走过的路及所经历过的事情，一个小小的记忆碎片都能荡起一大片记忆的涟漪。因为很多时候，家园记忆在很大程度上并不是绝对的明晰记忆，更多时候像石

① William W. Stowe, “Conventions and Voices in Margaret Fuller's Travel Writing,” *American Literature*, Vol,63,No.2,1991:242-262.

② 张错：《漂泊者》，台北：书林出版社，1993年，第1-2页。

头投在水面上泛起的一圈圈波纹，波纹所推及的就会产生记忆。文化上的双焦透视在她的精神上形成了她一生都无法回避的“双国情结”。在她深厚的“美国情结”下，还涵盖着一个更加强烈的“中国情结”。她始终努力将二者合二为一，但两个世界是彼此分裂的。透过这部传记，至少赛珍珠在文字上穿越时空，实现了将她的两个世界暂时合为一体的愿望。离散带来了作家自身对于生存状态的深刻感悟，在离散的过程中固然有许多迷茫和苦楚，但也有特殊之处。作家拥有的双重文化视角往往具有独特的文学价值。利用文化视角的交汇，赛珍珠在作品中书写了中西文化融合、文化身份建构、寻根、家园建构等主题，旨在思考文化认同和心理归属的可能。但是这种“家园”的缺失感又驱使着赛珍珠不断寻找自我身份的归属，“家园”也成为其文学创作中最常见的主题之一，折射出她对“家园”复杂的情感渴望。赛珍珠在“家园”寻找上的困境也是所有离散群体面临的困境。这种处于故土与异乡、“移入国”和“移出国”双重边缘的局面，使得他们在“家园”问题上产生了永久性的错位，而这种“错位”的人生也铸就了他们对“家园”问题的深刻思考。

苏珊·巴斯内特（Susan Bassnet）在《比较文学导论》中研究了旅行文学与文化建构的关系：“个人对异域做出的反应实际上折射出了旅行者自己所属文化的倾向。”① 旅行文学最能体现两种文明的对比，尤其是一国作家所写的关于另一国见闻的作品。赛珍珠的一生走过很多城市和国家，她的旅行是一种主动离散的方式，多以文学创作的形式反映出来。旅行具有不同的层面：第一个层面是地理旅行，在从一个地点到另一个地点的过程中，以多元的、印象式的日常叙述呈现途中的风景，突出强烈的空间感和现实感；第二个层面则是心理旅行，揭示心理旅程、精神的成长，拓展人物塑造和叙事方式的多样性与可能性，以更生动的方式记录旅行。赛珍珠

---

① Susan Bassnet, *Comparative Literature: A Critical Introduction* (Oxford and Cambridge, Mass: Blackwell, 1993), p. 93.

写这部传记时没有离开美国，但却在心里进行着一场英雄式的旅行，在地理和精神的境界对远在中国的家园进行着长远的漫游。这场旅行可以被称为在横向旅行基础之上的纵深旅行。“纵深旅行是指对特定景观、场所、地方等的深入探索，指向一种微察的政治，揭示所处地方的历史性、复杂性、丰富性，重塑人与地方的紧密关系和情感、精神联结，通向新的认知、包容和欣赏。”① 旅行本身就是一种隐喻。纵深旅行不仅表现出空间的移动及地理经验，而且更重要的是，它以隐喻的方式表现出内在精神生活的深入过程，在探索世界的同时也在探索自我。

童年的经历对一个人精神、气质和性格的形成往往具有决定性的意义。弗洛伊德指出：“童年的影响力远比遗传的力量容易了解，也更值得我们去致力寻索。”② 由此可见，作家的心理素质、艺术个性的形成，与他们的文化背景和童年记忆紧密相连。在记忆书写中，最重要的空间载体就是“家”，这是把作家的思想、记忆及梦想结合起来的动力。正是在这个空间里，赛珍珠笔下的主人公们寻找着他们需要的安宁、团圆、归家，而赛珍珠也从这个空间里找到了伴随她一生的创作素材，倾听到属于自己内心的声音。成长于中国长江畔，玩耍在田间地头，童年经历是赛珍珠笔下中国故事的来源，也是属于她个人的鲜明标志。可以想象，赛珍珠生活在两个交叉的世界中：一个世界有着五千年的传统文化，有百姓生活的朴实无华；另一个世界则有着新兴的发展动力，能在一定时期代表现代文明的方向。两个世界在同一空间中压缩和叠加，意味着赛珍珠自幼成长于双重的文化环境之中而被深深烙上两种文化符号。童年的记忆往往是一个作家自传的萌芽，成年后的赛珍珠在《我的中国世界》中回忆说：“童年，对于我和我的小伙伴来说，都是无

---

① Michael Cronin, *Across the Lines*: *Travel*, *Language*, *Translation* (Cork, Ireland: Cork University Press, 2000), p. 19.

② 弗洛伊德:《爱情心理学》，林克明译，北京：作家出版社，1988 年，第 56 页。

忧无虑的，就像一首田园牧歌。”① 正是在中国生活的这段时光，成为赛珍珠日后社会活动和文学写作的纽带与基础。“人们日常生活的意义就是一整套的惯例，而家就产生于此。”② 在幼时次数不多的随父母回美探亲的过程中，赛珍珠总是能体会到美国带给她的陌生感，因为“亚洲成了我的真实世界，而我的故土，却成了天堂般美丽的梦乡”③。

赛珍珠的母亲在中国镇江新建了一个美国式的家，赛珍珠在美国又用自己的方式布置了一个中国式的家。景观的“意义系统具有开放性，并非具体事物或自然界所固有，对不同的观察者，景观所含有的意义程度不同”④。墙上的书画、观音像、瓷器、旗袍，每一件物品都在将赛珍珠的记忆从点点滴滴中唤起，化为她思乡的深情和动力，使她倍感温暖和踏实。赛珍珠的漂泊感在回到本土之后就会真正消失吗？萨义德指出：

> 放逐或流亡是知识分子思想生涯的一种必要而且必然的状态……放逐状态固然有着诸多的艰辛与痛苦，却自有其独特之处，即处于局外或边缘，拥有“双重视角”(double perspective)，反而可以保持自己的独立性和批判思考的精神。⑤

两个世界在她的生命中一次次分裂，彼此都不能成为对方，各有千秋。赛珍珠不是一个完整意义上的美国人或者中国人，但又两者都是，她同时拥有两种身份。她占据了两个空间，但又不属于任何一个，而总是生活在任何一个空间之外的地方，也同时生活在两个空

---

① 赛珍珠：《我的中国世界》，尚营林，等译，长沙：湖南文艺出版社，1991年，第8页。

② 迈克·克朗：《文化地理学》，杨淑华、宋慧敏译，南京：南京大学出版社，2003年，第36页。

③ 同①，第3页。

④ 向岚麟、吕斌：《新文化地理学视角下的文化景观研究进展》，《人文地理》，2010年第6期，第9页。

⑤ 杨匡汉：《中华文化母题与海外华文文学》，长江文艺出版社，2008年，第88页。

间“居间”的地方。这一切使得赛珍珠的乡愁增添了更多的期待，正如赛珍珠晚年迫切地想要回到中国一样。她在遥望中等待归乡。此时的中国是她用大半生的想象和乡愁装饰过的一件艺术品，可以远观却无法触碰，中国成了只能永远等待的异乡。她也成了一个矛盾体，心绪复杂地遥望着温暖半生的希望，可是她的中国真的再也回不去了。在赛珍珠的记忆里，她回到了房子、长江、花园、田垄这些具有特殊意义的记忆地点，也仿佛看到家里的阿妈和仆人们在给她讲中国故事、做她爱吃的各种美食和她穿的中国服装等。各种物品都承载着赛珍珠无限美好的记忆。每到星期天的晚上，赛珍珠的母亲和孩子们总一起围坐在温暖的火炉边。凯丽弹着自己的风琴唱歌，唱古老的赞美诗，赛珍珠听母亲讲述往事，讲国家的战争，讲她对于故乡西弗吉尼亚的回忆。故事的情节发生于特定的地理空间，有利于表现人物的心理动态，起到烘托气氛、推动情节发展的作用。凯丽把讲故事当作“一种特殊的记忆，是把往事诉诸声音，用它去影响一个人、一群人、一代人。在讲故事的过程中，人们找到了安全感和归属感”①。赛珍珠晚年的回望带有一种理性的态度，“只有在疏远与亲近二者之间达到同样的均衡时，才能对自己以及异质文化做出合理的判断”②，进而清晰地反观故乡。她讲故事的方式，符合著名的印第安作家莱斯利·马蒙·西尔克（Leslie Marmon Silko）所给出的定义：

> 指一种如何看待你自己、你身边的人、你的生活以及在更广阔的背景下看待你在生活中所处位置的方式。这所谓的背景不仅仅是指你在自然界中所处的位置，它还包括你经历过的，以及在其他人身上发生过的事情。③

---

① 李莉：《威拉·凯瑟的记忆书写研究》，成都：四川大学出版社，2009年，第252-253页。

② 爱德华·萨义德：《东方学》（第3版），王宇根译，北京：生活·读书·新知三联书店，2019年，第345页。

③ Kim Barnes, *A Leslie Marmon Silko Interview*, ed. Melody Graulich (New Brunswick: Rutgers University Press, 1993), pp. 49-50.

赛珍珠的这部传记也在讲故事，只是不像母亲那样讲一个以“很久很久以前”为开头的故事。赛珍珠的特殊经历使她没有美国人的家园淡漠感，反而有中国人的强烈归根感。在旅行途中写作，更确切地说是一场思乡苦旅，唤起了赛珍珠对于中国故乡的全部记忆，同时透过对地域空间的描述，完成了对精神家园的想象。晚年对于家园的反观，既是回忆过去，也是面向未来。

三、情归深处：如画凝视中的家园认同

赛珍珠自幼同父母一起经历着地域意义上的离散，同时也经历着文化上和心理上的离散。地域上的离散给赛珍珠带来了一种文化上的多元性和混合性，她生活在一个中间状态，而这个空间既不是两个空间的中心，又同时与两个空间有割不断的联系。赛珍珠对母国美国的文化，无论爱与不爱都割舍不掉；而对父国中国的文化，无论爱与不爱都无法完全融入其中。离散不仅表现出一种背井离乡的苦楚，也表达出一种强烈的家园追求。这里的家园既可以是真实的家园，也可以是想象的家园；既是一种文化认同的结果，也是一种心理归属的结果。这部传记既是一部游记，也是一部回忆录。赛珍珠通过寻根表达了一种寻觅家园和归宿的渴求，弥补了空间距离和心理距离上的交错。地域的家园再也回不去了，但心灵的家园一直都在。赛珍珠用自己的双脚走遍了美国的大好河山，也用自己的行动表达着自己晚年的故国思和故国心。赛珍珠晚年写过一本《东方美食》，当时她已经离开中国四十多年。这本书用完整的中文思维，介绍了中国及亚洲其他各国的饮食文化。这些美食都是赛珍珠在亚洲各国游历时亲自品尝过的，在回到美国几十年后，这样的味道依然保留在她的记忆当中。记忆不单纯是对过去时间和经验的复制，还可以是一种重新的建构。都说故乡是童年的回忆，故乡的味道不仅是儿时的记忆，还是日后的牵挂。她想起了中国多如繁星的美食，如广东橘、枇杷、荔枝、西瓜，还有德州扒鸡、南京咸鸭、金华火腿、苏州螃蟹等，心泛乡愁。美食、习俗、节日和各种见闻，让幼小的赛珍珠在“童年那些美好的日子里”，“总有事可

做，总有东西可看”①。也正是这样，赛珍珠的两个童年世界差不多能合二为一了。

霍米·巴巴在《忆法农》一文中表达了对回忆的理解：

> 回忆就是发现和重新定位迷失的方向的过程。回忆绝非平静地内省或追忆这样如此简单的行为。它是一种需要反复梳理思路的痛苦的过程——一个不断还原支离破碎的过去的过程，从而解释现在的精神创伤。②

赛珍珠一直背着一个沉重的过去在现实中生活，那就是回不去的中国故乡。每次想起中国故乡，她既是欢喜的又是心酸的。巴柔在《从文化形象到集体想象物》中指出：“异国形象应被作为一个广泛且复杂的总体——想象物的一部分来研究。更确切地说，它是社会集体想象物（这是从史学家们那里借用来的词）的一种特殊表现形态：对他者的描述。”③ 当暮年回望生命中最初的岁月和时光时，尽管会有不好的回忆，但随着岁月的筛洗，最终剩下的都是沙粒里孕育出的珠贝。1973 年赛珍珠去世后，她的墓地面朝东方，正如鲁迅在《坟》的题记中写的那样，“一面是埋葬，一面是留恋”。

《我的中国世界》这部传记是赛珍珠在美国实地旅行的途中，在一路风景、一路繁花和一路思念的陪伴中完成的，抒发了对自然和人文景观的审美感受，同时与中国家园进行了跨文化和跨时空的对话，具有复调特色的叙事策略。其对中国家园的塑造是复杂、丰富、立体且多维度的，体现出其情感参与、生命感悟和精神创造等多重价值。首先，这部传记可以被看作一本游记。无论是在大都市纽约、在西部的国家公园、在湖畔还是在驾车的途中，不管是静止的还是运动着的，旅行者都置身于如画的风景中。这是赛珍珠对后

---

① 赛珍珠：《我的中国世界》，尚营林，等译，长沙：湖南文艺出版社，1991 年，第 24 页。

② Homi Bhabha, *The Location of Culture* (New York: Station Hill Press, 1989), p. 121.

③ 达尼埃尔-亨利·巴柔：《从文化形象到集体想象物》，载孟华主编：《比较文学形象学》，北京：北京大学出版社，2001 年，第 121 页。

半生依恋着的美国家园的一次自然审视。地理景观的营造是文学创作中的一个重要组成部分，寄托着作家的精神、情感和审美，与此同时，地理景观也包含着可以进行艺术加工的文学景观。景观在视觉审美的基础之上，通过意象堆积与氛围建构传递人物心理、情感态度、价值取向和历史文化等信息，这个过程即景观隐喻。当作为“我”的旅行者在表述作为“他者”的异域或异国形象时，不仅表现出对异域或异国形象的否定或赞扬，也同时会对本区域或本国形象进行反思和审视。对中国生活的点滴进行回忆时，赛珍珠将视角探入了中国的历史长河中，铺陈出厚重的历史感，表达着自己的观察、理解与思考。她以重要的历史事件、时间节点、途经国家的足迹，呈现出如画凝视中的家园镜像，这种呈现具有空间的广延性和时间维度的跨越性，实现了在时空、审美、复调和跨文化价值意义上的对话，也构建了自己与中国家园的共同体联系。

赛珍珠的一生都在积极努力地寻找家园。这首先体现在她的作品中。赛珍珠从小受到父母对于美国故乡的记忆及在异域重新建家的影响，对于“家园”产生了多重思考。赛珍珠父母所属的传教士群体作为文化离散中的特殊群体，始终以边缘人的身份生活和工作，既带着对故乡永远挥之不去的思念和与祖国母体撕裂的痛苦，也饱尝在异国他乡的孤独寂寞和漂泊无定的痛楚。他们既不太可能被移入国所完全接纳，也不可能与祖国彻底分离，只能在两种文化的中间状态中离散地生活。父母与女儿之间的情感关联除了生命的延续，还有一种文化意义上的认同过程。赛珍珠在一个双重文化交汇的环境中长大，作为“文化边缘人”的她和父母一起经历着孤独感和无家感。母亲站立在异国美式花园中思念故乡的孤独背影，尤其让她难以忘怀。她的一生经历着“出生美国—长于中国—回到美国—再也无法回到中国”的遗憾。赛珍珠的家园书写成了文化边缘上的救赎，其中既有东西方文化交融的理想化前景，以及从一种文化立场观望另一种文化立场的客观优势，又不得不游离于两种文化之外，用一种民族的语言去讲述另一个民族的历史。既是写一个个固定的地理空间，也是写存在于记忆中的永恒家园，两者相辅相成，成为融入赛珍珠身体里的精神血脉，代表着她一生无法割舍的家园情怀。

赛珍珠所生活的空间正是霍米·巴巴笔下的第三空间，是他最感兴趣的研究对象。赛珍珠是这个“特殊群体”中的一员，这个群体不单纯是一群人的聚集，还是一种象征和一个新的空间。她将这个群体的共同情感融入以“家园”为题材的小说中，如《大地》中王龙对土地的坚守、《母亲》中无名母亲对家庭的呵护、《同胞》中詹姆斯·梁回国报效祖国以及《龙子》中林郯誓死捍卫家园的众多故事，表现出对于思念家园、寻觅家园、建构家园的努力和感悟。除了在作品中进行家园书写之外，赛珍珠后半生投入大量精力致力于创办和维持“欢迎之家”，为五千多名孤儿和混血儿童寻找到了收养家庭。这是赛珍珠对思念家园、寻找家园和建构家园的具体实践。她“不在这里，也不在那里，乃是在两者‘之间’、两者‘之外’”①。赛珍珠所处的文化视角，不是二元对立的，而是多元融合的，她看到的是文化融合之处的新的空间。虽然赛珍珠的作品当中也有对家园寻找的焦虑，但她并没有陷入狭隘，而是表现出比家园情感更开阔的视野和更宽容的胸怀，从而表现出一种对多元文化混合的包容和欣赏。赛珍珠“家园政治”的立场，消解了不同民族的隔阂、不同文化的边界，从小家走向大家，走向民族共荣和文化融合，也将她一生中最遗憾的无家可归转换为处处为家。

赛珍珠笔下的家园与故土融合为一体，家园作为一个背景，抒发着她对故土和故人的无限思念。在传记作品当中，时间在记忆的沉淀中愈发醇厚，人物和情感也保持着清晰和饱满。这一时期家园作为一种精神载体，成为赛珍珠医治心灵创伤的良药。她在记忆中书写家园、思念家园，用隐形的复调叙述的方法，在所处的“中间地带”建构出自己的家园。她的家园观是成熟的、坚定的，处在两种文化之间但又超越两种文化，在时间的洗礼中积累出厚重的价值。

---

① 翟晶：《边缘世界：霍米·巴巴后殖民理论研究》，北京：文化艺术出版社，2013 年，第 172 页。

第四章

赛珍珠短篇小说中的家园政治观

赛珍珠是一位多产的作家，作品不仅数量多，种类也多，涉及长篇小说、传记、儿童文学、短篇小说、演讲、戏剧、报刊文章等。这些作品形成一个整体，详细反映了赛珍珠的文学创作内容、主题和思想。在过去九十年的赛珍珠研究中，中外学者对她的长篇小说作品关注较多，已有的研究有着重要的意义和启示作用。赛珍珠的短篇小说作品题材多样且数量众多，具有人物刻画细致、心理分析透彻、叙事紧凑及结构合理等特点，是对其主要文学形式的补充。2017年出版的《西南联大英文课》一书,是对战火纷飞的特殊时期，西南联大学生英文教材的经典再现。当时的编者陈福田（Ching Fook-tan）将先进的教育理念融入英语教学中，在帮助学生提升英语阅读技能、学习欣赏西方经典之外，还传递出一种深切的人文关怀。《西南联大英文课》第一篇选择的是赛珍珠的《贫瘠的春天》[①]（Barren Spring），以此向中国学生展示西方学者眼中的真实中国。此外，赛珍珠的《圣诞节的早晨》《生命与爱》等短篇小说也先后被选入各级学校的英语教材。

赛珍珠充分尊重不同民族、不同种族的价值观，以及多元文化间的碰撞与沟通，塑造了相对真实、可信的中国人形象，同时将儒家思想中“天下一家”的愿景和爱人如己的无阶级之爱联系起来。“在小说创作中，赛珍珠毕竟更多的还是要塑造中国人的形象，写人是她关注的焦点。而到了非小说中，其重心就有了重要的转移——从人物形象的塑造转移到研究、介绍和宣传中国文化及其特征上。”[②] 本章在家园政治观的理论中关注赛珍珠的短篇小说和其他非小说作品，探讨“桥梁”这个关键词的文本阐释和多元体现，展示新与旧、中与西，以及生命与爱之间的沟通途径。赛珍珠在追求种族平等、争取少数族裔权利、反对战争侵略、救助妇女儿童等方面发出过掷地有声的呐喊，这也成为其家园政治观的重要阐释内

① “Barren Spring,” in *The First Wife and Other Stories* (New York: The John Day Company, 1933), pp. 279-283.

② 姚君伟：《论赛珍珠非小说作品中的文化精神》，《江苏大学学报（社会科学版）》，2002年第1期，第63页。

容。她创办的“欢迎之家”机构是一个在无私和博爱中实现个体生命价值的社群，旨在为每个孩子寻找个体生命的归属感。“大凡优秀的文学家和批评家，都有一种‘共同体冲动’，即憧憬未来的美好社会，一种超越亲缘和地域的、有机生成的、具有活力和凝聚力的共同体形式。”① 共同体思想是家园政治观研究的提升和补充，反观社会对待残疾儿童的问题，共同体意识的缺失是一个重要的原因，那么如何弥补缺失就显得尤为重要。

第一节　新与旧的桥梁：共同体的二次构建

赛珍珠的第一部短篇小说集《结发妻及其他故事》出版于1933年，主要探讨传统中国习俗与西方新思想之间旧与新的冲突。其中，《结发妻》讲述了从国外留学归来的李渊与他传统守旧的妻子之间婚姻关系的变化。结发妻没有名字，是赛珍珠塑造的中国女性群像中的一员，身上有着传统女性的勤劳和谦卑。她们被社会淹没声音、被男性社会重重压榨，是这个社会最底层和最边缘的群体。数千年的中国封建思想遏制了传统女性自我意识的觉醒。20世纪30年代的中国正经历着巨大的社会变革和转型，新式教育思想的流行使旧式女性首当其冲地成为批评和攻击的对象。《结发妻》的主人公双方一边是接受了新思想的新式丈夫，一边是恪守传统的旧式妻子。在新与旧之间以及西方文化与东方文化之间，丈夫与妻子产生了激烈的交锋。

一、西学东渐：新旧社会交替的矛盾焦点

赛珍珠扎根于中国农民，又同时与中国的知识分子阶层接触密切。在上海生活期间，她曾对这里的年轻人提出自己的不满，反映出20世纪中西文化碰撞的大环境下，某些有过留洋经历的知识分

---

① 殷企平：《西方文论关键词：共同体》，《外国文学》，2016年第2期，第78页。

子的精神面貌。“这个城市有很多漂泊无根的年轻人，他们大多在国外留过学，除了整日沉迷于文学和艺术，什么艰苦的事情都不愿干……目中无人，好像普通中国人根本不存在。”① 年轻的知识分子群体和百姓之间的距离在不断扩大。以李渊为例，他出生在中式大户人家，父母资助他前往国外留学，开放和自由的学习经历拓宽了他的视野，也丰富了他的人生阅历。他是留洋归来的青年，但并没有像《同胞》中的詹姆斯·梁和刘成医生一样重新扎根故土，反而是对故土文化表现出极度的不适应。这首先体现在李渊和旧式妻子发生的多轮激烈冲突上。留洋接受了新思想的李渊，为了能和妻子在思想上正常沟通，要求妻子和他一样去学习西方文化。妻子遵从了，但新式学校的教学内容不仅让妻子昏昏欲睡，新的知识和思想也在剧烈冲击着她根深蒂固的传统理念。最终，妻子被迫离开了学校。夫妻之间新与旧的第一轮交锋在李渊极“左”地想要与旧文化切割的尝试中宣告失败。李渊对结发妻坚守着的旧文化的全盘否定和急切切割，也说明当时新一代知识分子学习西式思想时的激进态度。

第二轮交锋从妻子自认为的退让开始。妻子主动提出为丈夫寻找一位姨太太以弥补自己与丈夫之间的巨大差异，自己则愿退居乡下继续侍奉公婆。西方现代社会的“一夫一妻制”对中国男女平等权利的追求有着重要的影响，而纳妾作为封建社会的糟粕，是李渊不能接受的。第二轮交锋在妻子保守地想要与新世界和解的尝试中再次失败。为挽救婚姻，妻子以退为守，尝试以自己的方式从旧文化中寻找出路。这不仅不是新旧文化的沟通，反而是一种内心的本能抵抗。

在前两轮的一进一退中，二人又直接展开了正面交锋。李渊提出与妻子离婚，同时还要求她必须离开家。这个单方面的决定不仅剥夺了她婚姻的权利，还剥夺了她教育儿女的权利。最终第三轮的

① 赛珍珠：《我的中国世界》，尚营林，等译，长沙：湖南文艺出版社，1991年，第253-254页。

交锋以妻子的自杀结束。悲剧的结局触动人们反思：新旧文化只能是不可调和的矛盾两端吗？知识分子和普通大众之间的鸿沟完全不可逾越吗？要么极端地全盘西化，要么过度推崇传统文化，这是赛珍珠希望的东西方文化沟通方式吗？应该都不是。正如不能简单地将西方的幼苗直接插在东方的土壤中，想当然地以为可以生根发芽；同理，也不能将西方的思想直接强加在中国几千年的文化之上。李渊的再婚妻子是接受过西方思想熏陶的女学生，二人冲破传统包办婚姻的桎梏结合在一起。婚后，他们的生活不出意料地与传统的文化环境格格不入。该如何用端正的心态和客观的视角，去看待东方文化和西方文化之间的沟通呢？

赛珍珠的美国家庭和她从小生活其间的中国世界一样，都是父权制的家庭模式。赛珍珠的父亲赛兆祥是一名虔诚的基督教徒，将他的一生奉献给了上帝，而没有分出一点爱给自己的妻子。他始终认为自己是一家之主，女人应该听命于男人。赛珍珠在写母亲的传记《异邦客》中用了很多笔墨描写母亲在这段婚姻当中的委屈、无奈和酸楚。母亲一生的悲剧从随父亲前往中国传教开始，然后经历了四个孩子的夭折、美国亲人的离世以及无法回国探亲的乡愁折磨，最终郁郁而终，葬在离故土万里之遥的中国。赛母也是美国传统女性的代表，她们操持家务，生儿育女，依附于男性，没有独立的家庭地位，没有自己的声音。这无疑扼杀了她们的生命尊严和人格发展。赛珍珠以悲悯细腻的笔触刻画了中美传统女性在家庭、婚姻和社会中的坚忍，表达了对她们命运的理解和同情。1938 年诺贝尔文学奖的授奖词提到，在《大地三部曲》提出的众多问题中，“一个最严肃最忧郁的问题是中国妇女的地位问题”①。作为一名女性作家和女权主义运动的先锋，赛珍珠对于结发妻这样的传统女性给予了真切的人文关怀。在李渊和结发妻的身上，赛珍珠都有不赞同的地方：李渊只是短暂地接触并学习了西式思想，就全盘否定了

---

① 佩尔·哈尔斯特龙：《授奖词》，载赛珍珠：《大地》，王逢振，等译，桂林：漓江出版社，1988 年，第 1076 页。

中式文化，隔断了与中国文化和百姓、与生之养之的地气的联系，丢失了对祖国的情感和对本土文化的认同感。以结发妻为代表的传统女性，在数千年封建文化的浸润中被深深烙上了女德的印记。她们的自我意识没有觉醒，完整独立的人格没有形成，无力为自由平等而抗争。在新旧社会交替之时，她们首当其冲地成了被攻击的对象。

中西文化的冲突还体现在其他短篇小说中。《雨天》中，留美归来的青年男子李德俊虽愿为祖国的发展贡献力量，但又好高骛远，宁可赋闲在家。他小学老师的话直戳问题的要害："就是你们一心一意只想钱，一心一意只要钱。差事又要轻松，又要不负责，薪水却就要得大。"① 李德俊时不时拿出从美国带回来的洋装和礼帽穿戴好在大街上走来走去，为了他光亮的皮鞋不染上灰尘，还专门去见县长要求成立一个"街道卫生促进会"。李德俊在一次次新与旧的对抗中备受挫折，脆弱得不堪一击，最终吞下鸦片自杀，故事也戛然而止。这部作品想要表达的主题是，青年知识分子学成归来积极推动社会的变革是可取的，但社会的进步不可能一蹴而就，需要有社会大背景的共同改变。青年一代实干才能兴邦，空谈只能是一场空。另一部作品《老母》也是一个悲剧结局。两代人在饮食卫生习惯上产生了激烈的矛盾，最终以母亲的自杀威胁而暂时打住。故事的冲突从一家人的吃饭开始，日常生活中吃什么、怎么吃、用什么吃、吃多少，将老母亲逼入了无路可逃的绝境。例如：老母亲喜欢吃烧辣椒、炒豌豆，儿子儿媳认为这是乡下的粗东西；老母亲没有用公筷公勺吃饭，儿媳则将老母亲喝过的汤全部泼掉；老母亲吃惯了大碗饭，儿子家用的是小碗，因此老母亲每天都觉得吃不饱。这些矛盾消磨了两代人之间的亲情，也淡化了传统的孝道。从表面看体现了两代人的思想差异，内里却体现了老母亲所代表的乡村传统生活习惯和儿子儿媳所代表的城市知识分子的新生活方式之间的不可融合。之前老母亲已将老家的房屋变卖，供儿子去

① 赛珍珠：《旧与新》，常吟秋译，北京：商务印书馆，1935 年，第 61 页。

海外读书。她在凄苦的晚年只能投靠儿子生活，而儿子和儿媳又容不下她。小说的深意从两代人新与旧的生活矛盾提升到了海归青年与传统生活的格格不入上，最终落脚于对知识分子脱离人民、脱离生活和脱离道德责任的批评。

1840年鸦片战争以来，中国经历了巨大的变革，延续两千多年的封建专制制度摇摇欲坠。与西方列强入侵同时到来的是中国被迫打开国门，义和团运动、辛亥革命、五四运动、军阀混战、北伐战争和抗日战争等，无一不冲击着东方古国的民族心理认同和民族文化。与此同时，各种西方思潮涌入，西学东渐强烈冲击着中国存续一千多年的科举制度，旧式教育向新式教育转变。中国和中国的传统文化将何去何从？中国内部新旧文化的交锋，在某种程度上正是中西文化的较量。《结发妻》中现代婚姻观与传统婚姻观的冲突、《雨天》中新式就业观与传统就业观的冲突，以及《老母》中卫生与生活观的冲突，展现了中西文化的碰撞，引发了读者的思考。“赛珍珠的中西文化观体现了她对中西文化的认知，这种认知不仅仅是她个人的体验，而且是以整个中国近现代社会思想文化变迁为大背景的。”① 在中国生活了近四十年，其间回到美国接受高等教育，赛珍珠既有东方传统文化的沉淀，又受到西方现代思想的熏陶。这使她可以从双焦的视角客观地考察东西方文化，在冲突与融合的背景下提出独到见解。本节以短篇小说《结发妻》等作品为研究对象，并不是要做简单的文本分析，而是要将文本置于中国近现代社会发展的语境中，在新旧转型时期和中西文化激烈交锋的对比中去考察和解读赛珍珠的家园政治思想。赛珍珠同时受到中西两种教育思想的熏陶，成年后对西方文化冲击下的中国新旧文化交锋有自己的看法和立场。赛珍珠十分推崇中国传统文化。她在传记中曾严肃地驳斥西方对中国文化的扭曲解读：“中国的文化比任何一个欧洲国家都更源远流长，而他们却认为这个伟大美丽的国家是

---

① 陈敬：《赛珍珠与中国：中西文化冲突与共融》，天津：南开大学出版社，2006年，第59页。

乞丐之邦，野蛮人之乡，而不是世界上最古老、最文明的国家。”① 赛珍珠在中国文化环境中长大，对儒家思想表现出浓厚的兴趣。“从孩提时期起，孔子就影响我的思想，我的行为，我的个性。孔子是我的参考系。”② 孔先生是赛珍珠的启蒙老师，他的授课内容为日后成为作家的赛珍珠奠定了中国文学的基础。他不仅教赛珍珠古典文学、中国历史、人生哲学和风土民俗等，还向她传授中国传统伦理道德思想，这对赛珍珠联系古今、开阔视野十分有益。儒家提出的“仁、义、礼”正如一个基本的道德秩序，规范着中国人为人处世的方法。勤劳、勇敢、善良是中华民族的传统美德，中国传统文化中“以群体为单位”的社会模式所强调的整体观、集体观和荣誉感也是赛珍珠非常认可的。

与结发妻形成对比的是《东风·西风》中的桂兰。她也是传统女性中的一员，一直在为贤妻良母的角色做准备。她坚信自己一定会是传统家庭中的好媳妇。她的丈夫是留美回来的医学生，新婚之夜的一场夫妻对话让桂兰彻底陷入了不解。丈夫说：“我将平等地待你。我不会强迫你做任何事情。你不是我的附属品，不是我的奴隶。你要是愿意，我们可以做朋友。”③ 桂兰的惊讶可想而知，丈夫口中的平等和朋友关系是她无法理解的夫妻相处之道。在婚后，丈夫与桂兰搬入一栋西式的房子单独生活，并自力更生，以当医生来养家糊口。对于丈夫的种种新做法，桂兰开始时很不适应，但为了能和丈夫平等对话，她逐渐接受了不少新鲜事物，改掉了旧式的生活习惯，尤其是解开了引以为荣的裹脚布。裹脚是男性社会强加在女性身体上的残害，是中国社会的封建糟粕。这种畸形的审美将女性的“身体”符号化，使之成为评判女性身体之美丑的标

① 赛珍珠：《我的中国世界》，尚营林，等译，长沙：湖南文艺出版社，1991 年，第 115 页。

② Pearl S. Buck, *China: Past and Present* (New York: The John Day Company, 1972), p. 64.

③ 赛珍珠：《东风·西风》，林三，等译，桂林：漓江出版社，1998 年，第 405 页。

准。新社会背景下的“放足”则成为女性自我意识萌芽的标志，预示着桂兰从传统女性向现代女性转变的开始。丈夫要求桂兰放足包含三层含义。首先，从身体健康的角度来看，裹脚让身体受到摧残。其次，从性别平等角度看，反对以男性的眼光评判女性，因为“小脚一点儿也不美，也不再时髦了”①。最后，从社会进步的角度看，是向旧的害人的习俗抗议。“五四”新文化运动带来了中国传统社会与现代社会之间的交锋以及新旧思想之间的冲突，现代社会的新思潮、新方式改变了中国几千年来的传统，撼动了中国传统家庭结构的根基，也促进了中国妇女社会地位的改变，让桂兰这样的女性可以在社会变迁和时代进步中发出自己的声音。虽然这样的声音依然微弱，却是妇女解放的萌芽，同时也是女性主义运动的萌芽。同时，我们也应该清醒地看到，桂兰的新并不是彻底的新。换言之，一心只想着满足丈夫对她的新要求并以保住婚姻为目的的桂兰转而成为新一层意义上的婚姻奴隶。但桂兰比起结发妻和走极端的李渊等人，已经迈出了一大步，可以说桂兰是赛珍珠相关作品中第一个搭建沟通桥梁的人。

作为中国的女儿，赛珍珠一生都对中国抱有感恩的情感，这也促使她站在更加客观的角度看待中国文化中的不足之处，对中国文化中的各种弊端直言不讳。中国几千年的封建社会遗留下来不少糟粕，尤其是对于固守“三从四德”的传统女性来说，她们不仅在身体上承受着裹小脚的摧残，在心理上也饱受各种封建思想的禁锢。《结发妻》中双方冲突的焦点在于对“好妻子”的评判标准不同，夫妻之间经历过三轮激烈的交锋仍未能正视和解决问题。从东方的角度看结发妻，她温柔贤淑、孝顺公婆、相夫教子，是传统的好媳妇；在接受过新思想的李渊看来，沟通上的障碍、思想上的差距、性别之间的不平等都是夫妻之间情感维系的障碍，她不是一个丈夫所期望的妻子。受中国传统文化的熏陶，中国儒家思想塑造了

① 赛珍珠：《东风 · 西风》，林三，等译，桂林：漓江出版社，1998 年，第 414 页。

赛珍珠的仁爱人格，同时，西方现代思想塑造了她的博爱精神。处于中西文化的双焦透视视野之下，东方与西方是制度不同、思想不同、文化不同的两个世界。赛珍珠喜爱中国传统文化，同时又对西方文化寄予厚望，希望东西方文化和谐共存。当东方的旧和西方的新直接对撞，可想而知，无论哪一方占据主导地位，都会使对方处于力量悬殊之地。新的思想不可能在短时间之内彻底颠覆旧的思想，同样旧的思想也不可能被新的思想彻底取代。无论是东方还是西方，不同社会有不同的文化，每一种民族文化都有自己的重心和价值标准，也都有其宽度和厚度。在西方新式思想与东方传统理念的碰撞之下，尊重各民族的文化之美、历史之美，才是东西方的文化交流之道。

无论是长篇小说还是短篇小说，它们都"是赛珍珠在帮助处于不同文化的人们加强文化交流、增进相互理解，提倡文化上的宽容等方面所作的毕生努力的一个重要组成部分"①。赛珍珠期盼通过桥梁达成和谐共处的局面。因此在许多作品中，赛珍珠都在尝试建立起新与旧、东方与西方、传统与现代之间的联系，让沟通成为可能。《结发妻》中李渊的父亲是一座桥梁，他并不赞同李渊的全盘西化，告诫儿子："我已经把四书全教你了，你最好一面还是熟读它们，一面到洋学堂去求学。"② 在他看来，既不能忘记本国的优秀传统文化，也要学习西方先进的知识，将两者结合起来才是最适合的方式。此外，年轻的一代也可以成为桥梁架设在新与旧之间。李渊和结发妻的一双儿女就是事情的转折点，他们结合了父母各自的优点，是新时代和新社会的产物。

二、多元宗教：东西方文明对话的社会途径

在上述几篇关于东方国家的短篇小说中，东西方文化的差异是显性的事实，赛珍珠秉着存异求和的思想对不同文化之间的交流提

① 姚君伟：《论赛珍珠非小说作品中的文化精神》，《江苏大学学报（社会科学版）》，2002 年第 1 期，第 63 页。

② 赛珍珠：《结发妻》，常吟秋译，上海：商务印书馆，1934 年，第 29 页。

出了不同的设想模式。宗教作为文化大概念中的子概念，本质上是一种哲学，也是一种行为方式，赛珍珠的多元宗教观也体现在以美国为背景的短篇小说《生命与爱》中，值得探讨。故事的主人公葛莱辛是一个孤僻的单身汉，一次偶然的机会，他得到一个玩偶屋。玩偶屋里住着一家三代人并且每个人都有自己的名字。与玩偶屋相伴成为葛莱辛晚年生活的中心。葛莱辛在开始玩玩偶屋后，"发觉这就是他一生中所寻求的东西……这儿——一个真正的家和家属，还有听从他的孩子们"①。这里成了葛莱辛想象中的家，他花费了大量的时间和精力去陪伴这个家中的每一个人。玩偶屋作为理想中的大家庭样式，唤醒了单身汉葛莱辛心底的温暖，也带给他很多欢乐。他将玩偶屋放在屋子的中央，希望能体会团圆的幸福。玩偶屋是一个理想化的家庭，是中西合璧的理想家庭的代表，和东西方文化一样既相互依靠又彼此独立。后来，他开始安排玩偶屋里所有人的一言一行，想象着自己是无所不能的上帝，并渐由仁慈的上帝变成惩罚的上帝，最终在失控的情绪之下砸碎了玩偶屋。

宗教和文化间的一切隔膜与仇恨皆产生于不能理解、不能沟通。在异质文化的相互交流中，一个常见现象是代表不同文化价值观的双方，总是试图改变对方的世界观、价值观，其结果很可能产生误解乃至仇恨。中国和美国同为多民族国家，有着多元的宗教信仰，赛珍珠在中国的童年时期既随中国的阿妈信奉佛教，又和家中的父母一起信奉基督教。赛珍珠的基督教家庭讲究博爱，中国信奉儒家、道家或者佛教的家庭也同样如此。她尊重各民族各地区的不同宗教，否定对宗教的狂热膜拜。回看整个故事，读者会不禁思考，葛莱辛愤怒砸碎玩偶屋的原因是什么。原因在于玩偶屋中的人们信奉的不是上帝，而葛莱辛自己充当上帝对他眼中的所谓"异教徒"进行了审判。宗教文化上的冲突和对异质宗教的排斥是这场悲剧发生的根本原因。

---

① 赛珍珠：《生命与爱》，林俊德译，贵阳：贵州人民出版社，1982 年，第 56 页。

白人世界开启了赛珍珠幼年西方思想的启蒙，这一方面得益于母亲在异国积极营造的西方生活方式和家庭氛围，另一方面来自每日对西方经典尤其是对狄更斯作品的阅读。此外，孔先生引导赛珍珠学习儒家经典，以儒学为核心的中国传统文化也成为赛珍珠的文化根基之一。她在相当程度上继承了君子的气概和风度，“德”“仁”“和”“政”等思想对赛珍珠的忧患意识和家国情怀的塑造有着重要的影响。儒家的古典文化思想、西方现代文化的价值理念和基督教家庭的精神氛围等，共同塑造了她的价值观。赛珍珠的跨文化书写在沟通东西方文化的过程中起着重要的桥梁作用，她特殊的文化身份本身就是一座沟通的桥梁。在中国人的世界里生活，赛珍珠看到了古老大地上文化传承的意义。她积极提倡尊重并坚持多元的文化观。将目光放到当下社会，异质文化的碰撞与互动在国与国之间已经成为常态，新旧文化和中西文化之间，既不是你生我亡的对立，也不是凌驾于他者之上的控制，两者之间最好的结果应该是存异求同、和而不同。赛珍珠描写家园的作品类型和表征形式非常多元，无论是前面章节提到的长篇小说、儿童作品和传记，还是本章提到的短篇小说及非小说作品，它们都既有传统意义上的可以栖居的家园，也有具有民族凝聚力和归属感的精神家园。不同的类型共同组成了家园建构的途径和方式，也表现出强烈的命运意识和共同体理念。赛珍珠以其跨文化双焦透视的优势，把儒家思想中的经典内涵推广到民族之间、种族之间、国家之间以及文化之间，同时也将美国文化中积极向上的力量吸收进来，呼吁世人逐步放弃民族偏见、种族偏见及信仰偏见，更好地走向和谐，共建一个各美其美、和而不同、美美与共的共同体。

共同体思想是对家园政治观的拓展研究，可以补充书写家园的内涵和意义。在赛珍珠的创作初期，共同体思想处于萌芽状态，主要体现在对中国传统家庭责任的认同感上，与她自己所处的美式家庭模式形成鲜明的对比。随着赛珍珠创作的成熟，共同体思想也在不断发展，表现出情感共同体、生命共同体等具体的文本阐释内涵。本书对共同体的解读还会超出文学作品，拓展到赛珍珠彰显人道主义精神的社会活动中。赛珍珠为混血孤儿、为美国黑人、为女性群体，以及为各国人民，尤其是中国人民争取独立、争取权利而做出的不懈努力值得重视，这些都折射出其对共同体的思考和憧憬。共同体意识的“缺失”则从反面加深了对其深刻内涵和象征意义的解读。从以《结发妻》等为代表的短篇小说来看，共同体的缺失呈现出不同的表征，比如新旧社会贫富不均、社会阶级分化严重、人际关系失衡、信仰丢失等。面对这些缺失，“重塑”共同体就显得尤为重要。赛珍珠笔下总创作出一些不同的人物作为事情的转折点，从而弥补共同体的缺失并进行二次构建。这些转折点可以是新社会环境中婴儿的诞生，因为新生儿结合了传统与现代的精华；可以是中美混血儿的降临，他们凝聚着东方与西方的文化；也可以是留学归来的知识分子，接受西方教育后回到家乡做出自己的贡献，促进家乡社会的进步。像李渊这样的留学生之所以会完全背离中国环境，是因为他们选择无视这背后所凝聚的传统和共同体的精神。传统文化的传承并非反对社会和思想的进步，两者并不是矛盾对立的双方。恰恰相反，只有坚守传统文化中的精华，才不会出现两个世界对立的困境。

第二节　中与西的桥梁：共同体的社会反思

赛珍珠是美国文学史上第一位既获得普利策奖又获得诺贝尔文学奖的女作家。她荣登世界文学之巅产生了巨大的文学影响，同时还带来了文化、社会及政治层面的多重效应。正如彼德·康所言，赛珍珠已“成为美国20世纪思想和文艺状况的任何描述中，全然不可或缺的人物”①。回顾赛珍珠一生的成就，她已经远远超过了文学家的概念范畴，将文学创作与为社会服务结合起来。她独特的双焦透视的多元文化视野，“达则兼济天下”的儒家社会责任感和

---

① 彼德·康：《赛珍珠传》，刘海平，等译，桂林：漓江出版社，1998年，“前言”第4页。

使命感，使她为沟通中西方文化做出毕生的努力。赛珍珠是一位跨文化书写的作家、一位社会政治活动家，也是沟通东西方文明的"人桥"。她一生都在书写中国，传播中国声音，是早期促进中国文化走出去的代言人。21世纪的第二个十年已成为过去，赛珍珠也已经去世五十年，当我们把赛珍珠的文学作品和社会活动置于当下的人类社会和发展进程中加以再度审视时，她的作品依然保有时代的远见价值，她的社会活动依然能启发当今的社会，促使人们思考东西方沟通的对话和途径。上一节连接新与旧的桥梁是"人"，这一节中连接中与西的载体是"家"。无论是对母亲凯丽西弗吉尼亚白房子的回忆，还是为混血孤儿努力寻家，这都意味着赛珍珠对家的理解在不断深化。这一节选取了赛珍珠创作于不同时期的与"家"相关的短篇和随笔，将家园政治的建构作为共同体思想的一个部分，同时探讨由此延伸出的赛珍珠对家庭教育的重视和对美国种族问题的思考。

一、主体的缺失：共同体建构的出发点

《母亲的房子》（*My Mother's House*）创作于1965年，赛珍珠时年73岁。这座位于西弗吉尼亚群山中的白色大房子是母亲凯丽从小生活的地方，也是赛珍珠出生的地方，是她们生命的起点和牵挂一生的纽带。母亲给在这里平安降生的赛珍珠取小名为Comfort，意为"安慰"，以此寄托她对先后逝去的三个孩子的思念。婚后的凯丽和丈夫一同前往中国，虽远离故土但身心却一直努力生活在这座白色大房子里。家园作为一个难以抹去的印记隐藏在潜意识中，制造了赛珍珠母亲的个人困境，是她身心不得安宁的漂泊感和无根感。她既不能融入中国文化，又无法逃离有血缘关系的美国。9岁那年，赛珍珠第一次回到这座大房子，之后又断断续续随父母返美探亲过几次。她实在不忍父母留下的记忆就这样消失，就在房子被出售给他人后又重新购回了它，尽管此时她的父母已经长眠中国四十多年。全书贯穿着一条寻家、归家的主线，这座房子和这片山谷堆积起母亲关于家的记忆。作品的开篇从赛珍珠对母亲的生活回忆

开始。在对个人记忆、日常记忆和家庭记忆的追溯中，最重要的空间就是家，家有着可以把思想、记忆和梦想结合起来的伟大力量。

作品的开头，读者可以跟随赛珍珠的视角来参观这座房子。首先是门廊上的葡萄藤，幼年时酿的葡萄酒仿佛就在嘴边回味，母亲平时喜欢到廊前摘苹果、蔬菜和鲜花。位于一楼右手边的是音乐室和图书室，里面有一架钢琴和整面墙摆放整齐的书籍，儿时一家人弹钢琴唱歌的情景依然历历在目。顺着手工雕刻的楼梯上到二楼，右手边的第一个房间是赛珍珠出生的地方，这里有老式的大床、梳妆台和座椅，透过窗户能看到宽阔的草坪和高大的枫树，还有远处的群山。外祖父母的卧室在图书室的后面，厨房则在楼下。外祖母烧饭时香味扑鼻，值得回味。当赛珍珠描述母亲对家的思念时，“回忆”（memory）这个词出现了几十次之多。通过讲故事、讲家庭历史等方式，人们产生了情感基础，并一起参与了共同体的想象。人们对家园的想象建立在记忆的基础之上，不论是思乡、漂泊，还是归乡，都不是具体的可以进入和到达的空间场域，最终都归到一个精神家园上。倾听是“人物情感联结的手段，倾听中形成的情感联结正是共同体想象的基础”①。赛珍珠用回忆创造出了可以让思念永远停留的时间，用恋物的方式追寻母女二人的家园和个人身份的认同。这部作品开篇用视觉、听觉、触觉、味觉等串联起一系列的回忆，作为重新建构想象的重要组成部分。这一方面代表着物理空间的认同感，另一方面也是对家庭、社区或族群的认同感，是物质与精神归属感的糅合。“想象的共同体”往往既不是故国的文化，也不是居住国的文化，而是对故国文化的一种再编码。对家园进行建构是为了回到那块土地本身，寻找那脱离了躯体的自己的身份。

赛珍珠一家经历了义和团运动，在中国四处逃难时便更加想念远在美国的家。与当时战乱中的中国相比，那里的白色大房子是求

---

① 黄靖：《〈还乡〉中的倾听与共同体想象》，《外国文学研究》，2020 年第 4 期，第 93 页。

而不得的安全和宁静的象征。母亲的房子是美国文化的融合，赛珍珠又同时生活在中国文化中，这对赛珍珠的成长来讲是一种双重的恩赐。童年时期的所见、所闻和所感为赛珍珠成年后的创作和人道主义活动打下了基础。共同体在雷蒙·威廉斯的《关键词：文化与社会的词汇》中被解释为“关系与情感所组成的共同体”①。一个有生命力的共同体绝不是一个封闭式的个人空间，而是关注每一个个体，是一个边界开放、包容异己且充满生态关怀的社区化空间。赛珍珠从小随母亲一起为穷人施食，从母亲身上继承了内在的爱，学会面对悲伤和困难，又从父亲那里延续了对他人的爱。赛珍珠对共同体的理解是既尊重个人，又归属于大众，维系着人与人之间更大开放意义上的包容空间。义和团运动发生后，西方传教士不得不四处躲藏，赛珍珠一家也被卷入其中。当时才 8 岁的赛珍珠无法置身于混乱之外，对身边发生的一切时刻保持警觉。战争带来的社会动荡是学界关注的问题之一。卷入战争的军人和平民遭受巨大的创伤，而对于没有参战的平民来说，战争也同样存在，也会给他们带来深重的灾难和苦涩的回忆。尊重每一个人的文化背景，正视世界的多样性，用爱和责任去弥补战争在这个世界上造成的裂痕，是赛珍珠对于战争的深刻思考。现代意义上的家园并不是封闭的，而是边界较为开放的，可以延伸到社区或城镇，也强调着一种更为宽广的社会关系。赛珍珠母亲的这所大房子作为出发点，决定了赛珍珠人生新的起点。房子的大门（the Living Gateway）具有深刻的象征意义，是指赛珍珠通往外面世界的大门，而她最终成为世界著名作家。战争不仅将士兵，也将平民结成了一个紧密的共同体。赛珍珠将共同体的想象置于战争背景之中，“战争与创伤也是一个常为学界关注的论题”，“而战争创伤的产生实则与人们对个人和民族的身份认同息息相关”②。美国海外战争的发生将美亚混血儿童这个特殊的群体推进大众视野，这背后有着未被讲述的千千万万个

① 雷蒙·威廉斯：《关键词：文化与社会的词汇》，刘建基译，北京：生活·读书·新知三联书店，2016 年，第 125 页。

② 胡亚敏：《战争文学》，北京：外语教学与研究出版社，2021 年，第 xix 页。

不幸的故事。这些孩子组成了一个被忽视的、无声的共同体。同时她还将人道主义活动延伸开来，关注到种族歧视问题。这既是美国全国性的问题，也是一个世界性的问题。在种族历史的语境中，赛珍珠的共同体不是伪共同体，她把挣扎在贫困线和死亡线上的混血孤儿都纳入关怀的空间。反过来，这也正说明了共同体建构中的主体缺失，所以需要在实践中二次建构。

二、社区中实践：共同体建构的实验场

1960 年，赛珍珠应邀在美国匹兹堡大学发表了题为“学习的快乐”的演讲，认为有学识的人应该在力所能及的范围内给社会甚至是世界带来益处。这种益处只能借助于自身杰出的品格来获得，而这样的品格又是通过由知识积累而成的智慧来教导、完善和强化的。那什么是杰出的品格呢？是儒家的“仁”。具体是指个人与自然、与社会、与群体保持一种和谐的关系，从而在个人修养、心性、文化、学习、育人和处世等方面有所修为并不断自我完善，做到“达则兼济天下，穷则独善其身”的过程。这也反映了“仁”不是肤浅的人道主义，也不仅仅是对于社会的关切，应当通过广义的教育（包括文字、文化、艺术、技能等方面的教育和道德教化等）来实现。在从“人”到“仁”的过程中，爱人是首要且关键的一点。儒家所爱之人不是单独的个人而是天下之人，即对这个社会的关切和爱。赛珍珠的博爱，是孔子“四海之内皆兄弟”的大爱，是儒家思想教育赋予的仁者爱人之心。赛珍珠期盼和平，尊重和关心社会弱势群体，如收养战争后被遗忘的美亚孤儿、推动排华法案的废除、支援中国的抗日战争、呼吁消除种族歧视等，都是在以实实在在的行动促进全世界人民实现“美美与共、天下大同”的美好愿景。

《回家吧，孩子》（*Come Home*, *My Son*）将目光转向亚洲，讲述了一个一波三折、充满温情、结局圆满的故事。一对美国情侣相爱后准备结婚，但是男子却有一个深藏已久的秘密。他曾是美军的一员，在朝鲜驻扎期间与当地女子相爱。在他返美后，女子曾写信

告知其育有一个男孩，名字叫马蒂（Marty）。此后，男子也多次寄钱到朝鲜以贴补女子的抚养费用。结婚前夕，他向未婚妻坦白一切并在未婚妻的支持下回到朝鲜寻找马蒂，却发现根本没有这个孩子。而此时，有一个朝鲜妇女因生活所迫，准备卖掉自己的孩子。这对情侣最终决定领养这个孩子并把这个孩子带回美国生活。《我家的孤儿》（*The Orphan in My Home*）中的孩子名叫朱莉（Julie），也是亚美混血儿。她学习成绩优秀，想长大后成为一名医生，但从小跟随母亲过着居无定所的生活。母亲在酒吧工作，遇见美国大兵后怀孕，然后被抛弃，接着又遇见别的美国大兵，为了生活一次次陷入恶性的怪圈。母亲最终自杀，朱莉被好心人收养。这些只是被赛珍珠写入书中的故事，更有千千万万个不幸的故事未被讲述。有幸寻到亲人或被领养的只是个别，更多的孩子一辈子在心中都留有一个个疑问：我是谁？我的家人在哪里？我将要去哪里？赛珍珠从未停止过对女性问题的思考，不论是她的社会活动还是她的书写，都体现出明显的女性主义意识。她一直致力于为美国妇女争取平等的权利，并将种族主义、殖民主义与妇女权利紧密地结合起来。她不仅关注美国白人女性、黑人女性，还关注战争背景下的亚洲女性。混血孤儿的背后有一群被社会遗忘的人，她们是战争背景下的亚洲女性。她们不是战士，不需要拿枪上战场，但依然被卷入战争，成为受害者。她们有的是战场上的医生和护士，有的是军人的家属，但结合赛珍珠的多部作品回看，她们中的大部分无名无分，地位卑微，也因此产生了很多无家可归的混血儿童。这样一个庞大的群体被淹没在了战争的硝烟中，成为社会无法回避但又无法解决的问题。

《在世界的家》（*At Home in the World*）详细提到了“社区”的概念，这个概念也成为赛珍珠共同体思想的起点。这里的社区不是一个独立于外界的小镇，而是一个开放式的空间，有其相对完备的体系。有人说过世界上复杂的大问题最终都会归结到每一个人的身上。解决好每一个小问题，大问题也会迎刃而解。一致的努力、共同的信念、真诚的合作及和谐的相处，是对家园与共同体最好的阐释。“欢迎之家”是一个微缩版的世界，最突出的特点就是多种族。这里有来自世界各地、各个民族和种族的儿童。赛珍珠对“欢迎之家”所在社区的定位，最根本的一点就是必须兼具多种角色，这里不仅是孩子们生活的大家庭，也是他们受教育的学校和玩耍的游乐场。赛珍珠认为家庭教育要培养孩子良好的道德品质，引导孩子树立正确的人生观和善恶观。儿童不能只生活在一个童话呵护的世界里，要有能力去面对生活中的各种困难和不确定性。每种角色都各司其职才能共同呵护孩子们的成长。走进“欢迎之家”的大门并不意味着关上通往外面世界的大门，每一个小家都是世界的重要组成部分，在这里同样需要面对世界的问题，分担世界的责任。只有这样，当孩子们走入不同的领养家庭生活时，他们才有能力适应这个不断变化的多元世界。

“共同体”一词自诞生之日起，就蕴含着平等、互利、共同发展的内涵，“欢迎之家”则包含着血缘和非血缘的关系。血缘关系是家庭共同体的基础，地缘共同体则多数是由血缘关系拓展而来的。随着家庭共同体结构的不断变化，出现了很多新的家庭模式，如重组家庭、领养家庭等。混血孤儿作为连接两个国家的血缘纽带，是天然的共同体。赛珍珠打破地缘的限制，建立了一个包容纳异的社区空间，这个行为是对当时美国全国都没有一家收养混血孤儿的机构的弥补。美国是一个由多民族和多种族组成的移民国家，种族问题几乎涉及每一个社区和生活中的方方面面。主流社会对少数族裔的边缘化和疏离是种族问题产生的根源之一，少数族裔群体是美国社会的异乡人，他们没有社会、文化和身份的归属感。赛珍珠为解决这些问题做出了巨大的努力，尤其是在消除社会对待少数族裔儿童的不公正待遇和偏见方面。罗斯玛丽·乔治的家园政治理论内涵丰富，她认为：“家园为个人以及被称为家庭的小团体提供三个方面的满足感：身份感、安全感和向上感。”① 战争混血孤儿是历史遗留问题，他们隐形且无声，赛珍珠通过“欢迎之家”为

① Rosemary Marangoly George, *The Politics of Home*: *Postcolonial Relocations and Twentieth-Century Fiction* (New York: Cambridge University Press, 1996), p. 11.

他们争取自由、平等的身份，建构一个种族融合的情感共同体，这正体现了共同体的核心内涵——共同体所要颠覆的是一种不平等的空间，即那种“被少数人建构为专属领地的充满欲望的地方”①。赛珍珠作品中共同体思想的发展，体现了不同时期在面对贫困、歧视、战争、暴力、异化、全球危机等各种问题时，不同民族、种族或群体的不同境遇和诉求。共同体或许是某种乌托邦，因为理想的家园永远在建构中，但人类对共同体的渴望是毋庸置疑的。赛珍珠通过作品和社会人道主义活动对现实社会的反写，恰恰证明了共同体的建构是一种从灵魂深处的怀疑和痛苦中挣扎出来的努力，是一种向上的力量，实现了对家园更深层次的回归。

第三节　生命与爱的桥梁：共同体的重塑途径

前两节中沟通中西方的桥梁分别是“人”和“家”，这一节中连接中西方的桥梁是“教育”。赛珍珠有教无类、因材施教的无阶级之爱将混血儿童这一特殊群体联系了起来。1948 年，美国的领养服务机构并不接收亚美混血儿童，赛珍珠于是自己建立了“欢迎之家”。在近五十年的工作中，该机构先后安置了五千多名儿童。赛珍珠还建立了以自己名字命名的基金会，以“解决亚洲国家儿童面临的贫困和歧视问题”，并在韩国、泰国、菲律宾和越南等地开设了领养机构。赛珍珠建立“欢迎之家”的目的是消除社会对混血儿童的不公正待遇和偏见。这些儿童由于其血统而无法享有通常儿童应享有的教育、社会、经济和公民权利，这是不公平的。身为卡罗尔的母亲，赛珍珠不得不接受并面对唯一的女儿是残疾人的现实，正是这样的遗憾让赛珍珠把更多的爱分享给了其他的孩子，弥补他们缺失的家庭完整和父母之爱。反之，这些孩子也温暖了赛珍珠带有隐痛的母爱遗憾。彼德·康提出：“尽管赛珍珠的

① Rosemary Marangoly George, *The Politics of Home: Postcolonial Relocations and Twentieth-Century Fiction* (New York: Cambridge University Press, 1996), p. 9.

一生中拥有着各种各样的头衔，如作家、编辑、记者、社会活动家、慈善家等，但归根结底，赛珍珠的一生其实只扮演了一种角色，那便是'教育家'。"① 本节选取的文本是《用爱写给我的女儿们》，包含了赛珍珠关于青年、关于爱情与婚姻、关于孩子、关于女性角色、关于价值观的思考。这些文章来自赛珍珠日常生活中的所见所感，她以母亲和老师的身份对女儿们循循善诱，讲爱情、讲人生、讲道理，是一场心与心的对话。

一、母亲的隐痛：书信对话中的生命体验

赛珍珠与女儿们存在于一个天然的情感共同体之中，促使她创作的原动力之一正是来自家庭中的一种可以被称为"负面情感"的"隐痛"。从字面意思来看，"隐痛"就是隐隐的痛。文学中的情感要素之所以重要，是因为它并不是单纯的表述或宣泄，还承载着隐含的功能并由此构成文本特定的意义。作家的隐痛比普通人的隐痛要有更多的表达方式，这种创伤性的经验促成了创作中最强有力的内动力之一。当受到压抑时，生命力又恰恰能因其伟大而超越隐痛。

我们可以从三个方面看待一个作家："他是讲故事的人，教育家和魔法师。一个大作家集三者于一身，但魔法师是其中最重要的因素"②，他最神奇的作用就是能够将这三种情感在文学中融为一体。"情感中有许多细微的曲折起伏，虽可以隐约地察觉到而不可直接用语言描写。"③ 赛珍珠是一位伟大的母亲，除了亲生的残疾女儿卡罗尔之外，她先后领养了多位孤儿（其中有六个是女孩）。赛珍珠骄傲地说她共有七个女儿，其中年龄最大的和年龄最小的相差18岁。每一个孩子都是独一无二的，都有着各自的故事。《用爱写给我的女儿们》是一本很好的家庭教育读物，情感细腻入微、

① 彼德·康教授在南京大学召开的赛珍珠学术研讨会上发言时提出这个论断。

② 纳博科夫：《文学讲稿》，申慧辉，等译，北京：生活·读书·新知三联书店，1991年，第25页。

③ 朱光潜：《诗论》，海口：南海出版公司，2022年，第112页。

文笔亲切写实，字里行间都是对女儿们深沉的爱。从中可以看出，赛珍珠是非常负责又要求严格的慈母。她教育七个女儿如何做人、做事，如何学会独立思考和生活，展开了一种亲切的家书式的对话。这种方式既能顾及彼此的身份和感受，又能很平静地展开沟通。全书充满了作为母亲的赛珍珠对女儿们的谆谆教诲，亲情与责任感流淌于字里行间，能给读者以强烈的感染和启迪。

赛珍珠家庭教育的第一个特点是结合自己的亲身经历，以过来人的身份给女儿们一些处理问题的方法和建议，这样更容易让她们理解和接受。对于处于青春期的孩子们来说，他们第一次站在人生的转折点，变得叛逆、迷茫、焦虑和敏感。在《给女儿》（“To a Daughter”）这封信中，赛珍珠作为家长代表在女儿的高中毕业典礼上发表讲话，语重心长地告诉女儿及所有的同学，孩子们往往都是在自己碰过壁之后，回过头来才体会到父母的良苦用心和父母人生经验之宝贵的。“忠言逆耳利于行”，每一代人都要在上一辈人的经验和教训之上学会成长，尤其是对于前人留下来的智慧要虚心接受。又如在《爱情与婚姻》（“On Love and Marriage”）这封信中说的那样，婚姻是男人和女人之间最重要的经历。那么什么样的婚姻才能被称作好婚姻呢？婚姻最本质的核心是要让彼此开心。随着时间的流逝，爱情并不会消失。赛珍珠以身边的朋友玛丽和罗伯特为例，向女儿们解释了何为好婚姻。她教导女儿们中国人所讲的“门当户对”是有一定道理的。玛丽和罗伯特两人来自条件相当的家庭，他们在合适的年龄结婚，有着相似的爱好和习惯，可以互相交流和扶持，又努力地各自承担起家庭责任，不离不弃相濡以沫地生活了几十年。

赛珍珠家庭教育的第二个特点是善用中国古人的智慧，指导女儿们在成长的道路上更为理性地看待问题，学习处理感情、婚姻和家庭的关系。处世的理性和感情的感性之间并不冲突，赛珍珠既给了孩子们充分的选择自由和尊重，又给予了孩子们生活的引导，既结合了中国传统家庭教育的严格，又展现了西方民主的教育观念。金雯在《情感是什么？》一文中指出，“文学情感研究可以首先从文本中分离出一些核心情感概念……文学中的情感往往不能被清晰概念所概括，它是寄托于文字但又不完全囿于文字的隐晦暗示”①。优秀作家的书写是将精神与情感有效地带入文本中，文学意义上的情感总是和情感构成并置的解读线索。在《当女儿嫁人时》（“When a Daughter Marries”）这封书信中，赛珍珠对比了中美家庭的不同，她期待可以像中国大家庭的祖母一样儿孙满堂，尽享天伦之乐。在传统意义上，中国家庭的婚姻不仅仅是个人的结合，更是两个家庭的联姻。这与西方现代的自由恋爱多有不同。传统中国的嫁娶还是以父母之命媒妁之言居多，甚至有很多先结婚后恋爱的例子，婚后双方都需要融入大家庭当中承担起相应的责任。同时，赛珍珠也希望女儿们结婚之后不要失去自我，在婚姻中保持平等、保持尊严。赛珍珠在序言中提到她的家中也有很多的男孩子，他们也有自己的价值和道德标准，但这本书是献给她的七个女儿的，她们犹如人生中打开的七扇不同的门，教会了作为母亲的赛珍珠勇敢和智慧。赛珍珠给女儿们的家书犹如一股清泉缓缓流淌，又如智者给人以指引，纯真质朴的对话内容涉及生活中的方方面面，透露出一位母亲对女儿们的爱、一个朋友的关心鼓励与一位老师的谆谆教诲。教育通常是在日常生活中以最简单的方式完成的，润物无声正是最好的结果。赛珍珠对女儿们的话也体现了教育的最高境界——培养一个有道德的人，因为道德教育伴随一个人世界观、人生观和价值观形成的全部过程。儒家经典《论语》是古人的智慧，放在当下依然保有温度。孔子教导人们培养一种从容不迫的气度，一种谦逊的态度。这是中国人的人格理想，也是作为母亲的赛珍珠所希望达到的教育境界，构建起母亲与女儿之间连接生命和爱的桥梁。

二、母亲的教育：君子式的人格培养

赛珍珠在中西两种文化中接受教育的背景以及成年后的跨文化教育实践，深刻影响了她的文学创作，也塑造了她的教育观。她积极倡导多元文化的理解、融合，追求教育的公平正义。这是她成为

① 金雯：《情感是什么?》，《外国文学》，2020 年第 6 期，第 145 页。

沟通东西方文明的“人桥”的原因之一，也是文化相对主义的重要实践。幼年赛珍珠的启蒙教育由每天上午、下午的不同课程组成，这些课程来自截然不同的东西方知识体系。塾师孔先生的儒家“仁爱”教育对赛珍珠的思想、言行和品德的塑造产生了深远的影响，赛母的西方现代思想启蒙和基督教家庭氛围的熏陶，奠定了赛珍珠博爱的人道主义思想。从家庭私塾教育到镇江女子学堂，再到上海女子学校，再从伦道夫-梅肯女子学院到康奈尔大学，以及荣获多所大学的荣誉博士学位等，中西结合的教育模式使赛珍珠获得了渊博的知识，也打开了她的教育视野。大学毕业之后的赛珍珠曾在镇江崇实女中、润州中学、宿州启秀女中和金陵大学等学校任教，这些学校提供的教育背景、学生群体和教学方法共同丰富了赛珍珠的教育思考。1919年秋，赛珍珠和丈夫约翰·布克从安徽宿州来到南京。布克创建了金陵大学（今南京大学）农业经济系并担任首任系主任，赛珍珠也在金陵大学开始了执教生涯，讲授宗教、教育学和英国文学。也正是在金陵大学的校园内，赛珍珠创作出了一系列家喻户晓的佳作，其中就包括《大地》。赛珍珠在传记中写道：“我的任务是教他们英语，我们试图用这种语言谈论他们感兴趣的深刻的问题。他们教我的东西远比我教他们的多。”① 在金陵大学期间，赛珍珠擅长用师生讨论的方式授课。“这些青年男女善于独立思考，勇于探索，生气勃勃，我从他们身上学到的东西更多些。……我与这些吃不饱穿不暖但却醉心学问的年轻人之间没有一点隔阂，他们什么都想谈论，我们也就无所不谈。”② 一群有志青年在大学学堂里激发梦想，赛珍珠也从他们身上看到了坚韧不拔的民族精神和未来中国崛起的希望。

中国的教育在读写算、文史哲等之外，更加注重道德行为规范和礼仪的养成，是一种“君子式”的教育，体现出对社会的使命感和责任感。君子是孔子心目中理想的人格标准，意思是要做一个善良的人，

---

① 赛珍珠：《我的中国世界》，尚营林，等译，长沙：湖南文艺出版社，1991年，第112页。

② 同①，第193页。

不忧不惧，内心富足，从容不迫。赛珍珠的精神气质、人格魅力和文化内涵得益于东西方文化的共同滋养，东西方文化在她身上共同交融成一个整体，提升了赛珍珠的创造力、思考力和理解力。赛珍珠对东西方文化的共性和差异有着清晰和深刻的认识，东西方文化共同促进了她世界观、人生观和价值观的形成。她毕生的跨文化书写和社会实践铺就了她坚实的文化基石，给了她别样的生命感悟和文化思考，促使她对东西方文化以及人类命运共同体的思考也具有了独特的问题意识与多元的文化格局、文化视野、文化气度。

赛珍珠辩证地看待中国传统文化，认为传统文化的背后有值得坚守的意义。重塑共同体的途径之一正是坚守共同体的核心凝聚力——传统。21 世纪儒学在中华大地上的复兴也见证了赛珍珠的前瞻性眼光，儒家思想中的仁爱亲民、天下一家、求同存异都是古人的智慧，着眼于当下依然具有现实的意义。占据中国人口最大比重的农民，是最贴近土地的，他们的命运与国家的命运紧紧联系在一起。土地是农民赖以生存的载体，是赛珍珠作品中故事的发生地。对农民群体的刻画来自她现实中的观察，而农民群体也是赛珍珠建构共同体的最大主力，体现出赛珍珠对中国最深沉的爱。重塑共同体的途径之二是形成社会成员之间共同的信仰。共同体的概念具有一定的延展性，可以小到一个家族、氏族、乡村、社团等，也可以大到一个民族、种族、国家乃至整个世界。共同体的信仰承载着一个具有归属感和凝聚力的家园愿景。

如何构建共同体的新格局，是需要思考的时代主题。当下，生命书写、疾病书写、残疾书写和免疫书写等不断充实着共同体思想的内涵。在后现代的语境下研究赛珍珠作品中的共同体思想是必要的，也是有意义的。她既站在中国的角度，也站在美国的角度，但更多的是站在中美两国的角度来看问题。赛珍珠的作品价值已经远远超过了其文学意义，她的创作思想和作品跨越了地理上的边界，成为连接东西方的桥梁。她对中国人民的感情、对少数族裔族群权利的争取、对全人类的无阶级之爱，是儒家“天下一家”的共同体愿景在当今社会的新的阐释。

三、美美与共：赛珍珠的跨文化观总结

> 世界主义是一种社会理想，认为全人类都属于同一精神共同体。……世界主义强调国家之间和民族之间应该建立一种更具包容性的道德、经济和政治关系，认为人们应该有逾越自己民族、国家的道德义务感……而更要关心国家之间的正义与平等。……这里理想与“普天之下皆兄弟”的思想息息相关，关注于人类是一个整体，必须团结一致，彼此扶持。在实践上，世界主义并不要求一个人否定自己的国家和民族认同，而是鼓励人们走出这些认同的局限，尝试在更高的角度判断和分析问题，看待自己、社会和世界。……一般而言，世界主义思想需要有广博的国际经验与之相匹配。①

赛珍珠除了在中国和美国度过了她的大部分人生之外，还通过旅行、考察、演讲，甚至是战争逃难等方式到过很多的国家。她到过欧洲的英国、法国、德国、意大利等国家，也到过日本、朝鲜、印度、菲律宾等亚洲国家。她的经历和见闻不仅丰富了创作素材，也是她跨文化视野建立的一个重要组成部分。朱春发指出，《我的中国世界》“构成了一个典型的世界公民的生平叙事。从这一角度出发，此书大致上可以理解为一个世界公民在讲述她相关思想的来源以及阐述她的世界主义观点”②。本章选取的作品内容涉及面广、人物多，有关于中美文化冲突与融合的《东风·西风》《雨天》《老母》，有关于宗教间冲突的《生命与爱》，有关于多种族文化沟通的《回家吧，孩子》，还有母女间亲情对话的《用爱写给我的女儿们》等作品。结合多个国家的社会背景和多元历史文化，是赛珍珠在多种文化中穿行和浸润的结果。她特殊的文化边缘人的身份使她同时拥有两种文化的沉淀，又正视着两种文化的冲突，使她能

① 董晨鹏：《走向世界的中国与世界主义的赛珍珠》，上海：上海文艺出版社，2013 年，第 10 页。

② 朱春发：《何处是家园：浦爱德、赛珍珠、弗利兹的中国童年及其身份书写》，博士学位论文，浙江大学，2016 年，第 86 页。

透过双方文化中各自习以为常的事物看到那些不寻常之处。

首先，赛珍珠世界主义的思想来源于她特殊的文化身份。美国来华传教士的子女也被称为“第三文化的孩子”。他们有一个美国的家，还有一个在传教国临时安下的家，但因为历史、民族、空间、语言、社会背景等多种因素的制约，始终无法完全融入其中任何一方。他们与归属的家园若即若离，保持着一定的距离，身在其中同时又置于其外，从而在双重的背景下选择适合自己的文化观念，并结合成新的多元文化背景。赛珍珠随父母在镇江安的家就是一个杂糅文化的聚集地，他们的朋友来自世界各地，有做家庭医生的印度夫妇，有日本女人及其英国丈夫，还有其他亚洲国家的朋友，菲律宾人、泰国人、印尼人、缅甸人和朝鲜人等，所以幼小的赛珍珠“头脑中老早就有了一个以中国为中心的世界，其它民族则如捧月众星”① 的宏大概念。在父母沉静温和的处世风格影响下，赛珍珠学会了“对各个民族一视同仁”，评判一个人时“看其品性和才智，而不看其种族和教派”②。可以说，赛珍珠的种族平等观来源于幼时的生活环境和家庭教育。赛珍珠在镇江生活了十八年之久。在她初到镇江时，这里已经是一个通商口岸和战略要地。一方面，镇江有繁华的贸易港口，各种战船、货船和游船交织。美国的军舰可以自由地出入港口，所以赛珍珠一家时常能收到从美国寄来的生活用品。另一方面，长江两岸被分割出了各国的租界。租界内环境优美、街道整洁，但租界之外是食不果腹、沿街乞讨的人和脏乱的街道。哪个才是真实的生活？两边都是。赛珍珠既看到荣华安宁的租界生活，也看到路有冻死骨的百姓生活，两个世界的差距让她很早就体会到民生之艰难，懂得了贫困的含义。每个人都应该有生活着的尊严，每个民族也同样如此，落后就会挨打的道理是促进民族振兴与强大的巨大推动力。世界是多元的，不是一维的，富有/贫穷、健康/疾病、整洁/脏乱、发达/落后等都是同时存在着的。

---

① 赛珍珠：《我的中国世界》，尚营林，等译，长沙：湖南文艺出版社，1991年，第4–5页。

② 同①，第19页。

赛珍珠在上海参与了“希望之门”妇女救助活动，为女仆提供避难所。在这里她全力打抱不平，立下了抑强扶弱的誓言，之后还帮助过很多被贫困、疾病折磨的女同胞。少年成长过程中经历的一切，都像种下了一颗坚强的种子，能在肥沃的土壤中发芽，也能在冷硬的峭壁上生根。赛珍珠参与的各种人道主义活动，发表过的关于种族问题、妇女问题、混血儿群体问题、民族沟通问题的演讲等，都为赛珍珠世界主义思想的形成奠定了坚实的基础。可以说，赛珍珠的博爱、仁爱思想是日后她世界主义思想的重要源泉。她关注的是个人主义之外的民族国家大事，可谓家事国事天下事，事事关心；她推动的是整个社会所呼唤的正义与平等。她是一个女儿、妻子、母亲，她还是一个作家、教师、人道主义战士，她超越了边缘人和异邦客的限制，从自己“第三世界孩子”的身份上升为一个“达则兼济天下”的知识分子，一个世界主义的践行者和推动者。

其次，赛珍珠世界主义的实践来源于她是多元文化的倾听者和讲述者。幼年的赛珍珠喜欢阅读英国作家狄更斯的作品。狄更斯对19世纪中期的英国社会做了较为全面的描写，其中尤为关注处于社会底层的人，如孤儿、贫民窟里的人等，这些给了赛珍珠极大的影响。据说在赛珍珠去世前几个月，她把狄更斯的书都摆放在她周围，以表示对文学启蒙导师的感激之情。在赛珍珠自己几十年的创作中，她同情广大的中国人民，塑造了很多令人印象深刻的形象，比如《大地》中的王龙、阿兰，《母亲》中的无名母亲，《东风·西风》中的桂兰，《同胞》中的詹姆斯·梁，《龙子》中的林郯一家人。这些人物都是普通人，他们或被置于中国大地上，参与耕作和守卫，或被置于社会转型的关键时期，参与建设和发展。他们是不可或缺的一分子，透过他们的辐射，我们也看到了中国社会底层人物的群像。围绕在她生活周围的还有其他的几个世界，并且她的这几个世界“都处在动荡不安之中”①。她也曾感叹自己生而逢时，

① 赛珍珠：《我的中国世界》，尚营林，等译，长沙：湖南文艺出版社，1991年，第40页。

经历了许多重大的社会事件，而这又恰恰是近代中国最为混乱的阶段。她出生在1892年，亲历了义和团运动、辛亥革命、五四运动、军阀混战等，同时世界上发生了第一次和第二次世界大战。巨大的不确定性和变化将世界割裂开来，赛珍珠得以在这些空隙间获得思考问题的机会，用她自己的话说“我已过早地跨入了人世”①。

赛珍珠的文学创作主要聚焦中国，但其非中国故事的作品也应该得到重视和研究。在她一生中的几个世界里，除了中国，还有她生活、旅行和到访过的欧洲和亚洲国家。自传《我的中国世界》记录了赛珍珠曾陪伴家人前往欧洲的俄罗斯、波兰、德国、英国、瑞士、荷兰、比利时和法国等地。在莫斯科，导游介绍了沙皇的统治历史、人民生活的疾苦和爆发的俄国革命；在波兰，赛珍珠目睹了遭受重创的城市华沙；在瑞士，她看到了多个民族彼此和睦相处、与世无争的美好。多元的世界开阔了赛珍珠的眼界，拓宽了她看待不同文明的视野，积累了思想对话的厚度。此外，1927年赛珍珠一家人坐船前往日本长崎，在那里生活了几个月的时间。赛珍珠非常喜欢那里的宁静，后来写了儿童文学作品《辉煌的一天》和《巨浪》。赛珍珠能够尽量站在客观公正的视角看待日本人民和军国主义者，指出日本军国主义者执意发动征服亚洲的战争是莫大的悲剧。②

1964年赛珍珠还到过今天的韩国，并在那里建立了孤儿院，此后她专门写过一部长篇小说《活芦苇》(1963)。在亚洲的国家中，赛珍珠还到过印度、泰国、越南、柬埔寨、老挝等国，创作了《远与近：日本、中国与美国小说集》(1947)、《来吧，亲爱的》(1953)、《新年》(1968)、《曼陀罗》(1970)、《神圣的葬礼》(1971) 等。这些作品多以东西方文化的碰撞为主要题材和视角，有超越人性和文化冲突的日美故事，有在印度传播基督教的美印故事，有涉及孤儿领养的朝美故事等。这些作品中，赛珍珠既站在中国的视角，也站在他国的视角，还站在广博的亚洲视角，去审视各国之间的历史、文化及文明

① 赛珍珠：《我的中国世界》，尚营林，等译，长沙：湖南文艺出版社，1991年，第51页。

② 同①，第249页。

的交流。对亚洲不同国家的真切认识，共同衬托起赛珍珠的多个世界，她曾这样评价自己："在我身上，童心的天真和亚洲人的世故兼而有之。"① 面对亚洲各个国家的经历，赛珍珠从世界主义的角度去思考问题。比如关于美国对亚洲的政策，她提出"我带给祖国的其中一份礼物是我对亚洲尤其是对中国和日本的了解，这些了解不仅是我通过在那里多年生活而获得的，也是通过我多年潜心的研究、游历和观察所得到的"②。在她看来，"我们必须认真处理亚洲问题"③。她希望通过这样的交流增进互信，使美国对亚洲人民"不带任何偏见"，也不做任何说教，因为"普天下人是一家"④。双脚坚实地站在土地上，赛珍珠是倾听者，也是讲述者。她在诺奖的受奖演说中，强调了是中国这片土地给予了她力量和能量，是在中国受的教育教会了她关于小说的知识。一个好的作家是一个会讲故事的人，也一定是一个能够讲好百姓故事的人。赛珍珠曾在《中国之美》中写道：中国的美"不在事物的表面"，我在"这个古老的国家……发现了世上罕见的美"⑤。是中国这片厚土培育了赛珍珠的人文底蕴，她一次次陷入对美的冥想，"思考各个民族的天性是怎样以不同的美的方式自然流露出来的"⑥，以一个世界公民的视角在中国的土地上思考着民族和谐之美、种族和平之美、文化对话之美与世界前进之美。21 世纪的中国国际地位不断提升，我们始终坚持推动和谐世界的理念，坚持多边主义和互利共赢的外交政策，强调并尊重各国文明的多样性。这种多样性是当今世界的基本特征，也是推动文化对话的基本条件和动力。回看赛珍珠的世界主义思想和世界公民的作品书写，将几十年前的视角和思考置于当下，依然具有超越时代的历史价值、人文价值和共同体价值。

---

① 赛珍珠：《我的中国世界》，尚营林，等译，长沙：湖南文艺出版社，1991 年，第 66 页。

② 同①，第 423 页。

③ 同①，第 422 页。

④ 同①，第 424 页。

⑤ 同①，第 187 页。

⑥ 同①，第 183 页。

第五章

赛珍珠社会活动中的家园政治观

前几章分别讨论了赛珍珠的长篇小说作品、儿童文学作品、传记作品及短篇小说作品中的家园观，这一章跳出对作家文本的分析，将目光转移到赛珍珠的社会活动中来。赛珍珠不仅是一位伟大的作家，还是一位慈爱的母亲，更是一位无私的人道主义战士。她的一生因描写中国农民的作品扬名世界，因照顾残疾女儿激励众多同类家庭，还因创办“欢迎之家”收养孤儿而流芳百世。本章将利用文学地理学、文化符号学、交叉性研究等理论，分析家园在社会活动中的不同意义层次。

第一节　故国回望：回不去的中国故乡

赛珍珠在6岁时，写过一首英文小诗，题目是“我们天堂中真正的家”：

我是一个小女孩，我六岁了。我住在中国。
我有一个上大学的大哥哥，
他就要到中国来帮助爸爸告诉中国人关于耶稣的事。
我还有两个小弟弟在天堂里。
莫德先走了，然后是阿狄，然后是埃迪斯。
上个月10号，我勇敢的小弟弟克莱蒂，
也离开我们去了我们在天堂里真正的家。
克莱蒂曾说，他是一个基督战士，
天堂是他最最好的家。①

受父亲和母亲基督徒身份的影响，赛珍珠对天堂充满好奇与憧憬。只是6岁的赛珍珠还没有意识到母亲对于子女埋骨异乡的撕心裂肺，也没有意识到父母的漂泊对她来说将意味着什么。她的一生随父母在两个世界中穿行，注定了她将始终与两个家园割舍不开。这

① 1899年4月，6岁的赛珍珠从中国镇江给美国肯塔基州路易斯维尔的《基督观察者》写的信。转引自彼德·康：《赛珍珠传》，刘海平，等译，桂林：漓江出版社，1998年，第1页。

成为她一生中的情愫，也是情诉。1910 年赛珍珠返回美国就读于伦道夫—梅肯女子学院，在入学档案的家庭所在地一栏里赫然写着“中国镇江”。大学毕业后原本已经留在美国工作的赛珍珠，因为母亲严重的病情不得不放弃在美国生活的计划，立刻返回中国照顾母亲。母亲去世之后赛珍珠继续留在中国生活，陪伴父亲直到父亲去世。1934 年，她返回美国，结束了前半生在中国的生活。1972 年，80 岁高龄的赛珍珠得知尼克松总统即将访华的消息时无比兴奋。她立刻行动起来，参加各类电台节目的录制，努力宣传中国。对美国政府和人民而言，这是了解中国的机会和窗口，而对赛珍珠而言，这是回家的路。晚年的赛珍珠感慨道：“我一生到老，从童稚到少女再到成年，都属于中国。”① 怎奈一纸拒绝的文书将她挡在了家门外，不到一年赛珍珠便与世长辞，带着遗憾，更带着牵挂。

笔者在美国访学期间，于 2017 年初冬参观了位于美国费城郊区的赛珍珠故居。随着讲解员的介绍，参观者可以一步步走近这位伟大作家生活过的地方，在一件件陈设中触摸赛珍珠留下的珍贵回忆。这座建于 1800 年左右的石头建筑，随着时间的推移，换了一个又一个主人。赛珍珠在 20 世纪 30 年代买下了它并一直生活在这里。在赛珍珠去世之后，这里成为赛珍珠基金会的一个重要组成部分，如今作为美国著名的名人博物馆之一，免费开放供游人参观。屋内陈列着许多从中国漂洋过海带回来的物件，有观音像、瓷器、书籍、家具，还有赛珍珠喜爱的旗袍等，无声的物品有力地讲述着房屋主人赛珍珠一生的中国故事。从故居正门出来步行一分钟的距离，便是赛珍珠的墓地。墓地坐落在一片安静的树林中，面朝东方，没有多余的修饰，只有墓主人出生和去世的时间以及墓碑上的三个篆体字“赛珍珠”，诉说着她对中国的遥望——中国是她永远回不去的故乡。笔者折了一束美国冬青献于墓前，这一刻，我们之

---

① Pearl S. Buck, *China*: *Past and Present* (New York: The John Day Company, 1972), p. 105.

间仿佛穿越时空，久别重逢。

“赛珍珠”这三个字深深镌刻在她的生命里，成为 Pearl Buck 永远的中文符号。除此之外还有很多的符号与赛珍珠不可分割，比如作家、母亲、教师、农民，中国、美国、亚洲，诺奖、书籍、演讲，以及中国美食、镇江、庐山、长江等。“人不但生活在自然世界中，同时也生活在符号世界里。符号已经成为人类存在的先决条件。”① 伴随赛珍珠在中国长大的“长江”就是这样的一个符号。就词语的表层意思而言，长江代表着一条蜿蜒千里的大江，但长江的所指范围远远超出这个能指范围。首先，长江是一个地理符号，代表着赛珍珠生活的镇江。她的房子在长江边，她成长在长江边，长江与家成为不可分割的生活环境。其次，长江是一个情感符号，代表着赛珍珠的生活方式和生命寄托，与长江有关的变化或许都能引起赛珍珠情感的涟漪。最后，长江还是一个心理符号，是她的精神寄托，承载在美国的她对中国故乡的思念。“符号是一种力量”②，长江就是这种力量。此外，“世界和社会都是多元的，生命个体的内心世界又是纷纭复杂的；作为对世界、社会与对现实生活反映的小说，就应该全是‘复调’式的”③。长江的符号意义也是复调式的。作为赛珍珠笔下乡土小说的符号，长江承载着长江与人、长江与家园、长江与故土的复调意义。

一、长江的地理符号意义——前半生的生活圆心

长江从高原雪山发源而来，奔流不息，是长度位居世界第三的长河，也被称为中国的母亲河。千百年来，勤劳的中国人民依靠长江的哺育，繁衍生息，在长江沿岸留下了灿烂的文明。长江也成为中华民族勤劳、智慧的象征。镇江和南京都位于长江中下游，在这

---

① 康澄：《文化及其生存与发展的空间：洛特曼文化符号学理论研究》，南京：河海大学出版社，2006 年，第 1 页。

② 梁中贤：《果园的生态符号意义：论伊丽莎白 · 乔利的小说〈果园窃贼〉》，《外语学刊》，2011 年第 1 期，第 138 页。

③ 朱晓映：《复调的呈现：〈孩子们的巴赫〉中的人物关系解构》，《当代外国文学》，2008 年第 4 期，第 115 页。

里几十年的生活经历滋养了作家赛珍珠的心脉。长江这个符号已如血液一般，在她的身体里流淌。曾经，她的父母跨越重洋来到这里工作和生活，最终埋骨于此，她的兄弟手足出生于此，也长眠于此；曾经，一条汹涌的长江隔断赛珍珠与父亲临终告别的路，留下许久遗憾；曾经，长江边是她的父母能看到美国军舰停靠的地方，是收到远洋礼物、寄托思念的地方。长江已经成为赛家人心中连接中国和美国的地理象征，是一种文化的对话和期望。她作品中的一些人物也生活在长江边上，他们都能回归故土，得到大地的滋润，但是她自己却成了她最熟悉的土地上的“异乡人”。

赛珍珠在中国生活的近四十年时间里，在中国的许多地方生活过，足迹遍布她所居住的城市和乡村。她在婚后曾随丈夫在安徽农村生活四年，常年跟村民邻里为伴，这也为她今后写下获奖巨著奠定了最真实、最亲切的农民群像基础。回看这四十年，赛珍珠在镇江和南京生活的时间最长，这两座长江边的城市也是赛珍珠一生中重要的地标符号，正如柳宗元的诗中写的“海畔尖山似剑铓，秋来处处割断肠。若为化得身千亿，散上峰头望故乡”。四个月大时赛珍珠便随父母前往中国。当远洋而来的客轮穿越大洋，停靠在长江边上时，长江是赛珍珠父母对中国的第一印象。经历了在中国不同城市和乡村的奔波，直到在镇江安定下来，赛珍珠一家才算有了相对稳定的生活。镇江，地处长江中下游地区，也是长江和京杭大运河的交汇口，十字黄金水道的重要商埠，有着非常繁华的港口和码头。作为近代开放的港口之一，这里也是各国船只、军舰的停靠点。除此之外，镇江还有一些山峦，是赛珍珠童年和少年时期玩耍的地方，站在山顶远望，可以看到江面上往来的船只和各国军舰上升起的国旗。

少小离家的沈从文一直在北方漂泊，他笔下的作品也总是离不开湘西的风景和山水。去世后，他的骨灰埋在凤凰古城的沱江边。对于远离家乡的人来说，家乡的山山水水承载着强烈的家乡意识，这是一种被风景召唤出来的乡愁。这种文化上的乡愁既带着一个民族的集体无意识的沉淀，也带着与个人生活经历相关的个人无意识。长江对于赛珍珠来说，是她心中的一种情结，她渗透在其中的感情是深刻与宁静的。《文化地理学》指出："文学作品不能被视为地理景观的简单描述，许多时候是文学作品帮助塑造了这些景观。"① 赛珍珠的写作具有中国地方特色，她作品中对长江的描写也增加了"对地区意识的理解"②。对于一直处于"在路上"的生活和写作状态的赛珍珠来说，她的生活在故乡和异乡之间往返，写作在东方和西方之间穿梭。人一旦被放逐，离开了原先生活的地理空间，随之而来的就是文化错位，也进一步表现为心理上或者精神上的失落感。赛珍珠所面对的两个地理空间在某种程度上撕裂了她的心。为了排解"在路上"所带来的强烈无根感，赛家两代人用了很多方法来寻找自我身份的定位。

他们回望故国的方式有很多种。赛珍珠的母亲每次随丈夫搬到一个新的地方，就通过"对过去的重建"，不断试图恢复原先在美国的生活点滴。母亲凯丽总是在属于她的美式花园里，尽可能地种上从美国带来的花卉，在厨房里为家人准备美式餐食；晚上一家人围坐在一起时，母亲又用"讲故事"的互动方式，将她脑海里对于故乡的记忆分享给她的孩子们，保留和延续他们在异乡的安全感和归属感。赛珍珠对母亲最深刻的印象是她站在美式花园里孤独的背影。对于赛珍珠来说，美国是她的祖国，中国是她的家乡，她的乡愁不比她的母亲弱，甚至更胜一筹，只不过她回望故国的方式与母亲不同。她更多地将内心的情感埋在心里，或者诉说于笔尖。所以"长江"作为一个符号不断地走入她的作品中，走进她一生的思念里。她写《大地》讲述在长江边的土地上几代农民辛勤耕种的故事；她写《龙子》赞扬江边之城南京的百姓英勇抗日的勇气；她写《同胞》讲述梁博士的子女回归祖国，靠岸时第一眼见到的就是长江边的房屋和来往的人群；她写《异邦客》记述母亲带着一家人在江边之城镇江生活、工作；她写《战斗的天使》记述因

① 迈克·克朗：《文化地理学》，杨淑华、宋慧敏译，南京：南京大学出版社，2003年，第55页。

② 同①，第57页。

为长江发大水阻隔了她前往庐山的路，最终她没能见到父亲最后一面，留下深深遗憾。

2017年，借助多媒体舞台布景讲述文化名人赛珍珠的舞剧《春江花月夜：赛珍珠》在纽约林肯艺术中心全球首演后，又来到赛珍珠的中国故乡进行演出。这部舞剧是一部具有全新审美价值的艺术作品，以多种类舞蹈混搭和多元文化融合的新思路展示了赛珍珠的一生，其艺术创新和审美张力巧妙地体现在春江花月夜的东方意境中，达到讲述西方作家人生故事的艺术复调效果，开创了舞剧塑造名人故事的全新模式。这部舞剧在舞台布景设计上最独具匠心之处，是以实景方式在舞台中央还原"长江"。这是一次伟大的舞台布景挑战，也是艺术创作的突破，将赛珍珠对于故国回望的深情表现得真切感人。这既是一条横贯中国的河流，也代表着赛珍珠本人对于中国故乡的无限思念，还是一场东西方文化之间的对话，营造出虚拟意义上的多元文化沟通桥梁的内涵。舞台布景设计以实景为主，虚景为辅，如本剧分别代表着春、江、花、月、夜的五幅巨型幕布；或采用与灯光、多媒体投影相结合的模式，如舞台上竞相绽放的鲜花、鳞次栉比的高楼等；或呈现出不同层次的意象，传达出立体的视觉效果，如在同一舞台上出现书法与打字机、交响乐与古琴、竹子与桦木等二元意象。①

本剧导演丹尼尔·埃佐拉罗在接受采访时表示："我专门去了一趟镇江并参观了位于长江边的赛珍珠故居。我也终于意识到在舞台上应该展现出对赛珍珠有着特殊意义的意象。长江对于她来说，对于整个中国来说意味着什么？我想应该是赛珍珠生命中的一切，是她的生命之河。所以，我在舞台上直接将长江真实再现。"这是一条有形的江，是赛珍珠的有形家园。"出生地、生长地这些关联点对任何人，尤其是对一位作家，就成了自始至终都很重要的因素"②，就

---

① 本节主要内容选自笔者文章，详见汪文君：《多媒体舞剧〈春江花月夜：赛珍珠〉的创作研究》，《北京舞蹈学院学报》，2019年第3期，第88-93页。

② 迈克·克朗：《文化地理学》，杨淑华、宋慧敏译，南京：南京大学出版社，2003年，第59-60页。

像读者通过西塞科斯了解哈代，通过英格兰了解布莱克一样，人们通过中国的土地了解了赛珍珠。整个舞台布景是一个大的地理空间，通读赛珍珠的作品，花园、土地、竹园、桥梁、长江等特殊地域景观承载着丰富的意义，正如多琳·梅西在《空间的全球感》（*A Global Sense of Space*）中所指出的，“时空距离的拉近产生‘时空压缩’，从而引起怀旧情绪，产生一种对于家园的依恋感”①。

二、长江的社会符号意义——连接东西方文明的桥梁

这又是一条无形的江，是赛珍珠的精神家园，也是赛珍珠情感世界中最丰富却最柔弱的一环。“一篇文章中标准的地理，就像游记一样，是家的创建，不论是失去的家还是回归的家。”② 家是一个人的生命之根，也是一个人的情归之处。赛珍珠一次又一次在作品中回到长江边，长江不仅是养育她的母亲河，也是她创作灵感的源泉。独特的双重文化身份使赛珍珠找不到心灵皈依之处，一直饱受“在路上”的飘摇之苦。“长江”是一个空间存在，也是一个家，是赛珍珠乡愁的一部分。马尔克斯在《百年孤独》中写道：“没有亲人埋葬的地方不叫家乡。”身在美国的赛珍珠同样会见到大河大江，这或许能暂时安抚她的思乡之情，但睹物思物式的乡土移情往往会进一步引发更加汹涌的乡愁。这也更加证明地理空间在尝试重建过去的“家”时的重要性，这种结构所创建的“家”充满对过去的记忆。长江是一个双重的家园意象，一方面属于过去，承载着赛珍珠的童年记忆；另一方面属于现在，笼罩着赛珍珠晚年无法回归的遗憾。她先在长江边的镇江生活了十八年，后又搬到同样沿江的南京生活了四年。母亲河长江哺育了赛珍珠的日常生活，更滋养了她成为作家的文化内涵和底蕴，犹如血脉一样在她的生命中流淌。赛珍珠抓住了作为中华民族文化精神的核心所在——土地

① Massey D, *Space, Place and Gender* (Oxford: Polity Press, 1994), p. 24.
② 迈克·克朗：《文化地理学》，杨淑华、宋慧敏译，南京：南京大学出版社，2003年，第60页。

和长江。土地是中华民族之根，代表着质朴的中国人民；长江是中华民族之魂，代表着民族精神。土地和长江形成了几千年来中国农耕文化中水域与土地的核心关系。

奔流不息的长江既是一个地理景观，也是一个文化符号，有着连接东西方文明的寓意。不妨再回到舞剧《春江花月夜：赛珍珠》。该剧共有五幕，每一幕小高潮的铺垫在最后一幕，汇成整个舞剧的强烈戏剧冲突，达到全场最高潮。“夜”幕降临，这是一场长达二十分钟的集体大群舞，讲述赛珍珠的人生信念和伟大梦想。赛珍珠创立了国际收养的理念并建立收养机构“欢迎之家”，旨在用爱、用伟大的人道主义思想去包容，去帮助全世界的孩子拥有一个完整的家。这幕舞蹈设计的第一个亮点体现在“劲”和“律”上。演员们换上丝绸质地的盘扣立领上衣和阔腿裤，在舞台中央无数次地来回大步跨越长江奔跑，无声的动作在激昂的音乐节奏衬和之下显得强劲而有力量。演员们踏着重型交响乐器鼓点在跨越长江时甩出长长的水袖，显示出赛珍珠对于中国故乡绵绵无尽的思念，仿佛要把赛珍珠临终前没有能够再次回到中国故乡看一眼的遗憾都弥补回来。演员们一遍一遍重复着相同的动作：跨越蜿蜒的长江，从东到西，又从西回到东，将生命融入长江而舞，也预示着必将跨越空间、时间的阻断，从而实现联通东西方的坚定信念。长江在赛珍珠作品中既时时凸显文化融合的主题，也表现出赛珍珠在社会活动中付出心血追求的消除隔阂的愿望，更是赛珍珠“天下一家”伟大哲学思想的精神来源。

此幕剧中舞蹈设计的第二个亮点在于编导对于演员整体既做了总体统一规划，又做了个人具体化的细分。相对于舞剧的主题人物赛珍珠来说，群舞演员都是配角，但是他们在同一个群体中却有着不同的国籍、种族和肤色，这体现出赛珍珠一生中所遵循的文化融合理念，也正印证了赛珍珠毕生倾注心血为实现“天下一家”所做出的不懈努力。“天下一家”是中国儒家的一种重要思想精髓，浸润在中国几千年的文化传统之中。姚君伟指出：“赛珍珠推崇上面提及的孔子格言，也推崇‘四海之内，皆兄弟也’。赛珍珠尽毕生之努力，为了东西方双方的利益，在这两个世界之间铺路架桥。”① 赛珍珠去世之后，留下了诸多遗憾，也留下了伟大的精神遗产。她的后人和世界各地的支持者们也必将继承赛珍珠精神，踏着她的足迹，在新世纪、新时代的背景之下，消除民族偏见和文化隔阂，跨越种族和地域，最终走向理解和融合。

三、长江的心理符号意义——后半生回望的故乡

黑格尔指出：“艺术的最重要的一方面从来就是寻找引人入胜的情境，就是寻找可以显现心灵方面的深刻而重要的旨趣和真正意蕴的那种情境。”② 我们可以继续结合《春江花月夜：赛珍珠》进行分析。这部舞剧引入了活水，在舞台中间再现出蜿蜒的长江。在第四幕中，长江静水深流，同时舞台上升起一轮寒月，映衬着晚年的赛珍珠在经历了中年离婚、亲生女儿智力残疾、第二任丈夫去世之后，在孤独中挣扎的内心。这段独舞中的老年赛珍珠由加拿大著名女舞蹈家马吉·吉丽斯（Margie Gillis）扮演，舞蹈家对于人物情感拿捏细腻，真正做到了与赛珍珠本人融为一体。“月”幕的舞台在人与景的构图设计上，参照了中国水墨画经常使用的留白技巧，将人、景、乐、情分布在舞台的两个空间之中。留白是舞与无舞的间隔，也是虚与实的融合，凸显虚中有实，实中有虚。在设计构图上，使用了灯光明与暗、空间布景虚与实和人景黑与白的分割，在时间上凸显过去的回忆，在舞蹈上用有形的动作表达内心无形的挣扎。一束冷光从舞台上端打在老年赛珍珠的身上，灰白凌乱的长发、深深凹陷的眼窝、微微隆起的后背、缓慢的脚步、满脸的愁容，将时间凝结在人物的无助和虚弱之中。把留白嫁接运用到这部舞剧当中，重在表现人物对于现实痛苦生活的挣扎与绝望。舞与无舞之间的留白时间越长，观众能感受到的情感冲击就越大。戏剧

---

① 姚君伟：《文化相对主义：赛珍珠的中西文化观》，南京：东南大学出版社，2001 年，第 4 页。

② 黑格尔：《美学》（第 1 卷），朱光潜译，北京：商务印书馆，1996 年，第 254 页。

性并不只是舞台效果所产生的，而是不断生成的。“‘戏剧性’会在剧本创作时、导演和演员创作时以及观众欣赏时不断生成。”①老年赛珍珠独舞的设计将人物的“悲”展现到极致，有舞固然对于抒发人物的情感非常重要，但是无舞的停顿所达到的意境有时更胜一筹。当音乐停止，全场沉浸在一片无声之中，绝望中的赛珍珠张开双臂在一束冷光中仰望苍天，在内心极度的痛苦和折磨中又慢慢蹲下，无声地蜷缩在角落，只留下身后空荡荡的舞台，时间静止，悲苦凄凉的意境全出。从中年走入晚年，从“月”幕走向“夜”幕，作品生动地诠释了张若虚笔下《春江花月夜》中的“江天一色无纤尘，皎皎空中孤月轮。江畔何人初见月？江月何年初照人？人生代代无穷已，江月年年只相似。不知江月待何人，但见长江送流水。白云一片去悠悠，青枫浦上不胜愁”。

“情”是舞蹈的出发点，也是舞蹈的爆发点。有热情奔放的激情，也有无声沉默的悲情。“在戏剧中，动作不只包含外部的、形体的，也包含内部的、心理的。”② 在舞台上，有时人物没有台词，只是静止不动，“保持沉默常常是一种故意的、生动的、富有表现力的动作，而且它经常代表某种十分明确的心理状态”③。在舞剧的戏剧表现力方面，往往借助象征或隐喻的手法来参与人物情感的升华。“月”幕中最突出的布景就是一轮寒月，在水面的倒映中，天上有个月亮，长江里也有一个月亮，两个月亮将思念故土的愁绪渲染得更加浓烈。自古以来，清冷的月光就暗含着离合、孤寂之意，也让离家的人更加思念故乡，期盼团圆。古人一直认为生命是一个圆形的轨迹，终究要落叶归根，回到原点，这也是中国人的智慧。月幕之下，在饱经沧桑的晚年，最能够安抚赛珍珠的或许只有跨越时空的隔阂，回到她魂牵梦绕的中国。她曾在晚年说过：“我

① 叶毓：《“戏剧性”生成研究》，《四川戏剧》，2013 年第 6 期，第 104 页。

② 谭霈生：《论戏剧性》，北京：北京大学出版社，2009 年，第 14 页。

③ 巴拉兹·贝拉：《电影美学》，何力译，北京：中国电影出版社，2003 年，第 239 页。

从未离开过中国，无论作为女孩、少女、女人，直到死，我都属于中国。”[①] 纵使记忆当中的中国经历战乱、人民生活贫苦，但随着时间的流逝和岁月的沉淀，留下的都是美好的记忆。此时，中国却是回不去的梦中故土，一轮寒月更是凄冷悲凉。在舞剧的结尾之处，老年赛珍珠与穿越时空归来的幼年赛珍珠再次相遇，生命在此刻得以圆满。在两人的对望中，舞台用情景再现的方式穿插了对过去生活片段的回忆，用时空交错的方法将现在与过去连接，使得故事里面有了故事，回忆中又增添了回忆。至此，赛珍珠跨过太平洋、跨过长江，又回到了那片养育她的令她魂牵梦绕的土地之上。何处是归程？眼前即是。

第二节 国际领养：每个孩子都应该有一个家

人生境界是指一个人的人生态度和人生意义，境界的不同也决定了人生高度的差异。冯友兰把人生境界分为四种：自然境界、功利境界、道德境界和天地境界。[②] 前两者是自然的产物，后两者是精神的创造。功利境界的人追求的是个人的利益，而道德境界的人追求的是社会利益。人是社会的一部分，人只有在社会中才能更好地发展自己，实现自己的价值。在功利境界中，人的行为在于“索取”，而道德境界中人的行为在于“给予”。天地境界有超道德价值。超乎社会整体之上的，还有一个更大的整体，即宇宙。人不仅是社会的一员，还是宇宙的一员。一个人自觉地为宇宙的利益而做各种事，这便是天地境界。大多数人的境界往往是维持在功利境界。英国作家 V. S. 奈保尔对作家的社会角色做出了自己的理解，认为作家应当是世界人，应该在作品当中淡化民族意识，表现无边界的人类关怀。赛珍珠正是奈保尔所期望的这类作家，笔尖有情

---

① Pearl S. Buck, *China: Past and Present* (New York: The John Day Company, 1972), p. 105.

② 冯友兰：《人生四境界》，武汉：长江文艺出版社，2016 年，第 10 页。

怀，心中有大爱。赛珍珠不仅是一位伟大的作家，也是一位伟大的母亲，还是一位伟大的人道主义战士。她的一生充满坚强、勇气和无私的爱，始终致力于促进东西方文化的沟通与融合，打破单一的民族文化身份和边界，增进多元文化的联通。她的前半生取得巨大的文学成就，她的后半生专注于“欢迎之家”，将个人小爱升华为人间大爱。赛珍珠的一生用自己的行动诠释了对人生、对信仰、对生命意义、对人类命运共同体的深刻理解。

一、多声音的生命书写——为了被遗忘的第三世界孩子

赛珍珠一生创作了二十多部儿童文学作品，这些作品主题多样，内容丰富，具有一定的教育意义、人文意义及社会意义，表现出她对儿童群体的关爱。如果说赛珍珠的一生中有好几个交叉的世界，那么其中必定有一个是属于儿童的世界，在这个小小的世界里还隐藏着一个被遗忘的混血孤儿的世界。在自传《我的中国世界》中，赛珍珠有着这样的回忆：“修女们办了一个孤儿院，专门收养那些被弃于街头或山坡的孩子。”① 几十年之后，晚年的赛珍珠创办了“欢迎之家”，专门收养战争中的孤儿。或许慈爱的种子在幼年赛珍珠的心中就已经埋下了根，待到战争遗留孤儿有需要时，使命呼唤着赛珍珠，而此时这颗幼年时的种子已长成大树一棵。赛珍珠的一生提倡公平、包容、多样性，她曾在少女时期在上海参与“希望之门”妇女救助活动，在 1934 年返美之后，又成立“东西方协会”推动东西方文化交流，增进东西方人民之间的了解。1937 年日本发动全面侵华战争，远在美国的赛珍珠为中国人民的抗战到处筹措款项、募集药品，全力支援中国抗战。赛珍珠还到处发表演说，力促废除《排华法案》；她还极力反对将日裔美国人关进集中营的做法；她积极呼吁美国社会修改完善《收养法》，这也为之后“欢迎之家”的建立和运行带来了动力。

---

① 赛珍珠：《我的中国世界》，尚营林，等译，长沙：湖南文艺出版社，1991 年，第 5 页。

笔者2017年在美国费城“赛珍珠国际”的一次展览上，看到了来自菲律宾的“战争孤儿”的图片。这些“战争孤儿”都已经迈入中老年，但依然能很明显地看出他们相貌上的与众不同。每幅图片的下方都配着几行小字，深切表达着他们希望寻找美国亲人的愿望。虽然结果渺茫，但他们都在努力寻求这几个问题的答案：我是谁？我在哪里出生？我的父母是谁？我的家在哪里？这个特殊的群体被称为“第三世界孩子”，他们出生在战争的年代，有着美国父亲和亚洲母亲的血缘结合，混血的外貌和特殊的身份使得他们在社会上处于尴尬的地位。美国的父亲不承认他们甚至不知道他们的存在，亚洲的母亲也因为各种原因无法接受他们一起生活，这些战争遗留下来的孤儿就像皮球一样被踢来踢去。美国一度没有相关的收容机构，美国社会也完全没有做好接受这些孤儿的准备，甚至根本不知道有这个特殊群体的存在。赛珍珠自身的经历也在说明，她也是一个第三世界孩子。她在两个世界中长大，内心一直充满着身份的焦虑。她常常“身处中国却非其一员，身为美国人却依然不是它的一员”①，感到自己在美国和中国都没有归宿，既不能完全回归美国文化，也不能被中国文化所完全接受，始终是两个世界中的边缘人。所以，赛珍珠一生致力于促进东西方文化的融合与沟通，赛珍珠对于战争的深刻思考和反战的思想也反映在了她的作品和社会活动中。“欢迎之家”正是希望用爱和责任去弥补战争在这个世界上造成的裂痕。同时，赛珍珠一直认为混血儿童是中西方文化的纽带，是连接中西方文化的桥梁，也是种族宽容与文化融合的象征。

赛珍珠在1965年访问韩国后，创作了小说《活芦苇》《新年》，以及儿童文学作品《马修、马克、卢克和约翰》。《马修、马克、卢克和约翰》创作于1967年，是一部面向儿童读者讲述二战后韩美混血儿生存状况的作品。② 儿童读者可以读到的是同龄人流

---

① 赛珍珠：《我的中国世界》，尚营林，等译，长沙：湖南文艺出版社，1991年，第51页。

② Pearl S. Buck, *Matthew, Mark, Luke and John* (New York: The John Day Company, 1967).

浪生活的艰难，成人读者则能深切理解社会应负的责任与担当。这篇故事中有四名儿童，他们有着相似的出身和遭遇，都是韩美混血儿，同时也是韩国人口中的“Those”（他者）。马修的美国大兵父亲回到美国后便杳无音信；韩国母亲的家人们根本不接受他的存在，因为根据韩国的风俗，孩子应该属于男方家族。无奈之下，母亲也抛弃了马修。马修沦为了孤儿，在街上流浪，晚上就睡在桥洞里。之后，又相继来了几个同样出身的男孩，分别叫马克、卢克和约翰。马克大约 7 岁，既不会说英语也不会说韩语，美国父亲返美后重新组建了家庭，便对马克的生活断了资助；卢克从出生以来随母亲生活，而母亲因为多次偷盗正在监狱服刑；约翰年龄最小，发现他时他正躲在树下吃着烂水果。因为年龄相仿、遭遇相似，四个小男孩就这样相依为命地生活。但好在给儿童写的故事没有太多悲伤的结局，最终，马修被一家美国人收养并带到美国开始了新的生活，其他三个男孩也被收养中心暂时监护，有了温暖的住所和充足的食物。这部作品没有直面战争的残酷，而是关注了战争背后不为人知的无辜群体。他们既不被母亲家族接纳，也不被父亲家族承认，是被社会遗忘的第三世界孩子。

《马修、马克、卢克和约翰》讲的就是一个微缩版的“欢迎之家”的故事，经历着发现—跟踪—关注—收养的过程，并且每一个孩子的背后都有一段苦难的故事。1967 年作品发表时，距离 1948 年赛珍珠创办“欢迎之家”已经过去了将近二十年的时间。这近二十年里，“欢迎之家”为每一个能帮助到的孤儿寻找收养家庭。这是一项人道主义的工作，也是为被遮蔽的声音发声的过程，更是一个尊重生命价值的过程。“以赤子之心自处，以纯情率真处人，以生命性灵赋物，实有无量之意义与价值也。”① 在几十年的时间里，“欢迎之家”先后为五千多名孤儿找到了新的家庭。

> 这些年的日日夜夜我一直像个外行一样在养育孩子的实践中摸索学习。作为三个儿童领养机构的董事会成员之

① 张圣瑜：《儿童文学研究》，北京：商务印书馆，1928 年，第 31 页。

一，我一直积极工作。我在这方面的兴趣已不仅仅是个人的事了……我爱我的孩子们，从他们一生下来到他们长大变老，我一直都爱着他们。①

尽管现在大部分的美国人并不知道曾经在美国费城郊区的青山农场里，发生过哪些令人动容的故事，这些人又经历过怎样的艰难，但是赛珍珠和她的一群无私奉献的朋友们为孩子们所做的努力，达到了道德境界的高度，他们的爱是无功利的爱、无私的博爱、为世界的大爱。

二、“欢迎之家”的建立——为了生命个体的尊严

《“欢迎之家”的故事》一书由戴尔·尤德（Dale Yoder）根据自己的亲身经历回忆完成。② 该书共有 11 个章节，分别从“欢迎之家”建立之初的国家大环境，小镇的背景环境，“欢迎之家”的运作模式，孩子们的生活点滴，教堂、学校和社区的作用等方面详细介绍了赛珍珠创办“欢迎之家”的过程。戴尔的父亲是一名教师，母亲是商店店员，一家人生活在宾夕法尼亚州费城郊区的一个小镇上，是赛珍珠的邻居。他们之前从未想过平静的一生会因为邻居赛珍珠的邀请而发生如此重大的变化。之后的几十年里，他们成了“欢迎之家”的大家长，负责照顾孩子们的日常生活。在戴尔小时候的记忆中，他和姐姐的家在四年之内变成了一个有 12 个孩子的大家庭，“这不是生物学的奇迹，而是爱的奇迹”③。

“欢迎之家”创办之初的 1948 年，正处于“既是一个好时期，又是一个坏时期”④ 的交叉点上，机遇与挑战并存。此时二战已经全面结束，美国社会的经济发展在逐步恢复中，但糟糕的一面也不

---

① 赛珍珠：《我的中国世界》，尚营林，等译，长沙：湖南文艺出版社，1991 年，第 364 页。

② Dale Yoder, *Pearl Buck's Living Legacy: The Welcome House Story* (Morgantown, PA: Masthof Press, 1999).

③ 同②, p. vi.引文系笔者自译。

④ 同②,p. 1.引文系笔者自译。

容忽视。以美国为例，此时的美国国内种族歧视蔓延，“白人至上”的理念流行，土著印第安人、非洲裔美国人、拉美裔美国人、亚裔美国人都被认为是劣等种族。美国国内民权运动高涨，黑人为争取平等权利的运动空前活跃。除此之外，1882 年通过的《排华法案》虽然在 1943 年被正式废除，但是华裔居民在美国的社会地位依然非常低下，到处受阻。早期的日本移民也遭受着种族歧视，尤其是在日本偷袭珍珠港事件爆发之后，美国总统罗斯福下令彻查美国境内的日裔居民，先后有 11 万日裔美国人被囚禁在 108 个集中营接受管制。由此可见“欢迎之家”初建之时亚美混血战争孤儿所面临的困难处境，他们就像一件件无处安放的物品。美国国内没有一家慈善机构或者孤儿院愿意接受他们，他们活在社会的最底层，没有尊严，也饱受歧视与争议。

1948 年的一天深夜，急促的敲门声吵醒了已经熟睡的赛珍珠夫妇。一个名叫大卫的印美混血男童被纽约市所有的收养机构都拒绝了，急需找到一个安身之处。这是一个健康的、帅气的一岁男童，是后来被赛珍珠广泛关注的“中间地带”的混血孤儿群体的一员。大卫的印度亲人拒绝他，因为他有着一半的美国血统；他的美国亲人也拒绝他，因为他有一半的印度血统。就这样，孩子被无情地抛弃了。赛珍珠的第一反应是生气：“怎么可能美国没有一个地方可以安置这个孩子？没有一个人愿意领养？怎么可能？”但随后的各方反馈的确证实了这一点。赛珍珠领养了这名儿童，这次经历也促使赛珍珠下定决心办一个孤儿收养机构，但其定位不是一个孤儿院，“而是为这些孩子实实在在建一个家，为他们的现在、将来考虑，尽最大的努力给这些可怜的孩子们最多的爱”①。此后，赛珍珠成为“欢迎之家”所有孩子的祖母。不管她的写作事业多忙，她每个星期都会为孩子们讲故事、给孩子们洗澡、陪孩子们玩耍。赛珍珠与本书作者戴尔·尤德的父母（他们扮演养父母的角

---

① Dale Yoder, *Pearl Buck's Living Legacy: The Welcome House Story* (Morgantown, PA: Masthof Press, 1999), p. 27.引文系笔者自译。

色）一起，用爱去弥补肤色的差异造成的隔阂与歧视。

与大城市如火如荼的民权运动的开展相比，“欢迎之家”所在的小镇则仿佛是世外桃源，远离城市喧嚣和复杂的种族歧视。小镇居民生活在一片宁静祥和之中，相距不远的杂货商店、农产品果蔬店、奶制品店、肉店、理发店、铁匠店、鞋匠店等，将散落居住的邻居们时常聚集到一起。用戴尔·尤德的话说，“我们是一个整体”①。尽管邻居们在教育程度、经济条件、宗教信仰上有一些差异，但这些差异并没有带来种族歧视、宗教歧视和阶级隔阂。“欢迎之家”的地点就是赛珍珠的青山农场。这并不意味着孩子们因此而与世隔绝，赛珍珠相信这些孩子都只是暂时属于这里，终究要在长大后走向新的收养家庭，走向社会。赛珍珠的朋友遍布五湖四海和各行各业。在赛珍珠的邀请下，他们定期来到“欢迎之家”作客，为孩子们介绍外面的多元世界。这对成长期的孩子们形成正确的道德观和价值观起着非常重要的作用。正如戴尔·尤德所说：“虽然我们主要是居家的生活模式，但是有一条魔力的飞毯将我们带到世界各地。”②“欢迎之家”正是一个通往外界的窗口，主动帮孩子们走出去认识世界、保持沟通，外面的世界也走进来认识并接纳这里的孩子们。

除了赛珍珠的朋友们之外，小镇当地的学校、教堂也发挥着不可替代的作用。在20世纪50年代麦卡锡主义盛行的环境中，一个宾州中部的小镇上生活着很多亚美混血儿童，自然会引起外界的猜测与质疑。带着被原生家庭抛弃的创伤和难以避免的异样眼神，孩子们的成长之路注定不可能是一帆风顺的。教堂帮助孩子们学会放下伤痛，用友谊、爱和支持健康成长，还有助于“欢迎之家”的孩子们更好地融进当地社区，成为社区的一个组成部分。小镇上原本规模就不大的学校也因为“欢迎之家”孩子们的到来而变得非常热闹。学校没有专门另辟教室，而是让这些孩子和当地的孩子们

① Dale Yoder, *Pearl Buck's Living Legacy: The Welcome House Story* (Morgantown, PA: Masthof Press, 1999), p. 15.引文系笔者自译。

② 同①, p. 86.引文系笔者自译。

一起上课学习，尽管大家的肤色不一样，但这里依然是和谐的校园。“欢迎之家”创办于1948年，在之后的几十年中收养过五千多名孤儿并先后为他们在美国找到新的领养家庭。不仅在美国本土，“欢迎之家”在韩国、越南、菲律宾等国和中国台湾等地区都设有分部。1999年，“欢迎之家”成为“赛珍珠国际”的一个组成部分。在新世纪的背景下，随着社会的发展和国家福利水平的提高等，需要被领养的混血孤儿数量逐渐减少。现在“欢迎之家”已经停止运行，转为以基金会的形式继续资助需要帮助的孩子。

三、“天下一家”的愿景——多元文化主义的实践

1964年1月，赛珍珠“被授予费城一个颇有声望的金贝尔奖，表彰她在人道主义方面作出的突出贡献”①。赛珍珠从小就喜欢阅读狄更斯的作品，家里的书柜里收藏着他各种各样的著作。狄更斯总是描写社会底层的小人物，赛珍珠受其影响，也关注着这个最真实、最朴实的群体。多年之后赛珍珠在《我欠狄更斯一笔债》一文中写道：“他（指狄更斯——笔者注）让我看到了形形色色的人，他教会我热爱这些人，无论他们地位高低、贫贱富贵、是老人还是儿童。”② 因为自己从小的生活经历，赛珍珠始终对家庭氛围和家人的爱非常重视，她觉得所有的人都有权利拥有一个幸福的童年，这也是一个人进入正常的成年期的先决条件，而要幸福就必须有爱，这种爱必须是真心的爱。创办“欢迎之家”的初衷并不是仅仅建立一个领养机构或者孤儿院，而是建立一个真正意义上的“家”，给这些弱小无助的孩子们以最大的帮助和无限的爱。赛珍珠在美国的家坐落于费城郊区，是一座用石头砌成的大房子，房前屋后绿草如茵。这座由欧洲移民后裔建于1800年的房子，充满着生活的气息和家的感觉，也让漂泊半生的赛珍珠最终决定安家于

---

① 彼德·康：《赛珍珠传》，刘海平，等译，桂林：漓江出版社，1998年，第398页。

② 赛珍珠：《我欠狄更斯一笔债》，《镇江师专学报（社会科学版）》，张志强译，2000年第3期，第61页。

此。赛珍珠在自传《我的中国世界》中多次提到家庭氛围建立的重要性，对于“欢迎之家”的定位，她始终坚持的一点就是“最重要的原则，或者说首要的戒律，就是要去爱。每一位在孩子身边工作的人，每一位对孩子的生活以任何方式产生影响的人，必须具有博大的爱心”①。也正因于此，赛珍珠始终觉得“不存在所谓不适于领养的孩子”②。

为了更好地为孩子们提供一个进入社会、了解社会的重要途径，“欢迎之家”除了为孩子们提供日常生活的保障之外，还将教堂、学校和社区一起邀请进来。这一做法对“欢迎之家”的运行和孩子们的成长起到了至关重要的作用。“我从小懂得了应该把地球上的各个民族，不论我知道与否，都看成一个大家庭内不同的成员。”③“欢迎之家”既能够将这些被遗忘的“第三世界孩子”“引进来”，以此承担起美国在亚洲国家所逃避的责任，为孩子们的世界观、人生观和价值观的塑造起到健康的引领作用，让这些孩子学会爱、放下仇恨、治愈创伤，同时也能够让这些孩子“走出去”，让他们在被美国新的家庭领养之后更好地接受家庭其他成员，融入新的家庭快乐生活。在“欢迎之家”里，“孩子们把我的各个世界融为一体了”④。这里是一个真正意义上的家，这个地理层面上的家也是情感层面的家。它让“被移位”的孩子们能够在美国重新落地生根。找家的过程也是建立“第三世界孩子”身份的过程。只有在家的庇护之下，不同种族、不同民族、讲着不同语言的孩子们才能够聚集起来。

“欢迎之家”不仅弥补着这些孩子悲伤的过去，努力照顾着他们的现在，也在计划着他们的未来。在赛珍珠的眼中，他们永远只是孩子，不应该成为大人们所犯错误或者决定的承担者。家庭必须

---

① 赛珍珠：《我的中国世界》，尚营林，等译，长沙：湖南文艺出版社，1991年，第369页。

② 同①，第370页。

③ 同①，第375页。

④ 同①，第410页。

成为每一个人的安全地和庇护所，“没有什么社会福利机构、慈善团体，或是其它公共组织，能比一个关心他的家庭更好”①。“欢迎之家”的成功证明这是一个承担崇高使命的机构，提倡爱、和谐与公平。这里是孩子们地理意义上的家，更是情感层面的家。“欢迎之家”的创办是人道主义者赛珍珠用自己的实际行动去打破种族歧视、填补亚美之间沟壑的伟大壮举，更是在向世界传播宽容与理解的理念。原本收养混血孤儿只是一个巧合，但建立“欢迎之家”却是一项崇高的责任和使命。美国是一个移民国家，北美大陆这个由“马赛克”组成的国家既然是许多移民的梦想之地，就应该是多姿多彩的，而不应该只存在单一的色彩。“欢迎之家”不仅在美国，还在世界其他地方产生了深远的影响。我们可以模仿对人类登月时的评价来总结“欢迎之家”的伟大：赛珍珠的一小步，世界种族平等的一大步。

“欢迎之家”的建立初衷是为孩子们创建一个和谐与公平的环境，让每个孩子都有一个完整的家。赛珍珠倡导的“天下一家”的大同理念在“欢迎之家”这个载体上得到了具体的实践。人们打破地域的界限，用爱、智慧、监护、照看、关注、支持和友谊，搭建起美亚沟通的桥梁。“欢迎之家”也是赛珍珠多元文化主义的缩影，赛珍珠认为混血儿童是东西方文化融合的最有力见证者。法律意义上的收养关系成为一种象征，代表着美国社会承担起了美国的责任和义务，是社会的进步和反种族主义的进步。收养关系形成了一种多种族、多肤色的混合家庭，这种主动结合的方式提供了一种想象美亚融合的路径，建立起跨国联系的纽带。经过多年的发展，“欢迎之家”已经超越了家和家庭的概念，走向一个更大的角色，从儿童之家的范畴走向传递宽容、理解、责任的人道主义精神担当，从家庭父母的人间小爱走向跨越种族与国家的界限、促进民族大团结和文化融合的多元文化理念。“欢迎之家”尊重差异，为

---

① 赛珍珠：《我的中国世界》，尚营林，等译，长沙：湖南文艺出版社，1991年，第465页。

混血战争孤儿赢得生命尊严，为促进种族平等不懈努力。

第三节 对弱势群体的观照：赛珍珠的残疾儿童书写

在“欢迎之家”收留的这群孩子当中，还有一批特殊的孩子值得提一提，那就是残疾儿童。在全国范围内，受冷遇最甚的是那些在出生时，或出生前后大脑受到意外损伤的婴幼儿，是那些永远也长不大的智障儿童①，我们的教育却常常把这些孩子给忘了，没能给他们以任何帮助，或者说给予他们的帮助是微乎其微的。实际上，“这些孩子们都有能力学会些什么，并能因此而生活得更幸福美好一点”②。这是弱势群体中的弱势群体，他们生活在我们的身边却又处于社会的角落，并且被社会选择性地遗忘。赛珍珠关注到了这群儿童。在“欢迎之家”的大家庭和赛珍珠的作品里，隐含着一条悲伤的脉络，那就是残疾儿童书写。自从唯一的亲生女儿被确诊为智力残疾后，赛珍珠就不断将自己对残疾儿童的关注和思考写进作品当中。这些作品不仅涉及各种残疾所导致的儿童生活不便和生理痛楚，也探讨了家庭和残疾儿童本身所受到的各种社会压力。

交叉性理论（Intersectionality）是美国女性主义研究，尤其是黑人女性研究的重要范式，由美国加州大学法学教授金伯勒·克伦肖（Kimberle Crenshaw）提出，其重点在于关注种族和性别歧视之间的交叉。笔者有幸现场聆听克伦肖教授所做的关于交叉性理论的讲座③，她在讲座中重申：“女性主义理论更多关注的是白人女性的立场，而忽略了黑人女性所遭受的种族、阶级、性别等多重歧视和压迫。交叉性理论的提出能够揭示那些从单一视角出发无法体察

---

① 赛珍珠：《我的中国世界》，尚营林，等译，长沙：湖南文艺出版社，1991年，第464页。

② 同①。

③ 2018年2月，笔者在美国宾夕法尼亚州立大学联合培养博士期间，参加了“交叉性理论”的提出者克伦肖（Kimberle Crenshaw）教授的讲座。

到的社会现实，从而使得处于交叉作用之下的多种压迫得以凸显出来。”克伦肖教授交叉性理论的提出是对黑人女性所遭受的多重社会歧视和压迫的反思，也是对性别研究、社会研究、伦理研究等方向的重要理论补充。她被称为“交叉性研究理论之母”。伴随着交叉性理论的发展，它的研究范围和关注对象都有了进一步的拓展，从最初对黑人女性的关注延伸到对其他边缘化群体的关注，将不同支配维度纳入思考。长期以来，残疾研究一直属于社会学研究范畴，残疾群体是社会多重边缘化群体之一，残疾儿童更是边缘群体中的边缘群体。用交叉性理论将他们纳入研究视野，可以为残疾研究提供多元发声渠道。就残疾文学研究，尤其是残疾儿童文学研究的具体情况而言，不平等的压迫机制包括但不限于阶级、种族、性别、年龄、文化、教育等。交叉性理论提供了一种多元的分析媒介，有助于对种族、性别、阶级等进行综合分析。推动交叉性理论与残疾研究的充分融合，具有重要的理论意义和现实意义。本节从赛珍珠写自己女儿的作品《永远长不大的孩子》出发，结合交叉性理论，以及其笔下对不同残疾儿童类型的书写，探讨赛珍珠对残疾儿童的关注所产生的文学和社会意义，以及其所体现的人道主义精神。

一、残疾儿童的不同类型

1950 年赛珍珠出版《永远长不大的孩子》一书，首次向公众讲述女儿卡罗尔残疾的事实。1920 年，28 岁的赛珍珠生下一个七磅重的女婴，但女儿 3 岁时依然不会讲话，不会走路，智力发育迟缓。四处求医问药之后，孩子最终被确诊为 PKU（Phenylketonuria），即苯丙酮尿症，这是一种代谢疾病。从 1920 年到 1950 年，出于对残疾女儿的保护，作为享誉世界的著名作家，每当在采访中被问及此事时，赛珍珠总是含糊地说：“我有两个女儿，一个在学校上学，一个在家陪伴我们。”赛珍珠的一生写过很多优秀的作品并获奖无数，而她最主要的人道主义工作是和孩子们一起，不管是残疾儿童还是混血孤儿。因为他们中的一些人都曾受到过令人悲痛的羞辱，就像她自己女儿的经历一样。卡罗尔是赛珍珠唯一的亲生骨肉，也是她一生的遗憾。在社会对这位1938年诺奖得主不断推出的新作进行持续关注并展开讨论的同时，没有人会想到这位多产的作家其实还是一位悲情的母亲，为了智力残疾的女儿能够有充足的财力保障，她坚强地用力写作着。如果说在中国成长和生活的经历给赛珍珠提供了独特的写作素材，使得赛珍珠创作出与众不同的作品，并取得巨大的文学成就的话，那么个人家庭的不幸经历才是光鲜的荣誉背后那不为人知的真实推动力。赛珍珠领养的二女儿珍妮斯在采访中也提到过："卡罗尔是促使母亲写作的主要原因之一。"

赛珍珠的许多作品当中都有残疾儿童的形象，笔者认为原因大致有三。一是个人家庭的不幸遭遇，让赛珍珠踏上了别样的生活轨道，也让她联想到千千万万和她一样的不幸家庭，关注残疾儿童就成了生活中的一种必然。二是无处安放的强烈母爱。赛珍珠凭借财力和能力将女儿送回美国接受专业的康复训练，过上有专人照料的学校生活，但内心对于女儿无法长大成人、成才的遗憾始终无法弥补。强烈的母爱驱使作为作家的赛珍珠借助手中的笔，将残疾儿童的生活遭遇、生理痛楚记录下来，并将所希望的家庭照顾、社会关爱、消除偏见等"天下大同"的美好愿望寄托于字里行间，愿每一个残疾儿童都能得到很好的照顾和康复。三是赛珍珠从女儿卡罗尔的身上，学会如何看待残疾儿童，如何接受残疾儿童而开始新的生活，以此勉励有相同经历的家庭在苦难中找到精神的寄托和力量。

本节从文学批评的角度利用交叉性理论对赛珍珠笔下的主要残疾儿童形象进行多层次的分类解读，是一次文学尝试。笔者梳理了赛珍珠作品中的主要残疾儿童形象，以出版时间为序，主要有《大地》（1931）中王龙的傻女儿和王虎的三儿子"驼背"；《母亲》（1934）中母亲的瞎女儿及其所嫁的存在智力障碍的丈夫；《龙子》（1942）中林郯的小儿子；《永远长不大的孩子》（1950）中赛珍珠的女儿卡罗尔；《正午时分》（1967）中琼的儿子保罗。按照不同的残疾类型，可以将赛珍珠作品中的残疾儿童分为先天残疾、成长过程中疾病致残和创伤致残三种。

先天残疾的儿童是《大地》中王龙的傻女儿和王虎的驼背儿子、《母亲》中瞎女儿所嫁的人、《永远长不大的孩子》中的卡罗尔，以及《正午时分》中的保罗。身体是小说书写的场景之一，这些儿童残缺的身体贯穿在小说当中，但是他们在作品里一直没有声音且处于边缘的地位，是他人眼中的“另类”。《大地》中王龙和阿兰婚后共育有四个子女，其中有一个是先天呆傻的女儿。除此之外，家族后代中王虎的三儿子是个驼背。在傻女出生时，天空中有乌鸦在叫，这意味着不祥。在男尊女卑思想盛行的旧时中国，尤其对农户人家来说，女儿的出生不仅不能给家中增加劳动力，还意味着多了一张吃饭的嘴。傻女常常坐在门前傻傻地笑，“但这种微笑很快就令人悲伤地从她脸上消失，留下一双迟钝的、暗淡无光的眼睛”①。“驼背”是王虎家的老三，生下来之后就开始变得驼背，全身向上长的劲都聚到背上这块疙瘩上。

1920年，赛珍珠的女儿卡罗尔在中国出生，直到3岁还不会走路、不会说话。用赛珍珠的话讲，就是“不知道从什么时候开始她的发育停止了”②。最终卡罗尔被确诊为苯丙酮尿症。与此相类似的是《正午时分》中的保罗。随着保罗一天天长大，琼开始发现保罗身上有很多不对劲的地方，四处求医得到的结果就是保罗智力残疾，永远不可能成为一个健康的孩子。卡罗尔和保罗的共同点在于先天智力残疾且无法治愈。在《母亲》中，瞎女儿嫁到了山沟沟里一户很穷的人家，“母亲”唯一一次也是最后一次去看望女儿，才知道女儿嫁的是一个神志不清、呆头呆脑的孩子，“在母亲看起来，差不多就像是个白痴”③，完全是懦弱不支的样子。小说中这几个先天残疾的孩子都没有自己的正式名字，没有身份，有

---

① 赛珍珠：《大地》，王逢振，等译，桂林：漓江出版社，1988年，第148页。

② Pearl S. Buck, *The Child Who Never Grew* (New York: The John Day Company, 1950), p. 8.引文系笔者自译。

③ 赛珍珠：《母亲》，万绮年原译，夏尚澄编译，东方出版中心，2010年，第177页。

的只是一个外人称呼的代号而已，没有尊严可言。傻女没有名字，父亲王龙称她为“可怜的小傻子”；驼子没有名字，人人都叫他“驼背”，包括他的父母；“母亲”的女婿也没有名字，被称为“白痴儿”。

成长过程中疾病致残的是《母亲》中的瞎女儿。“母亲”一家生活并不算富裕，普通农家，靠几亩田地维持生活。女儿患有眼疾，眼睛总是红肿，眼睑边的嫩肉翻在眼外边，因为耽误了治疗而最终全瞎了，成为家庭生活中沉重的经济负担和心理负担。

创伤致残的是《龙子》中林郯的小儿子。1937 年，日本侵略者踏进南京城，林郯一家人平静的生活被战火击碎，日军所到之处烧杀抢掠，奸淫妇女，昔日繁华的南京城变成一座废城。日军抓住了林郯的小儿子，小伙子天生长相俊，现在他的俊相却给他带来了致命的伤害，“敌军士兵发泄了一通。漂亮的孩子躺在地上像死人一样”①。在这之后小儿子离开了家，上了山和打鬼子的人一起，很久都没有再回过家。小儿子的身体受到巨大的伤害，心理也在骤然间受到摧残，身体和心理都产生了变形。“南京大屠杀”是给中国人民带来集体创伤的暴行，以林郯所在的村子为例，所有人都因为这场入侵受到了不同程度的心理创伤。林家媳妇被日军强奸致死，小儿子被强奸后虽然没有言语上的倾诉，后续行动却足以说明创伤在他身上维持的时间之久。

残疾儿童的家庭，按照生活环境可以分为极贫农家、普通农家、城市人家三类。家庭经济能力会影响对残疾儿童的治疗。

生活在极贫农家中的残疾儿童是《母亲》中的女婿，全文对这个先天智力残疾的男孩着墨极少，“母亲”只在前往探望女儿时匆匆见了他一面。整部作品间接描写了男孩生活的环境：“女人们的头发不梳，散在耳边上，脸色都很憔悴……衣裳终年不洗，所有的人都是这样。他们聚在那里，又从另一家里出来了两个带着病容

① 赛珍珠：《龙子》，丁国华，等译，桂林：漓江出版社，1998 年，第 137 页。

的孩子……身上沾满了污秽。"[①] 女婿的家中只有杂乱的草堆和一两张粗笨的凳子。在这个极度贫困的农家，残疾男孩连温饱问题都无法保障，家人也不可能给予他任何的治疗和应有的照顾。

生活在普通农家的残疾儿童有《大地》中的傻女和"驼背"、《母亲》中的瞎女儿、《龙子》中的林家小儿子和《正午时分》中的保罗，他们都受到了来自家庭成员的关心或者接受过一定程度的治疗。《大地》中的傻女虽然天生痴傻，但王龙对她疼爱有加，常常抱她而且总是紧紧抱在怀里，每天嘴对嘴地把豆子嚼好喂到女儿嘴里。若干年后王龙一家搬到城里大宅时，也要带上傻女儿。他不愿意别人骂自己的孩子，他曾说："任何人都不准骂，甚至连我的傻孩子也不能骂。"[②]"驼背"比傻女可怜一些，爹不亲娘不爱，甚至奶妈都不愿意喂养，从小被其他兄弟欺负，连佣人都不把他放在眼里。不过到了"驼背"的父亲王虎这一代，家中的生活已经相对富裕，基本温饱不是问题，"驼背"也没有饿着。《母亲》中的一家人生活虽不算富裕，但也能自给自足，"母亲"对孩子心疼怜惜，总是把饭盛好放在木桌子上。每天早上起来，"母亲"都要给女孩清洗眼睛，这样粘着的眼睛才能睁开看到一些光亮。"母亲"教会女孩基本生活技能，教女孩淘米、烧锅、煮饭，几乎所有的活儿女孩都能做。她希望即便自己去世了，女孩也能在哥哥嫂子的照顾下干些力所能及的活儿，不至于饿死。《龙子》中林郯一家生活在南京城边上，勤劳肯干，过着田园般的快乐生活，如果不是因为战争打破了生活的平静，这样简单快乐的日子将会一直持续下去。《正午时分》中的保罗生活在一个气氛比较沉寂的家庭，父母每天忙于完成农场的活计，生活平淡但也不用为温饱发愁。母亲琼给予保罗最多、最无私的母爱。在发现保罗智力发育有问题后，琼带着保罗求医问药，四处治疗，只为他能够康复，成长为一个健康的

---

① 赛珍珠：《母亲》，万绮年原译，夏尚澄编译，东方出版中心，2010 年，第 175 页。

② 赛珍珠：《大地》，王逢振，等译，桂林：漓江出版社，1988 年，第 186 页。

孩子。

出生在城市人家的孩子是赛珍珠的女儿卡罗尔，她也是《永远长不大的孩子》的主人公。相对于其他残疾儿童，卡罗尔则幸运得多，不仅有着良好的生活环境和家庭环境，还能接受很好的治疗。赛珍珠利用自己的经济能力将卡罗尔送回纽约接受康复治疗。她曾这样鼓励自己："我年轻、强壮、受过高等教育。有了这三样天赋，我相信我能供养得起我的孩子。"①

残疾儿童的结局可以分为意外死亡、在关爱中成长、接受治疗并康复等几种类型。《大地》中年老的王龙将傻女儿托付给了小妾梨花，梨花一直陪傻女生活在乡下的老宅里。傻女活到了 50 多岁，去世得很突然，没有受太多的痛苦，去世后的样子也很安详。王虎的儿子"驼背"后来也和梨花一起生活在乡下老屋，梨花给了他有生以来最大的安慰。"驼背"愿意到土屋来玩，帮着照顾傻女，慢慢地他身上的那股邪气也消失了。傻女去世后，"驼背"到庙里做了和尚。《母亲》中的瞎女儿最终因为耽误治疗而全瞎，但是家人的挑剔，哥哥、嫂子对瞎女的处处刁难，无形之中将瞎女推出了家门。瞎女儿嫁到山沟沟里后，在"母亲"探望她之前去世了。《龙子》中的小儿子离家后归来，已十分强壮，又晒得很黑。日本侵略者在他身上作的孽把他的天性泯灭了，他的心理已经极度扭曲。作品留下了一个开放式的结局，反思战争暴行带来的创伤。

弗洛伊德强调创伤性记忆分为童年早期经历的事件记忆、青春期后经历的事件记忆及后期经历事件触发的对早年事件的记忆：

> 一种经验如果在一个很短暂的时期内，使心灵受一种最高度的刺激，以致不能用正常的方法谋求适应，从而使心灵的有效能力的分配受到永久的扰乱，我们便称这种经验为创伤的。②

---

① Pearl S. Buck, *The Child Who Never Grew* (New York: The John Day Company, 1950), p. 39.引文系自译。

② 西格蒙德·弗洛伊德：《精神分析引论》，高觉敷译，北京：商务印书馆，2009 年，第 233 页。

当创伤记忆遭到压抑而无法进入人的意识时，与其关联的情绪会持续影响着个体的内心世界，从而带来更大、持续时间更长的精神痛苦。创伤对其主体的影响并不只是创伤事件本身，而是主体在遭遇创伤后的反应。所以林郯看不懂小儿子的变化，他无法联想到现在小儿子杀人如麻的举动的根源在什么地方，他只能自己问自己："如果战争结束，还会回到原来的日子吗?"美国宾夕法尼亚州立大学迈克尔·贝吕贝（Michael Bérubé）教授在接受笔者采访时指出："残疾"这一生理现象不是先天残疾的人群所独有的，任何一个拥有健全身体的人在生活中都有可能因为疾病、意外、伤痛等成为"残疾人"。林家小儿子的悲惨遭遇正说明"残疾"不仅仅是指生理层面上的残缺。小儿子的"残疾"是后天由战争造成的，是动荡的社会导致了他意外的"残疾"。

《永远长不大的孩子》中赛珍珠踏上了带着女儿卡罗尔四处寻医问药的奔波之路，最终在德国医生实事求是的忠告面前意识到卡罗尔是永远不可能成为一个正常的孩子的。她接受了这个现实。通过层层筛选，赛珍珠在纽约找到了以"快乐第一"为教学理念的葡萄地康复训练学校（Vineland Training School）。卡罗尔在这里生活了六十多年，直到 1992 年去世。可以说作为智力残疾的孩子，卡罗尔一生得到了很好的生活护理和家庭保护。《正午时分》里残疾的马克太太在死后把自己的房子赠与了琼，琼有了真正属于自己的一间屋。保罗在父母离婚后，一直和母亲一起生活并逐渐康复，琼陪伴着自己智障的儿子、弟弟的儿子和妹妹的两个孩子一起平静地生活。

二、与残疾儿童共生的社会意义

回顾赛珍珠笔下的这几类残疾儿童的故事，背后的原因、过程和结局表现出一些引人思考的共性。首先，是母爱的伟大和父爱的缺失。梁启超在《新民说》中有赞扬母亲之伟大的表述：

> 西儒姚哥氏有言："妇人弱也，而为母则强。夫弱妇何以能为强母？唯其爱儿至诚之一念，则虽平生娇不胜

> 衣，情如小鸟，而以其儿之故，可以独往独来于千山万壑中，虎狼吼咻，魍魉出没，而无所于恐，无所于避。大矣哉！热诚之爱之能易人度也。”①

借此来形容在有残疾儿童的家庭之中母亲的付出一点不为过。《大地》中的傻女得到了父母一辈子的关心，“驼背”则没有那么幸运，但也在生命的后期得到了梨花的照顾而得以快乐地生活。《母亲》中，在女儿眼痛哭泣的时候，父亲总会抱怨而大发雷霆。他认为不该用好不容易省下来的钱给她医眼睛，而是把钱用在喝酒、赌博、做新衣服上，甚至买了一个镀了金的戒指戴在自己粗糙的大手上，最后索性一走了之，将儿女和年迈的老母交由妻子一人照顾，也最终酿成了女儿惨死的悲剧。《永远长不大的孩子》中，当赛珍珠需要布克支持的时候，布克的回答和瞎女父亲的回答相似。女儿沉重的生活和康复训练费用让赛珍珠捉襟见肘，而丈夫布克的不支持又让问题雪上加霜。布克觉得为了治疗有智力障碍的女儿而花完他辛苦挣来的工资是一种十分愚蠢的行为，因此生活的压力就不得不落到了赛珍珠一个人的身上。强大的母爱让赛珍珠独自承担起女儿的治疗费和生活费。赛珍珠在自传中回忆道：“我们的分歧又牵扯到我的那个不能自理的孩子，以及如何养育她。我们之间再也没什么可以沟通了。”②《正午时分》中对婚姻不忠的丈夫巴特的表现也有一些相似之处。当琼告知丈夫巴特儿子有一些问题时，巴特不以为意，对于医生的话并不完全相信，表现出一种无所谓的冷漠。琼作为母亲对孩子始终不离不弃。她在纽约寻求最好的儿科医生，得到了陌生人给予的帮助，这些都远远超过丈夫巴特及他的家人对孩子的关心和付出。

其次，是母亲在个人努力无果且极度无助的情况下，选择求助于神灵。当医学没有办法使孩子拥有健康的身体并且独立生活时，

---

① 《新民说》是梁启超在清光绪二十八年（1902年）至三十二年（1906年），用“中国之新民”的笔名，发表在《新民丛报》上的二十篇政论文。

② 赛珍珠：《我的中国世界》，尚营林，等译，长沙：湖南文艺出版社，1991年，第327页。

无助的母亲们往往会在走投无路的情况下祈求神灵的护佑，希望能有奇迹发生。比如在《母亲》中，为了治愈瞎眼的女儿，“母亲”频繁地跑去庙里求观音菩萨。赛珍珠自从女儿发育停止之后，经历了健全儿童家长所没有的痛苦。在得知女儿确诊之后，她扑倒在朋友的怀中哭诉，祈求上帝能帮帮她。《正午时分》中的琼也在发现儿子异常后，努力寻求友人的帮助，一边用别人孩子成长过程中发育迟缓的例子来安慰自己，一边再一次翻出家中已经落灰的《圣经》，一遍遍祈求上帝保佑儿子保罗能够健康。或许，当现实生活中的苦难实在无法解决时，求助神灵就成了母亲们最后的希望。

赛珍珠并没有止步于自己残疾儿童家长的这个角色，而是以作家的身份，拿起自己强有力的笔杆，为残疾儿童写下了《待领养的孩子》（1964）、《孩子们的喜悦》（1964）、《他们带来的礼物》（1965）等作品。在这些作品当中，赛珍珠提到了一个相似的观点，认为每一个孩子来到这个世界上，都享有生命的权利和尊严，这个社会有责任和义务给予他们应有的尊重，帮助他们健康地长大。孩子是未来的希望，每一个孩子都应该得到属于自己的爱。站在残疾研究理论相对成熟的今天，反观五六十年前赛珍珠对于残疾人尤其是残疾儿童的关注，更见其前瞻性和指导性。作为作家的赛珍珠身上带着一种“遍布祖国大地、连系每一个人的共同精神”①。

洛特曼在1984年提出“符号圈理论”，并指出符号圈“中心”和“边缘”之间的永动性和循环性是符号圈运作的基本特征之一：

> 最发达、结构上最有组织的、最强势的语言构成了符号圈的“中心”。与“中心”相比，“边缘”上则是结构不够发达的、没有组织或是组织性不强的语言。②
>
> 符号圈“边缘”的符号活动与强加给它们的规则是矛盾和冲突的。越是远离中心，这种矛盾就越尖锐，冲突

① 赛珍珠：《我的中国世界》，尚营林，等译，长沙：湖南文艺出版社，1991年，第465页。

② 康澄：《文化及其生存与发展的空间：洛特曼文化符号学理论研究》，南京：河海大学出版社，2006年，第44页。

就越激烈。"边缘"因此成为符号圈中最为活跃的领域。①

符号圈中的"中心"和"边缘"是可以相互转化的。在此消彼长的过程中,"边缘"会逐渐壮大、成熟,成为符号圈"中心"地位有力的争夺者;"中心"在获得确定性和主导性的同时,会逐渐丧失多样性、灵活性及动态性,最终走向"边缘"。"中心"与"边缘"之间的张力和相互间的积极作用是符号圈发展的源泉之一,符号圈中永远存在着"边缘"进入"中心","中心"又被排挤到"边缘"的运动。换句话解释,就是"残疾"与"健康"不是二元对立的概念,而是共存于同一个符号圈中,在"中心"与"边缘"之间永动和循环着。"'边缘'因此成为符号圈中最为活跃的领域"②,那些被社会歧视的"残疾人"群体也会因为社会的发展、医疗水平的提高得到更好的治疗,最终治愈"残疾"。在《永远长不大的孩子》书末,作为残疾儿童的家长,赛珍珠语重心长地与大家分享特殊孩子带来的特殊经历:"他们是来自上帝的礼物。莫低头、莫受他人言语影响,孩子的到来必定有别样的使命和意义。抬起头走自己的路,为自己伟大的孩子而感到骄傲。"③ 赛珍珠鼓励残疾儿童家长互相支持,不要放弃,要一直怀有希望。在《正午时分》的最后一章,故事以一个看似圆满的结局而结束。主人公琼在人生路上学习着成长,"毕竟,她不用急,这会儿还只是正午时分"④。

对残疾群体的关注是考验社会的标杆,我们都希望成为有温度、有温情的社会大家庭的一员。每年的 12 月 3 日是"国际残疾人日",每年 5 月的第三个星期日是中国的"全国助残日"。在中

① 康澄:《文化及其生存与发展的空间:洛特曼文化符号学理论研究》,南京:河海大学出版社,2006 年,第 46 页。

② 同①。

③ Pearl S. Buck, *The Child Who Never Grew* (New York: The John Day Company, 1950), p. 57.引文系笔者自译。

④ Pearl S. Buck, *The Time is Noon* (New York: The John Day Company, 1966), p. 383.引文系笔者自译。

国14亿人中，残疾人总人数达到8000多万。残疾群体的尊严和权利必须得到应有的尊重和重视，一个健全的社会必定是包容、平等、公正的大家庭。站在残疾研究的立场，残疾群体是社会的组成部分，每一个人都有可能因病、因伤、因意外变成残疾人。与此同时，残疾研究理论认为残疾不是生理或者心理的残缺，而是一种身份。残疾群体一直被认为是“他者中的他者”，但恰恰是社会本身的不公平使得“残疾”成为“他者”的同义词，而不是日常生活中一个正常的组成部分，是社会扭曲了残疾的定义。也就是说，残疾与非残疾的界限是被社会所建构出来的。

三、跨越隐喻：残疾书写的时代意义

“残疾”（disability）一词在传统的定义上主要指“视觉可见的生理缺陷”①。很显然，这样的定义较为肤浅和片面，透过残疾的表象它还具有深刻的内涵和延伸性的意义。“残疾，不仅仅是指生理上、心理上、解剖学结构上功能的缺失或畸形，也指生理伤残所导致的某个特定个体成为社会弱势群体的结果，这一个体将会面对来自文化的与社会的多重障碍，从而限制他们与社会其他成员平等相处的机会与权利。”②这个论断指出残疾本身并不产生任何意义，而是社会对健康和残疾的区别凸显出了二元对立，使得具有生理/心理差异的残疾人被边缘化为“他者”，因此残疾的附加定义是社会额外赋予的，且是被主观建构出来的，也成为人类社会发展面临的重要挑战。站在医学的视角来看，残疾群体因为长期接受或依赖于医学治疗，而被视为疾病的代表。正如桑塔格说的：“疾病是生命的阴面，是一重更麻烦的公民身份。每个降临世间的人都拥有双重公民身份，其一属于健康王国，另一则属于疾病王国。”③

---

① Reginald L. Jones, *Attitudes and Attitude Change in Special Education: Theory and Practice* (Reston: Councilfor Exceptional Children, 1986), p. 184.

② “A Look Back: UN Decade of Disabled Persons 1983-1992,” *United Nations Chronicle* (Sep.1992):7.

③ 苏珊·桑塔格：《疾病的隐喻》，程巍译，上海：上海译文出版社，2020年，第5页。

人们常常对疾病（残疾）产生恐惧，进而对其做出一些道德评判和心理评判。疾病本身变成了隐喻，这些隐喻让疾病被认为是道德的缺陷以及上天的惩罚，超越了疾病本身。这种对残疾的污名化由来已久。

在世界文坛上，有很多重要的作家自身也是残疾人或患有重病，像荷马、弥尔顿、拜伦、福楼拜、爱伦·坡、伍尔夫、艾米丽·狄金森等，身体和心理问题的困扰并不妨碍他们创作出伟大的作品。还有一些作家的子女患有先天的残疾，像诺贝尔文学奖获得者大江健三郎的儿子光，先天头盖骨发育不良；赛珍珠的女儿卡罗尔，存在先天智力缺陷。这些作家在创作过程中或多或少地将个人的经历和生命体悟写到人物身上、自传体小说及传记中，再现了残疾（疾病）给他们带来的多种不便和挑战，启发读者对身份认同、社会制度、亲情、爱情及心理等方面困境的反思。在经典文学作品当中，对残疾人物的塑造大量存在且具有重要的作用，例如，古希腊索福克勒斯笔下的俄狄浦斯王，他的身份之谜是引发激烈戏剧冲突的关键；法国雨果《巴黎圣母院》中的敲钟人卡西莫多，虽样貌丑陋但心地善良；美国麦尔维尔《白鲸》中的船长亚哈，自从被白鲸咬断一条腿之后便开始了疯狂的海上复仇之路；英国夏洛特·勃朗特《简·爱》中阁楼上的疯女人梅森，她是父权社会的受害者和反抗者；等等。残疾人物出现在不同时期、不同作家及不同体裁的作品中，具有鲜明的身体特征、性格或者行为特征，在推动作品叙事和情节上发挥着不可或缺的作用，尽管有时只是一个边缘的配角。自20世纪80年代末开始，随着社会平权运动的不断推进，残疾研究从单纯的医学范畴扩展到了人文学科，成为医学人文学大框架下的研究范畴，也成为文学研究中的全新视角和热点。残疾与身体、疾病、心理、自然及社会之间产生多方面的联系，运用残疾研究的方法和交叠性的视角，有利于透过表面的残疾看到更深层次的伦理、文化、历史和心理等方面的意义。残疾不再只是作为故事发生的背景或者主要人物的角色铺垫存在，而是具有了残疾自身之外的叙事及文学隐喻功能。下面我们可以结合赛珍珠的作品进行具体分析。

首先，是赛珍珠残疾叙事的情感表现。当聚焦于作品中的残疾人物时，我们会发现他们处于边缘，不构成叙事的中心。这些作品并没有呈现出对残疾人的偏见，而是鼓励读者抛弃标签化、固化的思想，从而趋于认同。残疾人物的设置推动了情节的变化，从而发展为具有复杂性的情感主体。例如，《大地》中的傻女在梨花的陪伴下居住在老房子中直到离世，她没有参加热火朝天的耕作，只知道乡下老屋给了她心安的感觉；《母亲》中的女儿在嫁给山沟里有智力障碍的男孩后离世，给原本已经十分悲苦的“母亲”又添了一个致命的打击；《正午时分》中的琼和儿子保罗相依为命，琼一步步成长为独立坚强的女性。这些看似边缘且扁平的残疾人物与主要人物之间产生着密切的联系，隐藏着的情感或细腻，或强烈，或悲伤。情感的涌流使作为“情感客体”的残疾人物与作为“情感主体”的主要人物共同连接出巨大的情感张力，形成共情，推动情节的发展并扩大了叙事的空间。

其次，是赛珍珠残疾叙事的交叠性视角呈现。特别是美国社会自身面临着突出的种族、性别等问题，女性、女童、残疾人无论是在现实生活中还是在作品中，都是被忽略和被边缘化的群体。赛珍珠对这些人群充满关怀，刻画出的残疾人形象大多正直、善良又令人同情。除此之外，少数族裔群体在美国白人社会中，成为被多重压制的一方，因而形象常被扭曲和异化。从交叠性的视角出发，赛珍珠积极打破传统的二元对立及非此即彼的思维方式，在建设“欢迎之家”的过程中，以及在《待领养的孩子》（1964）、《孩子们的喜悦》（1964）、《他们带来的礼物》（1965）等作品中解构“多重边缘化”的模式，对不平等的社会、强权统治的男性、极端白人思想做出审视，努力在种族冲突中寻求解决问题的途径。

最后，是赛珍珠残疾叙事背后的和平思想呈现。《龙子》中的林家小儿子因为日军的强暴遭受了巨大的身体和心理创伤，这是一个非常极端的例子，伴随而来的是他的痛苦、精神折磨和难以表达的恐惧。这些都体现在他后来杀人如麻的举动上。在经历了一战、二战等大型战争后，大量美军士兵受伤致残，同时中国又在经历着关系到民族生死存亡的抗日战争，这使得赛珍珠对战争背景下的军人和平民群体满怀同情和悲悯。战争出英雄，但和英雄一样值得铭记的是结束战争。父亲林郯也不止一次地自言自语，他希望战争结束后小儿子还能回到原来的状态，但战争的残酷和血腥使人们的生活已经无法回到原点了。在战争结束之后，和平并不是一个自动的过程。战争后的致残群体不再是边缘的角色，而是目睹战争、参与战争及反思战争的群体，他们不仅有身体的残缺，还延伸到了创伤后应激障碍（PTSD）等精神层面的创伤。赛珍珠的书写没有刻意美化或淡化残疾，而是以现实主义的手法去再现战争的残酷和伤残的创伤，让读者能身临其境地感受到极端的痛苦和求生的渴望。

“尽管我们都只乐于使用健康王国的护照，但或迟或早，至少会有那么一段时间，我们每个人都被迫承认我们也是另一王国的公民。”① 换句话说，关注残疾和残疾群体，就是关注我们自己。伦纳德·戴维斯说过：“白人不会变成黑人，但作为正常人的我们，由于意外、疾病、衰老及身体机能的退化，总有一天要面临着某种残疾生活的命运。”② 残疾人物形象在不同国家的不同历史时期有不同的呈现，这与其社会文化背景有密切的联系。残疾文学的未来发展趋势会塑造出多样的人物形象，并继续发挥着重要的连接作用，同时也会与其他学科、方法和视角多元融合，如与社会学、心理学、伦理学、医学人文、人类学等形成合力，为社会上被忽视的残疾群体提供更多的话语权和发展的空间，具有非常深远的意义。回看几十年前赛珍珠的文学作品，她无疑具有前瞻性的眼光。她为我们打开了一扇重新认识文学、认识不同的人和世界的窗口，为促进社会公平、抵制歧视起到推动的作用，也体现了人类社会共有的价值观。

---

① 苏珊·桑塔格：《疾病的隐喻》，程巍译，上海：上海译文出版社，2020年，第5页。

② Lennard J. Davis, *Bending Over Backwards: Disability, Dismodernism, and other Difficult Positions* (New York: NYU Press, 2002), p. 4.

赛珍珠的一生与“故乡”有着割舍不断的关系，不管是美国故乡，还是中国故乡。本章中的三个小节，首先舞剧《春江花月夜：赛珍珠》将赛珍珠绵长的乡愁化作蜿蜒的长江，成为一个以此为圆点，连接着童年、中年和晚年的时光，跨越着东方与西方的同心圆。从“长江”的概念延伸开去，第二节从赛珍珠思念家园的情感切入到建构家园的行动，是“欢迎之家”的创办为美亚混血战争孤儿提供了“有家”的可能和希望。即便这样，依然有一批孩子在找家的过程中充满艰辛，第三节则特别关注了残疾儿童的存在，他们需要更多的关注和温暖。步入晚年的赛珍珠的家园观是从容的，当时间磨平家园之间的地理隔阂，跨越亚、美大陆，超越国家与民族的界限，宏大的土地家园背景和丰富的家庭背景都在一次次精神的返乡中升华出哲学的内涵，因为哲学的本质就是怀着乡愁的冲动去寻找家的归途。

结 语

林语堂在《吾国吾民》的开篇即问到一个问题："谁有资格为世界阐释中国——这个伟大的神秘存在?"西方读者渴望能从中国当代知识分子自己的作品中了解到真实的中国，但问题是当时中国的知识分子阶层不愿对外披露有关中国的负面问题，也蔑视最普通、最基层的人民大众，因而被认为一定程度上存在与普通百姓脱节的问题。这一点可以从《大地》被拍成电影的过程中看出来。《大地》纸质书出版后引起了强烈的反响，之后在美国米高梅电影公司的努力之下被拍摄成电影。在当时社会整体环境的影响下，国民政府除了设置种种障碍外，还要求出镜的百姓全部换上新衣服、新鞋子，家中换上新家具，用拖拉机代替水牛耕种等，在影片拍摄完后更是用硫酸浇在胶片上，使得胶片全部报废。这一切做法虽然是希望中国留给西方国家的形象是完美且现代的，实际却如掩耳盗铃般滑稽可笑。面对这样的心态，我们该如何期待从知识分子的笔下获得真实的中国形象呢?

林语堂在作者序中特别声明自己不是"超级爱国者"，其他知识分子的爱国主义也不代表他的爱国主义，《吾国吾民》这本书也不是为中国的知识分子群体而写的。林语堂认为，自己并不怕指出中国存在的缺陷和不足，因为“中国乃伟大过于她的微渺的国家，无需乎他们的粉饰”①，他写的《吾国吾民》正是向西方介绍中国文化和生活的经典之作。赛珍珠作为一个美国作家，对于中国百姓生活的真实描写却能触动中国社会的痛处。那些曾经赴中的传教士及其子女，或者是记者，形成了西方社会的“中国通”群体。他们通过自己的视角、镜头或者文字，向世界传播关于中国的信息，但因往往不会中文，又生活在白人自己的圈子中，习惯于以自己的价值观和立场来评判中国人的生活方式和文化，或者以家中仆人的视角来看待中国，他们的信息和角度都难免失之偏颇。回顾赛珍珠的一生，作为美国传教士子女的一员，她自幼来到中国，长在中国，虽然是“第三世界孩子”，但正是这种视角给予她一种客观、公正且自信的态度来观察中国。《大地》的成功在于向西方读者真实地介绍了中国和中国人民的生活，正如诺贝尔文学奖评奖委员会认为的那样，是“史诗般的描写”，《吾国吾民》则可以被看作赛珍珠《大地》的姊妹篇。

无论是林语堂的“入西讲中”，还是赛珍珠的“入中讲中”和“在西讲中”，他们都可以被称为早期中国文化“走出去”的典范，是中国历史、人文和传统文化的推广大使。他们的作品在社会各界产生的影响是不可估量的。赛珍珠的第二任丈夫沃尔什，在自身出版社平台的助推之下，联合赛珍珠和林语堂这两位作家组成“铁三角”，将中国进一步推向了世界。他们向世界介绍中国文化中的孔孟之道，宣扬中国传统文化中的精华；他们向世界介绍中国人的相处之道，以此为契机，共同促进东西方文明的沟通连接，努力消除偏见；他们向世界介绍几千年来中国人与土地、人与自然相依相处的和谐之道；他们还向世界介绍中国人对家、社群、民族和国家有责任、义务、忠诚与使命担当的家园之道。

赛珍珠在一个双重文化交汇的环境中长大，作为离散群体中的

---

① 林语堂：《吾国与吾民》，黄嘉德译，西安：陕西师范大学出版社，2008年，第14页。

一员，她从小就经历着比其他同龄人更多的无家感。她自幼随父母漂泊异国，父母的不断迁徙没有给她一个安宁、平稳的家庭环境，反倒使她小小年纪就体会到处处无家的孤独与不安。她给母亲写的传记，开篇便是令她难以忘怀的母亲孤独的背影，而她自己的一生同样也经历着许多的遗憾。她一生都在思考自己的根到底在何方。这样的生命历程吸引着我们在几十年之后走进她的内心世界，去剖析她本人及其笔下人物展现出的家园观。

在赛珍珠的众多作品中，我们可以看到，赛珍珠对中国的大家庭有着难以割舍的留恋和一贯的推崇。在她的笔下，无论是早期的《东风·西风》《大地三部曲》，还是后来的《群芳亭》《龙子》《同胞》等，几代同堂的传统中国家庭固然有其不足和弊端，但都发挥着很重要的作用，在血缘关系的基础上将个人、家族和社会紧密地联系在一起。本书的第一章选取了《大地三部曲》《龙子》《同胞》，在“人与土地”这个关键词下，递进式地探讨了家园主题观照下的家庭延续、民族存亡及国家重建的意义。赛珍珠对中国的农村生活和大自然一往情深，她推崇农耕时代人们简朴和宁静的生活，将许多故事和人物都设置在乡村地区，呈现出人与土地命运与共的生命景观。人们世代在土地上耕种，也同时凸显出在现代化进程中农耕社会的转型困难，比如《同胞》中的归国青年希望在乡村推动医疗卫生改革。在当时相对封闭与落后的中国农村，乡村共同体充满着对中国传统、历史和文明之传承的共同情感。

除了中国和美国之外，赛珍珠还游历过亚洲和欧洲许多国家。因为她一生漂泊无家，所以她将“四海之内皆兄弟”和“天下一家”的美好愿望深深印刻在她走过的每一个地方，让我们可以从不同作品中解读她对于家园的多重理解和建构方式。本书的第二章选取了赛珍珠作品当中受关注度不高的儿童文学作品，分别讲述了“家园”主题观照下的中国家庭、美国家庭及日本家庭的故事。余蓝在敌机飞过祖国领空的生死存亡时刻，爆发出保卫民族、捍卫国土的勇气与胆识。玛丽从一次散步途中对山毛榉的关注，联想到日常生活中的“根”与“枝”的关系，从而化解了家庭危机。贵野与次哉经历过天灾和失去亲人的痛苦之后，坚信在绝境中也可以看到生的希望，在海边建造出新家。赛珍珠的儿童文学深入浅出，凝练出对自然、生命的独特理解和感悟。她把从内心深处喷薄而出的情感传达给儿童，赞赏坚守家园的共同体理想，为同舟共济中的希望之光提供了精神支撑和强大的凝心力。

第三章充分展现了赛珍珠一家两代人一直“在路上”的生活状态，选取了赛母、赛父与女儿赛珍珠两代人，在地理上于故土与异乡间来回，在叙事上于东方和西方间往返，寻求落叶归根或者落地生根的家园书写。三部传记作品一脉相承。赛珍珠的母亲凯丽每到一处恢复美式家园的动力，以及坚守母语的信念，让她在离去和归来之间徘徊，也终因在异乡中国被接纳、被需要而选择扎根于此。赛珍珠的父亲安德鲁在异乡中国创造价值、实现价值，将乡愁转化为不受时间、空间局限的精神皈依。赛珍珠站立在边缘的位置，她的乡愁连接着她的书写，并没有停留在离去、归来还是扎根的模式中，而是在遥望故土中进行思考。她一边在想象中等待归乡的希望，一边又在矛盾中感慨故土“再也回不去了”。总而言之，共同体是一种乡愁，是一种理想，人们可以在期待中寻找温情和归属感。

第四章的短篇小说作品，将视角转向了研究和介绍中国文化及其特征，不同民族、种族的价值观，以及多元文化间的碰撞。在西学东渐的潮流中，中国社会经历了巨大的变革，在传统文化、教育、习俗及宗教等方面都面临着新与旧、东与西的对立与矛盾，但总有不同的人可以成为桥梁，来弥补共同体的缺失并进行二次建构。共同体的信仰作为家园建构的延伸，承载着建构和而不同的世界的愿景。无论是从赛珍珠的作品中她对中国人民的感情来看，还是从她为少数族裔争取权利的行动来看，赛珍珠都超越了文学符号本身。家园成了她跨越地理边界、连接东西方文化的桥梁，是其世界主义理想的一个重要组成部分。站在更高的角度看待自己和世界，是具有民族凝聚力和归属感的共同体，是一种向上的力量。

从书中人物的故事中走出，赛珍珠将对家园的情结延伸到了她的生活经历、社会责任及生活意义中，也实现了她地理家园、精神家园和心理家园的升华。赛珍珠既同时站立于两种文化之中，又同时游离在两者之外。她创办“欢迎之家”，所面对的每一个混血孤儿都有着这样的经历。心理和精神上的错位，容易导致他们在两种文化中被撕裂。赛珍珠寻找两种文化的边界，努力地用大爱去淡化甚至消解边界，将孤儿群体的“无家”变成“有家”。创建这个家的过程，是将孩子们错位的人生调正的过程，是对多元文化进行融合和欣赏的过程。每一个找到家的孩子都是幸运的，不管是在故土的家还是在异乡的家。家乡可以是异乡，异乡也可以是家乡。情感是共同体的重要构成部分。共同体与个体相互依存，共生共长。个体离不开共同体，只有在共同体中个体才能生机勃勃地发展。这里的家园打破了地方与国家、种族与世界的隔阂，实现了多元文化的交融，具有世界主义的特征，共同组成了一个有机共同体，走向深度对话和沟通。

参考文献

一、外文文献

[1] Bachelard G. The Poetics of Space [M]. Boston: Beacon Press, 1994.

[2] Bentley P E. The Art of Pearl S. Buck [J]. English Journal, 1935,24:791-800.

[3] Braden C S. The Novelist Discovers the Orient [J]. The Far Eastern Quarterly, 1948, 7(2): 165-175.

[4] Buck P S. A House Divided [M]. New York: The John Day Company, 1935.

[5]Buck P S. A Gift for the Children [M]. New York: The John Day Company, 1973.

[6] Buck P S. China: Past and Present [M]. New York: The John Day Company, 1972.

[7] Buck P S. Children for Adoption [M]. New York: Random House, 1965.

[8] Buck P S. Dragon Seed [M]. New York: The John Day Company, 1942.

[9] Buck P S. Fighting Angel: Portrait of a Soul [M]. New York: Reynal and Hitchcock, 1936.

[10] Buck P S. Kinfolk [M]. New York: The John Day Company,1949.

[11] Buck P S. My Several Worlds: A Personal Record [M]. New York: The John Day Company, 1954.

[12] Buck P S. Matthew, Mark, Luke and John [M]. New York: The John Day Company, 1967.

[13] Buck P S. Sons [M]. New York: The John Day Company, 1932.

[14] Buck P S. The Big Wave [M]. New York: The Trumpet Club, 1987.

[15] Buck P S. The Beech Tree and Johnny Jack and His Beginnings [M]. New York: Dell Publishing, 1967.

[16] Buck P S. The Chinese Novel [M]. New York: The John Day Company, 1939.

[17] Buck P S. The Child Who Never Grew [M]. New York: The John Day Company,1950.

[18] Buck P S. The Exile [M]. New York: Reynal and Hitchcock, 1936.

[19] Buck P S. The Good Earth [M]. New York: The John Day Company, 1931.

[20] Buck P S. The Joy of Children [M]. New York: The John Day Company, 1964.

[21] Buck P S. The Mother [M]. New York: The John Day Company, 1934.

[22] Buck P S. To My Daughters, With Love [M]. New York: The John Day Company, 1967.

[23] Buck P S. The Time is Noon [M]. New York: The John Day Company, 1966.

[24] Buck P S. Yu Lan: Flying Boy of China [M]. New York: The John Day Company, 1945.

[25] Buck P S. Welcome Child [M]. New York: The John Day Company, 1963.

[26] Buck P S. Can the Church Lead? [M]. Montana: Kessinger Publishing Company, 2010.

[27] Buck P S. The Land and the People of China [M]//China as I see it. New York: The John Day Company, 1970.

[28] Cohen R. Global Diasporas: An Introduction [M]. Seattle: University of Washington Press, 1997.

[29] Conn P. Pearl S. Buck: A Cultural Biography [M]. New York: Cambridge University Press, 1996.

[30] Spencer C. The Exile's Daughter: A Biography of Pearl S. Buck [M]. New York: Coward-McCann, Inc., 1944.

[31] Cresswell T. In Place/Out of Place: Geography, Ideology, and Transgression [M]. Minneapolis: University of Minnesota Press, 1996.

[32] Yoder D. Pearl Buck's Living Legacy: The Welcome House Story [M]. Morgantown, PA: Masthof Press, 1999.

[33] Ly, Doan Cao. The Image of the Chinese Family in Pearl Buck's Novels [J]. Dissertation. St. John's Brooklyn, 1965: 118.

[34] Doyle P A. Pearl S. Buck [M]. Boston: Twayne Publishers, 1980.

[35] Doren C V. The American Novel 1789—1939 [M]. rev. ed. New York: Macmillan Publishers, 1940.

[36] Buck P S. East Wind West Wind [M]. The World Publishing Company, 1930.

[37] George R M. The Politics of Home: Postcolonial Relocations and Twentieth-Century Fiction [M]. New York: Cambridge University Press, 1996.

[38] Saintsbury G. Some Great Biographies [J]. Macmillans Magazine, 1892(66): 97-107.

[39] Gordon A F, Ryan M. Body Politics: Disease, Desire, and the Family [M]. Boulder, San Francisco and Oxford: Westview Press, 1994.

[40] Stuart H. Cultural Identity and Diaspora [M]// Rutherford J. Identity: Community, Culture, Difference. London: Lawrence & Wishart, 1990.

[41] Harris T F. Pearl S. Buck: A Biography [M]. New York: The John Day Company, 1971.

[42] Bhabha H K. The Location of Culture [M]. New York: Station Hill Press, 1989.

[43] Thomson J C. Pearl S. Buck and the American Quest for China [M]// The Several Worlds of Pearl S. Buck. Westport, Connecticut · London: Greenwood Press, 1994.

[44] Jane M. Rabb. Who's Afraid of Pearl S. Buck? [M]//The Several Worlds of Pearl S. Buck. Westport, Connecticut · London: Greenwood Press, 1994.

[45] Bate J. The Song of the Earth [M]. Cambridge, Massachusetts: Harvard University Press, 2002.

[46] Kain G. Ideas of Home: Literature of Asian Migration [M]. East Lansing: Michigan State University Press, 1997.

[47] Barnes K. A Leslie Marmon Silko Interview [M]//Graulich M. Yellow Woman: Leslie Marmon Silko. New Brunswick: Rutgers University Press, 1993.

[48] Lavie S, Swedenburg T. Displacement, Diaspora, and Geographies of Identity [M]. London: Duke University Press, 1996.

[49] Liao Kang. Pearl S. Buck: A Culture Bridge Across the Pacific [M].Connecticut: Greenwood Press, 1997.

[50] Liu Haiping. Pearl S. Buck's Reception in China Reconsidered

[M]//The Several Worlds of Pearl S. Buck. Westport, Connecticut · London: Greenwood Press, 1994.

[51] Lipscomb E J, Webb F E, Conn P. The Several Worlds of Pearl S. Buck [M]. Greenwood Press, 1994.

[52] Massey D. Space, Place and Gender [M]. Minneapolis: University of Minnesota Press, 1994.

[53] Goodwin M. Homes Away from Home: The Intimate Geographies of Pearl Buck and Gertrude Stein [D]. Taibei: Taiwan Normal University,2007.

[54] Michel J, Wolch J R. The Power of Geography: How Territory Shapes Social Life [M]. Boston: Unwin Hyman, 1989.

[55] Tuathail, G Ó. Critical Geopolitics: The Politics of Writing Global Space [M]. Minneapolis: University of Minnesota Press, 1996.

[56] Overton J K. Pearl Buck: Biography of Criticism [M]. Boston: Simmons College, 1942.

[57] Williams R. The Country and the City in the Modern Novel [M]. Oxford: Oxford University Press, 1975.

[58] Rose G. Feminism and Geography: The Limits of Geographical Knowledge [M]. London: Polity Press, 1993.

[59] Rushdie S. Imaginary Homelands: Essays and Criticism 1981-1991 [M]. London: Penguin Books Ltd.,1992.

[60] Said E W. Orientalism [M]. New York: Vintage, 1979.

[61] Said E W. Culture and Imperialism [M]. New York: Vintage, 1994.

[62] Said E W. Reflections on Exile and other Essays [M]. Cambridge: Harvard University Press, 2002.

[63] Smith A D. The Politics of Culture: Ethnicity and Nationalism [M] // Tim Ingold. Companion Encyclopedia of Anthropology. London: Routledge,1994.

[64] Spivak G C. In Other Worlds: Essays in Cultural Politics

[M]. New York and London: Routledge, 1978.

[65] Spurling H. Burying the Bones [M]. London: Profile Books Ltd., 2010.

[66] Spiller R, Thorp W, Johnson T H, Canby H S. Literary History of the United States [M]. New York: Macmillan, 1948.

[67] Stirling N B. Pearl Buck, A Woman in Conflict [M]. Piscataway: New Century Publishers, 1983.

[68] Turner, Fredrick. Spirit of Place: The Making of an American Literary Landscape [M]. San Francisco: Sierra Club Books, 1989.

[69] Thompson B W, Tyagi S. Names We Call Home: Autobiography on Racial Identity [M]. New York: Routledge, 1996.

[70] Wong S. Home base: A Novel [M]. Seattle: University of Washington Press, 1979.

[71] Yu Yuh-chao. Pearl S. Buck's Fiction: A Cross-cultural Interpretation [M].Institute of American Culture Academia Sinica, 1981.

二、中文文献

[1] 阿雷恩·鲍尔德温,等.文化研究导论[M].陶东风,等译.北京:高等教育出版社,2004.

[2] 爱德华·W.萨义德.知识分子论[M].单德兴,译.北京:生活·读书·新知三联书店,2002.

[3] 爱德华·W.萨义德.东方学[M].3 版.王宇根,译.北京:生活·读书·新知三联书店,2019.

[4] 爱德华·W.萨义德.文化与帝国主义[M].李琨,译.北京:生活·读书·新知三联书店,2003.

[5] 艾勒克·博埃默.殖民与后殖民文学[M].盛宁,韩敏中,译.沈阳:辽宁教育出版社,1998.

[6] 本尼迪克特·安德森.想象的共同体:民族主义的起源与散布[M].吴叡人,译.上海:上海人民出版社,2005.

[7] 巴拉兹·贝拉.电影美学[M].何力,译.北京:中国电影出版

社,2003.

[8] 彼德·康.赛珍珠传[M].刘海平,等译.桂林:漓江出版社, 1998.

[9] 西蒙娜·德·波伏娃.第二性[M].郑克鲁,译.上海:上海译文出版社,2011.

[10] 保罗·A.多伊尔.赛珍珠[M].张晓胜,等译.沈阳:春风文艺出版社,1991.

[11] 比尔·阿希克洛夫特,格瑞斯·格里菲斯,海伦·蒂芬.逆写帝国:后殖民文学的理论与实践[M].任一鸣,译.北京:北京大学出版社,2014.

[12] 陈爱敏.认同与疏离:美国华裔流散文学批评的东方主义视野[M].北京:人民文学出版社,2007.

[13] 陈思和. 羊骚与猴骚[M].上海:上海人民出版社,1994.

[14] 丛甦.中国人·序[M]//中国人.台北:台湾时报出版公司, 1981.

[15] 程爱民,赵文书.跨国语境下的美洲华裔文学与文化研究[M].南京:南京大学出版社,2011.

[16] 蔡文俊.赛珍珠纪念文集:第5辑[M].镇江:江苏大学出版社,2017.

[17] 蔡文俊.赛珍珠纪念文集:第6辑[M].镇江:江苏大学出版社,2018.

[18] 戴维·波普诺.社会学[M].李强,等译.北京:中国人民大学出版社,1999.

[19] 费小平.家园政治:后殖民小说与文化研究[M].北京:北京大学出版社,2010.

[20] 费孝通.乡土中国[M].南京:译林出版社,2020.

[21] 费孝通.社会调查自白[M]//费孝通选集.天津:天津人民出版社,1988.

[22] 费孝通.中华民族多元一体格局[M].北京:中央民族学院出版社,1989.

[23] 冯友兰.人生四境界[M].武汉:长江文艺出版社,2016.

[24] 弗洛伊德.日常生活的精神病理学[M]//车文博.弗洛伊德主义原著选辑:上卷.沈阳:辽宁人民出版社,1988.

[25] 弗洛伊德.爱情心理学[M].林克明,译.北京:作家出版社,1986.

[26] 高小刚.乡愁以外:北美华人写作中的故国想像[M].北京:人民文学出版社,2006.

[27] 高秉江,卫才胜.论无形家园[J].华中科技大学学报(社会科学版),2011(6):22-27.

[28] 高秉江.论有形家园[J].华中科技大学学报(社会科学版),2010(3):39-44.

[29] 郭英剑.赛珍珠评论集[M].桂林:漓江出版社,1999.

[30] 郭英剑.全球化语境下的文学研究[M].北京:外语教学与研究出版社,2011.

[31] 郭英剑,郝素玲.一部真实再现中国人民抗日战争历史的扛鼎之作:论赛珍珠的长篇小说《龙子》[J].江苏大学学报(社会科学版),2005(3):54-63.

[32] 华克・葛兰.赛珍珠与美国的海外传教[J].郭英剑,冯元元,译.江苏大学学报(社会科学版),2007(3):59-66.

[33] 高鸿.跨文化的中国叙事:以赛珍珠、林语堂、汤亭亭为中心的讨论[M].上海:上海三联书店,2005.

[34] 黄橙."监护人"的焦虑:赛珍珠作品中的成长模式研究[M].镇江:江苏大学出版社,2017.

[35] 黄勇昌.英美文学中的家园意识[J].郑州航空工业管理学院学报(社会科学版),2014(6):17-20.

[36] 黄万华.在旅行中拒绝旅行:华人新生代和新华侨华人作家的比较研究[M].北京:中国社会科学出版社,2008.

[37] 黄万华.传统在海外:中华文化传统和海外华人文学[M]济南:山东文艺出版社,2006.

[38] 黑格尔.美学:第1卷[M].朱光潜,译.北京:商务印书馆,

1996.

[39] 胡塞尔.纯粹现象学通论:纯粹现象学和现象学哲学的观念:第1卷[M].李幼蒸,译.北京:商务印书馆,1992.

[40] 郝志刚.赛珍珠传[M].长春:时代文艺出版社,2012.

[41] 郝素玲.赛珍珠:一位文化边缘人[J].江苏大学学报(社会科学版),2004(1):64-67.

[42] 加斯东·巴什拉. 空间的诗学[M].张逸婧,译.上海:上海译文出版社,2013.

[43] 康·巴乌斯托夫斯基.金蔷薇[M].李时,译.上海:上海译文出版社,1980.

[44] 康澄.文化及其生存与发展的空间:洛特曼文化符号学理论研究[M].南京:河海大学出版社,2006.

[45] 龙迪勇.空间叙事研究[M].北京:生活·读书·新知三联书店,2014.

[46] 刘峖.赛珍珠儿童读物《巨浪》中的日本死亡哲学初探[J].时代文学,2012(4):140-142.

[47] 刘英.文学地域主义[J].外国文学,2010(4):98-106.

[48] 刘澍芃.赛珍珠《大地》中都市的地理空间书写[J].太原师范学院学报(社会科学版),2017(3):73-76.

[49] 刘琛.把"高密东北乡"安放在世界文学的版图上:莫言先生文学访谈录[J].东岳论丛,2012(10):5-10.

[50] 刘龙.赛珍珠研究[M].昆明:云南人民出版社,1992.

[51] 杨金才.新编美国文学史:第3卷:1914—1945[M].上海:上海外语教育出版社,2002.

[52] 刘美红,周远成.儒家伦常法则:忠恕之道新解[J].衡阳师范学院学报,2011(4):47-51.

[53] 刘淑梅.贵族的文明,俄罗斯的象征:布宁创作中的庄园主题研究[M].哈尔滨:黑龙江大学出版社,2014.

[54] 刘永杰. 空间的隐喻:空间理论视阈下《悲悼》中的家庭[J].世界文学评论,2011(1):136-139.

[55] 李利芳.中国发生期儿童文学理论本土化进程研究[M].北京:中国社会科学出版社,2007.

[56] 李敬泽.儿童文学的再准备[N].人民日报,2015-07-17(24).

[57] 李欧·李奥尼.李欧·李奥尼经典作品集[M].阿甲,译.海口:南海出版公司,2010.

[58] 李俏梅."文学地理"建构背后的宏大文化理念:以莫言笔下的"高密东北乡"为例[J].广州大学学报(社会科学版),2014(7):86-91.

[59] 李莉.威拉·凯瑟的记忆书写研究[M].成都:四川大学出版社,2009.

[60] 李亚萍.故国回望:20世纪中后期美国华文文学主题研究[M].北京:中国社会科学出版社,2006.

[61] 李青霜.影像中国:赛珍珠作品的美国电影之旅[M].北京:光明日报出版社,2013.

[62] 李有成.离散[M].台北:允晨文化实业股份有限公司,2013.

[63] 陆扬.空间理论和文学空间[J].外国文学研究,2004(4):31-37.

[64] 梁中贤.果园的生态符号意义:论伊丽莎白·乔利的小说《果园窃贼》[J].外语学刊,2011(1):136-139.

[65] 赛义德,等.后殖民主义文化理论[M].陈永国,等译.北京:中国社会科学出版社,1999.

[66] 林语堂.吾国与吾民[M].黄嘉德,译.西安:陕西师范大学出版社,2008.

[67] 海德格尔.荷尔德林诗的阐释[M].孙周兴,译.北京:商务印书馆,2000.

[68] 迈克·克朗.文化地理学[M].杨淑华,宋慧敏,译.南京:南京大学出版社,2003.

[69] 麻国庆.日本的家与社会[J].世界民族,1999(2):56-65.

[70] 聂友军.收养养子习俗与传统日本伦理观[J].日本研究,2017(1):67-73.

[71] 蒲若茜."越界"与"回归":20世纪末华裔美国文学的主题演变[J].中国比较文学,2006(2):90-102.

[72] 蒲若茜.多元异质的文学再现:蒲若茜选集[M].广州:花城出版社,2016.

[73] 佩里·诺德曼.隐藏的成人:定义儿童文学[M].徐文丽,译.北京:中国社会科学出版社,2014.

[74] 佩尔·哈尔斯特龙.授奖词[M]//赛珍珠.大地.王逢振,等译.桂林:漓江出版社,1988.

[75] 芮月英,顾正彤.赛珍珠研究论文选萃[M].镇江:江苏大学出版社,2013.

[76] 任一鸣.后殖民:批评理论与文学[M].北京:外语教学与研究出版社,2008.

[77] 饶芃子.流散与回望:比较文学视野中的海外华人文学论文集[M].天津:南开大学出版社,2007.

[78] 赛珍珠. 异邦客[M]//东风·西风.林三,等译.桂林:漓江出版社, 1998.

[79] 赛珍珠.战斗的天使[M]//东风·西风.林三,等译.桂林:漓江出版社,1998.

[80] 赛珍珠.同胞[M].吴克明,等译.桂林:漓江出版社, 1998.

[81] 赛珍珠.龙子[M].丁国华,等译.桂林:漓江出版社,1998.

[82] 赛珍珠.大地[M].王逢振,等译.桂林:漓江出版社,1988.

[83] 赛珍珠.我的中国世界[M].尚营林,等译.长沙:湖南文艺出版社,1991.

[84] 赛珍珠.中国传统文化中的民主元素[J].姚望,译.江苏大学学报(社会科学版),2014(4):17-20.

[85] 赛珍珠.我欠狄更斯一笔债[J].张志强,译.镇江师专学报(社会科学版), 2000(3):59-61.

[86] 赛珍珠.母亲[M].万绮年,原译,夏尚澄,编译.上海:东方

出版中心,2010.

[87] 孙中山.建国方略[M].北京:生活·读书·新知三联书店,2014.

[88] 申秀逸. 传统的家制度对日本人思维意识的影响:以中日"家"的比较分析为中心[J].作家杂志,2009(22):161-162.

[89] 孙宏. 中美两国文学中的地域主题研究[M]. 北京:外语教学与研究出版社,2007.

[90] 孙妮.V. S.奈保尔小说研究[M]. 合肥:安徽人民出版社,2007.

[91] 孙宗广. 从乡土中国到现代中国:论赛珍珠跨文化的民族国家想像[D]. 苏州:苏州大学, 2008.

[92] 田晓虹. 近代日本家庭制度的变迁[J]. 社会科学杂志,2008(2):91-98.

[93] 谭旭东. 儿童文学:从文化的建构物到文化的承载物[J]. 湖南城市学院学报, 2007,28(4):61-63.

[94] 谭旭东. 重审儿童文学的价值追求[J]. 创作评谭, 2018(5):12-14.

[95] 谭霈生. 论戏剧性[M]. 北京:北京大学出版社,2009.

[96] 唐凯麟. 论儒家的忠恕之道:兼对普遍伦理的历史反思[J].求索,2000,20(1):71-76.

[97] 胡治洪. 唐君毅[M]. 西安:陕西师范大学出版总社,2017.

[98] 唐艳芳. 赛珍珠《水浒传》翻译研究:后殖民理论的视角[M].上海:复旦大学出版社,2010.

[99] 唐海东. 异域情调·故国想像·原乡记忆:美国英语文学中的中国形象[D].上海:复旦大学,2010.

[100] 王国维. 人间词话[M].南京:凤凰出版社, 2009.

[101] 王逢振.西方文论关键词:民族—国家[J].外国文学,2010(1):112-118.

[102] 王逢振.历史地看待赛珍珠和她的《大地》三部曲[M]//赛珍珠.大地.桂林:漓江出版社,1988.

[103] 王梦雪.从岛崎藤村的《家》看日本传统家族制度:以家督继承制为中心[J]. 山东理工大学学报(社会科学版),2009(3):44-49.

[104] 王宁. 超越后现代主义文论[M]. 北京:人民文学出版社,2002.

[105] 王岳川. 后殖民主义与新历史主义文论[M]. 济南:山东教育出版社,1999.

[106] 王晓云. 中华民族精神家园构建的文化哲学之维[J].理论月刊,2012(8):55-59.

[107] 王亚丽. 边缘书写与文化认同:论北美华文文学的跨文化写作[M].北京:中国社会科学出版社,2013.

[108] 王鹏. 异乡客 A. T.何芭特的中国叙事[M].济南:山东大学出版社,2012.

[109] 汪文君.多媒体舞剧《春江花月夜:赛珍珠》的创作研究[J].北京舞蹈学院学报,2019(3):88-93.

[110] 魏兰.赛珍珠作品土地主题研究[M].镇江:江苏大学出版社,2015.

[111] 韦森.文化与制序[M].上海:上海人民出版社,2003.

[112] 徐玉如.文学地理景观与文学创作:以沂蒙文学为例[J].临沂大学学报, 2016(2):70-77.

[113] 徐清.赛珍珠小说对乡土中国的发现[J].江苏大学学报(社会科学版),2005(4):16-24.

[114] 徐清. 赛珍珠家庭题材小说论[J].福州大学学报(社会科学版), 2000(3):57-61.

[115] 许玉庆. 现代中国乡愁的开拓与建构:论《巨流河》对中国文学乡愁母题的创新[J].石家庄学院学报,2014(1):76-81.

[116] 许晓霞,赵珏. 赛珍珠纪念文集:第 2 辑[M].桂林:广西师范大学出版社,2006.

[117] 许晓霞,赵珏. 赛珍珠纪念文集:第 3 辑[M].镇江:江苏大学出版社, 2009.

[118] 肖画. 文学正典与文化间离:美国文学场域中的华裔文学研究[M]. 北京:中国社会科学出版社,2015.

[119] 肖丽华. 后殖民女性主义文学批评研究[M]. 杭州:浙江大学出版社,2013.

[120] 许彩兰.在逃离与追忆中寻找:论聂华苓小说中的"寻找"主题[D]. 广州:暨南大学,2012.

[121] 晏阳初,赛珍珠. 告语人民[M]. 桂林:广西师范大学出版社,2003.

[122] 姚君伟. 为弃儿寻找归宿:评赛珍珠新传《埋骨》[J].外国文学动态,2010(6):20-22.

[123] 姚君伟. 文化相对主义:赛珍珠的中西文化观[M].南京:东南大学出版社,2001.

[124] 姚君伟.姚君伟文学选论[M].上海:复旦大学出版社,2007.

[125] 姚君伟.论赛珍珠跨文化写作的对话性[J].外语研究,2011(4):95-98.

[126] 姚望."一个主题 三种艺术":评《大地珍珠——赛珍珠主题诗书画选萃》[J].江苏大学学报(社会科学版),2017(4):75-77.

[127] 叶毓."戏剧性"生成研究[J].四川戏剧,2013(6):101-104.

[128] 怡青.美丽与哀愁:一个真实的赛珍珠[M]. 北京:东方出版社,2005.

[129] 怡青.大地史诗:赛珍珠[M].北京:民主与建设出版社,2012.

[130] 龚刚.从感性的思乡到哲性的乡愁:论台湾离散诗人的三重乡愁[J].淮北师范大学学报(哲学社会科学版),2017(1):2-6.

[131] 杨匡汉.中华文化母题与海外华文文学[M].武汉:长江文艺出版社,2008.

[132] 周俐玲. 父亲·传教士·异邦客:赛珍珠《战斗的天使》中的父亲形象[J].杭州师范大学学报(社会科学版),2011(4):

70–75.

［133］周作人. 儿童问题之初解 ［J］.绍兴县教育会月刊,1914（6）.

［134］张倩. 文化冲突与身份认同:论赛珍珠三部传记的写作主题［D］.金华:浙江师范大学,2012.

［135］张祥龙. 家与孝:从中西间视野看［M］.北京:生活·读书·新知三联书店,2017.

［136］张弘,等. 跨越太平洋的雨虹:美国作家与中国文化［M］.银川:宁夏人民出版社,2002.

［137］张首映. 西方二十世纪文论史［M］.北京:北京大学出版社,1999.

［138］朱春发. 何处是家园:浦爱德、赛珍珠、弗利兹的中 国童年及其身份书写［D］.杭州:浙江大学,2017.

［139］张铁荣,陈子善. 周作人集外文:上集［M］.海口:海南国际新闻出版中心,1995.

［140］张圣瑜. 儿童文学研究［M］.上海:商务印书馆,1928.

［141］张素娟. 殊途同归的失落:《憩园》与《洛丽塔》的回归家园模式解读［J］.西昌学院学报(社会科学版), 2010(1):66–69.

［142］张京媛. 当代女性主义文学批评［M］.北京:北京大学出版社,1992.

［143］张莹. 超越“传统/现代”认知框架的话语实践:赛珍珠的“乡土中国”书写再解读［M］.哈尔滨:黑龙江大学出版社, 2018.

［144］赵白生. 传记文学理论［M］.北京:北京大学出版社, 2003.

［145］朱立元. 当代西方文艺理论［M］.上海:华东师范大学出版社,2005.

［146］翟晶. 边缘世界:霍米·巴巴后殖民理论研究［M］.北京:文化艺术出版社,2013.

［147］朱晓映. 复调的呈现:《孩子们的巴赫》中的人物关系解构［J］.当代外国文学, 2008(4):114–119.

[148] 赵莉华. 空间政治:托尼·莫里森小说研究[M].成都:四川大学出版社,2011.

[149] 朱骅. 美国东方主义的"中国话语":赛珍珠中美跨国书写研究[M].上海:复旦大学出版社,2012.

[150] 朱骅. 赛珍珠与何巴特的中美跨国写作:论来华新教女传教士的"边疆意识"[D].上海:复旦大学, 2010.

[151] 章辉. 后殖民理论与当代中国文化批评[M].开封:河南大学出版社,2010.

[152] 西奥多·哈里斯.赛珍珠传记[M].伦敦:埃尔麦斯德出版公司,1972.

后 记

我与赛珍珠女士同月同日出生，特殊的缘分让我有幸走进她的世界。2017 年寒冬，我在美国访学期间，前往费城郊区的青山农场参观。日落时分，空气清冷，我来到赛珍珠的墓前静坐了许久。墓地坐落在一片安静的小树林里，面朝东方。我折了一束美国冬青置于墓前，这一刻是穿越时空的对话，我默默地说：“跨越万里，我从中国故乡来看你。”

我第一次读到赛珍珠的作品并走进她的文学世界，是在 2008 年。那年我开始研究生阶段的学习。三年的时间，让我对赛珍珠有了初步的了解。2016 年，我有幸继续博士阶段的学习，师从姚君伟教授。他是国际赛珍珠研究的知名学者，谦谦君子，温润如玉。四年博士阶段的学习让我受益匪浅，这部专著就是在博士论文的基础之上修改并完善而成的。我在三十而立之年选择辞职深造，又在近不惑之时写下出版后记，在本书即将付梓之时，回首过去的求学之路，一路上有师长指导、家庭支持、好友相伴，无比感恩与感慨。

本书的内容围绕着“家园”，因为这个词对赛珍珠来说，是刻在身体里的印记，对我来说同样如此。也正是这样，我选择去解读家园的含义。2023 年，是我在南京这个第二故乡生活的第二十年。在这二十年里，我明白了家园的含义是首先要努力在异乡扎根。辞职读博，是我做出的一个重要决定，但离职的那一刻，我仿佛被连根拔起。我告诉自己，要在新环境中尽快适应。非常感恩一路有我的导师姚君伟教授和师母张丹丽老师的关怀与引导。在我读研时，姚老师就担任过我的课程老师，他对我的关注和关心一直持续了十多年。在读博的四年时间里，我切身感受着姚老师的治学严谨与谦逊平和。毕业之后，在每一次工作汇报时，姚老师都会如往常一样，在结束前嘱咐一句：注意身体，好好休息，不要太累。这种亦师亦父的关心给予我动力，使我每次在感到疲惫时，都愿意坚持再坚持。姚老师学识渊博，是他将我带进了赛珍珠研究的大门。在近三年的修改书稿的时间里，也一直都得到了姚老师的指导和帮助。导师给予我的是父亲般厚重的情感，师母张丹丽老师则像母亲般关心着我的工作和家庭。毕业三年，我总想着自己能独立工作，能独立处理问题，却不知往往在最无助之时，转身看，导师和师母一直都在我的身后，关心与鼓励我，给予我正能量。我明白了家园的另一重含义：老师除了传道、授业、解惑，也是我的家人，他们会为我在原地留有一盏灯，照亮我回家的路。

读博四年后又工作三年，还有很多的老师给予我无限的关心和无私的帮助。南京师范大学外国语学院的张杰教授、王晓英教授、陈爱敏教授、杨靖教授、韦清琦教授、吕洪灵教授，我从他们的课堂上系统学习了外国文学研究的理论知识和最新的研究成果，也同时学习了他们认真严谨的学术作风和平易近人的生活作风。我的硕士生导师武月明教授，对我的工作、学习及生活的关心一直没有间断过。此外，还要感谢南京师范大学的贲国栋教授对我十多年来的关心，他一直鼓励我、开导我。

2017 年 10 月至 2018 年 10 月，我得到国家留学基金委的奖学金资助，前往美国宾夕法尼亚州立大学，进行联合培养博士的学习。在美国的一年时间里，我的美方导师 Mark Morrison 教授为我提供了最有利的学习条件，安排了非常适合我的博士课程。每两周一次的学习汇报与讨论，他总是早早就在办公室等候。2023年3月我有幸进入南京大学历史学院访学，在刘成教授的指导下进行和平学方向的学习。求学路上承蒙各位师长指导，感恩于心！

在博士学习阶段和之后工作的多年里，离不开我亲爱的师兄（姐）和好友，他们给予我专业上的指导和启迪，也给予我生活中的鼓励。我的师姐周思源、黄橙老师，在我们十多年的友谊里见证着我的成长。她们如亲人般随叫随到、随问随答。我的大师姐魏兰老师、师兄刘义老师，为我的学习和生活提供了许多帮助。他们都有非常优秀的工作成绩，值得我学习。还要特别感谢挚友徐佳，在我人生的至暗时刻，鼓励我去追逐阳光，坚守希望。在此一并致谢！

不管我前进的路走得有多远，家人都是我永远的支撑，也是家园的最深层意义所在，是我人生的定海神针。最要感谢的是我的家人，尤其是我的父母。他们作为普通的工薪阶层，即使在中年下岗的最困难之时，依然供我读书，支持我去做最好的自己。现在年迈的父母又阔别家乡长期定居南京，照顾我的生活和我两岁的幼子，为我提供最坚实的生活保障，让我可以安心工作，免去生活上的后顾之忧。写后记到此时，已是深夜，抬头遥望星空，也最思念已在天国安息的外公、外婆，是他们将我抚养长大、教我做人，我想念他们！

最后，要感谢江苏大学出版社的芮月英老师、米小鸽老师，在书稿的修改过程中，一次次地沟通与调整，非常细心又非常耐心。感谢《江苏大学学报》的潘亚莉老师、镇江市教育局的裴伟老师对我多年来的关注。感谢江苏大学图书馆特藏部、国际赛珍珠文献资源中心主任戴清杰老师，她为我的资料收集和研究给予了极大的帮助。本书的出版离不开大家的辛勤努力，谨致谢忱！

我从赛珍珠女士的作品中解读出不同的家园含义，家园成为我们所有人眼里的光、心中的爱和前行的力量。赛珍珠的作品为我提供了学习研究进步的阶梯，她的经历让我感受到一位女性的伟大，她的博爱让我深受鼓舞。特别的缘分让我能跨越时空与她对话，是我的荣幸！赛珍珠研究是一个非常有意义又内涵丰富的系统课题，在学习的过程中总是常读常新，启发思考。本书的出版是我求学生涯中的一个小小总结，人生之路漫长，学术之路也永无止境，我将带着谦逊和感恩的心，努力前行。书中存在许多不足之处，敬请各位专家学者批评指正。

汪文君

2023 年 10 月 22 日夜于南京仙林